論創海外ミステリ21

RONSO KAIGAI MYSTERY

The Brading Collection
Patricia Wentworth

ブレイディング・コレクション

パトリシア・ウェントワース

中島なすか 訳

論創社

読書の栞（しおり）

イギリスからニューヨークに向かう豪華客船上で起きた殺人事件を、たまたま乗り合わせた九人の名探偵が調査に当たる、マリオン・マナリングの『殺人混成曲』（一九五四）が訳されたのは、一九五九（昭和三四）年のこと。エルキュール・ポアロ、エラリー・クイーン、ペリー・メイスンなど、並みいる名探偵の中で、当時ただ一人、日本に未紹介だったのが、パトリシア・ウェントワースのミス・シルヴァー・シリーズだった。英米でそれなりの人気を誇っているにもかかわらず、その後も紹介されることなく幾星霜を重ねてきたが、ここにようやく代表作の一冊が訳されることとなった。欣快の至りである。

ミス・モード・シルヴァーが初登場したのは *Grey Mask*（二八）だが、すぐさまシリーズとして書き継がれたわけではない。再登場は、ほぼ十年後の *The Case Is Closed*（三七）で、四〇年代に入ってからは、特にアメリカにおいてミス・シルヴァーの人気が高まってきて、新作のすべてに登場するようになった。

独身の老女探偵といえば、すぐに思い出されるのが、アガサ・クリスティのミス・マープルである。単行本でのデビュー（三〇年の『牧師館の殺人』）こそ遅れをとったが、手許の資料によれば、『火曜クラブ』（三二）収録の短編には、一九二六年に雑誌掲載されたものがある由。したがってマープルの方が、少なくとも二年早くデビューしていることになる。

ミス・マープルが純然たるアマチュア探偵であるのに対して、ミス・シルヴァーは報酬をとる私立探偵という異色の存在。キャスリーン・グレゴリー・クラインの『女探偵大研究』（八八。邦訳晶文社）でも、自立した女性探偵の一人として評価されている。ただし、ミス・シルヴァーは利益主義をとらず、正義と真実の追求が使命だと考えている。常に編み物を手放さず、テニスンの詩句を引用し、古色蒼然としたビクトリア朝婦人という見かけを保護色に、いつの間にか真相に到達するシルヴァー式探偵法が、本書でも充分に堪能できる。

ミス・シルヴァーはしばしば、トラブルに巻き込まれた恋人たちを助ける役回りとなるようで、本書においても、結果的に、破綻した恋人たちの関係回復に与ることとなる。カントリーハウスに舞台を限定しての犯人探しと、ロマンスとを絡ませた作風は、まさにコージー・ミステリそのもの。アメリカでの人気の高さをうかがわせる好編といえよう。

装幀／画　栗原裕孝

目次

主要登場人物

ミス・モード・シルヴァー……私立探偵。もと家庭教師

＊

ルイス・ブレイディング……宝石コレクター

ジェームズ・モバリー……ブレイディングの秘書

チャールズ・フォレスト……ブレイディングの従兄弟

ステイシー・マナリング……チャールズの別れた妻。細密画家

リリアス・グレイ……チャールズの義理の姉

マイラ・コンスタンチン……引退した舞台女優。ステイシーに肖像画を依頼する

レディー・ミンストレル……マイラの長女

ヘスター・コンスタンチン……マイラの次女

シオドシア・デイル……レディー・ミンストレルの友人。ゴシップ通

ミセス・マイダ・ロビンソン……赤毛の美女。現在は独り身

ジャック・コンスタブル……チャールズの友人

エドナ・スナッジ……ブレイディングの事務所の受付嬢

ポピー・ハント……マイダの友人。陽気な酒飲み

＊

ランダル・マーチ……州警察本部長。ミス・シルヴァーの昔の教え子

クリスプ……血気盛んな警部

1

ミス・モード・シルヴァーは編み物を取り上げた。姪《めい》のエセル・バーケットのためにセーターを編んだり、姪の息子たちのためにストッキングを編んだり、小さなジョセフィンにウールのワンピースやカーディガンを編んだりして残った毛糸で、「たいそう趣味がよくて、たいそう芸術的な」スカーフを編むのだ。大陸風に編み針を使って細長いレモン色の縞模様《しまもよう》を編みながら、今しがた招き入れた訪問客をつつましやかに見つめた。歳のころは五十五歳前後だろうか。中背で背筋をぴんと伸ばし、痩《や》せ型で顔は灰色だ。病気をしているわけではなさそうだが、仕立てのよいスーツも短く刈り込んだ髪も冷たそうな目も、そして肌のつやさえも灰色がかって見える。ミス・シルヴァーは、古びた本のページのあいだからふいに現れる、魚のような形状の細い虫を連想した。客が先日送ってきたカードが、ミス・シルヴァーのわきの小さなテーブルに載っている。

「ルイス・ブレイディング拝
　ウォーン・ハウス

レドストウ」
レドストウはレドリントンと海にはさまれている。ミス・シルヴァーは、州のそのあたりのことはにはたいへんくわしい。昔の教え子ランダル・マーチが警察本部長をつとめている。彼女は探偵をなりわいとする以前、家庭教師をしていたのだ。マーチ家とは今でも温かいつきあいが続いている。

ミス・シルヴァーは、事件の調査のために何度もレドシャーをおとずれている。ミスター・ブレイディングという名前は聞いたことがあるような気がするが、どういう経路だったかよく覚えていない。あえて記憶をたどることはせず、眼前のミスター・ブレイディングに意識を集中させた。依頼人にめずらしいことではないが、今はここへ来たことを後悔しているようだ。ブレイディングのぎこちなさが後悔の念から来ているのか、生来の気質によるものなのか判断しかねた。だが依頼人がとまどい、不安を覚え、なぜ来てしまったのだろうと思案していることは、この経験豊かな観察者には手に取るようによくわかった。ときには多弁な依頼人もあるが、話すべき内容が多いにせよ少ないにせよ、ほとんどの場合は、ベルの音が止《や》んでまだ用向きを言葉にしない最初の五分以内に、玄関をまたいだことを喜んでいるものだ。

「私立探偵」という職業柄、ミス・シルヴァーは奇妙な秘密を打ち明けられたり、危険な場所にいあわせたりという経験をしてきた。そしてまた、モンタギュー・マンションの一角のささやかなフラットという慰めも獲得した。今は二つの窓の両側に引かれているクジャクの羽のようなブルーのカーテン、それにふさわしい色の絨毯《じゅうたん》も手に入れたが、第二次世界大戦の幾星霜《いくせいそう》をへて最近はすり切れつつある。探偵という職は間接的には、マントルピースに、本棚のてっぺんに、そして写真立てが置けるあらゆる場所にあふれる、多くの写真をもたらした。フレームは流行遅れだが——フラシ天かベルベットに銀細工をほどこしたタイプだ——写真そのものは、赤ん坊のきわめて当世風のものである。若い母親がいっしょに写っているものもあれば、若い男女がおおぜい写っているものもあるが、中年以上の人間はほとんど見当たらない。どの写真も、ミス・モード・シルヴァーが正義のために戦って勝利をおさめたおかげで、身の安全を確保し、または幸福な人生を手に入れたことを感謝して送られてきたものだ。戦いに敗れていたら、赤ん坊の大半は生まれることがなかっただろう。

　ミス・シルヴァーのルイス・ブレイディングに対する診断は正しかった。彼は、ここに来なければよかったと思っていた。部屋は、少年時代フォレスト家の伯母たちをたずねた時のことを思い出させる。黄色いクルミ材の椅子《いす》は、座席部が広々としているにせよ、ねじ曲がった脚とお粗末な彫刻技術はいかんともしがたい。同じような壁紙、同じように流行遅れの『魂のめざめ』、ミレー（十九世紀の英国の画家）の『ユグノー』、『グレンの王朝』といった絵画。いたるところにある似たような写真の山。オールド・ミスの部屋だ。そしてミス・シルヴァーはまるで骨董品《こっとうひん》のようなきわめつけのオールド・ミスだ。

　そこまで思い至った時、彼のコレクターとしての興味が呼び覚まされた。もちろん彼の趣味ではないが、美術館で陳列すべき作品を見ればすぐにわかる。やぼったい、旧式の衣装——今どきいったいどんな店に行けば、こんな服にお目にかかれるだろう？　鯨の骨の芯《しん》が入ったレースの襟、分厚いストッキング、年寄りの従姉のメアリーが履いているのとそっくりのビーズの靴、きつく引っつめた頭にかぶったアレクサンドラ（英国王エドワード七世の妃）風ふさ飾り《フリンジ》のついたネット、まがいもののギリシャ戦士の頭部を彫ったカメオのブローチ、端然としたものごし、やんわり非難するような雰囲気、のべつ編み物をしているところ、それらすべてが、時代遅れで心がなごむような気がした。つかの間ひるんだブレイディングは、男としての優越感を取りもどして言った。

「お噂《うわさ》はかねがねうかがっていますよ、ミス・シルヴァー」

　男の気分の変化は見過ごされなかった。ミス・シルヴァーはその変化にも、ミスター・ブレイディングの好もしいとは言いがたい声に含まれた偉そうな調子にも気づいた。彼女は横柄にふるまわれることなど気にかけなかったし、耳ざわりな声音も気にしなかった。軽く咳払《せきばら》いすると、こう言った。「そうですの、ミスター・ブレイディング」

「マーチ一家からですよ。彼らのことはご存知と思いますが」

「ええ、もちろんですとも」

　ミス・シルヴァーのあいまいな色彩の目は、男の顔に注がれたままだ。彼はランダル・マーチにも今の状況にも、腹が立ってきた。マーチが彼をここに来させたからではない——あわてて説明した。「彼はわたしがこちらにうかがったことは知りませんし、あなたにも黙っていていただきたいのですが。ご存知のとおり、彼は我々の州の警察本部長です。先日ディナーで彼と同席したおり、探偵の話が出ました。自分が知るなかで最高の探偵は女性だ、と言い出したのです。彼はあなたの名前を出しませんでしたが、ほかの客が言いました。あなたのかかわった――メリング殺人事件について話が出て、わたしはお名前におおいに興味を持ったので、電話帳で調べたのですよ」

話しながら、彼はランダル・マーチが言ったことではなく、彼の態度を思い出していた。それが印象的だったのだ。思い返してみても、じつに印象的だ。

ミス・シルヴァーは注意深くブレイディングを見つめた。「興味を持たれたので、面会の約束をなさったのですね。それをお守りになった。わたしは何をすればよろしいのでしょう、ミスター・ブレイディング?」

男はいきなり身を乗り出した。「わたしの名前を聞いて、何か思い出しますか?」

ミス・シルヴァーは躊躇《ちゅうちょ》した。「そのはずだと思うのですけれど、今すぐには――ああ、すぐ思い出すべきでしたわ――ブレイディング・コレクションですね」

彼女の声にこめられた関心が、彼をなだめた。とっさに思い出せなかったことの埋め合わせになった。

ブレイディングは、もっともなプライドをこめて「そうです」と答えた。

ミス・シルヴァーはレモン色の縞《しま》を編み終え、今度はダークブルーの毛糸で編みつづけていた。ダークブルーの部分も終わると、言った。「それはそれは――たいへん失礼いたしました。名高いコレクションをお持ちでしたね。ぜひ拝見したいものだと思ってきました。歴史ある宝石の数々――ずいぶん広い範囲に渡るのでしょうね」

「いささか広すぎるのです。有名な宝石の複製もありますが、コレクションの大半は犯罪がらみの品でしてね。当家に伝わる数点の例外はありますが」

ミス・シルヴァーは編みつづけながら、相手の顔を見た。「コレクションは、たいへんな価値があるのでしょうね」

男の笑い声には、さきほどの耳ざわりな響きがあった。「大金を投じましたからな。なぜあんなことをしたのか、自分に問うこともありますよ。わたしが死んだら、誰も価値を評価できないでしょう」

ミス・シルヴァーは言った。「よくあることですわ。世代によって好みも関心もちがってきます。けれど、あなたはご自分の楽しみのためにコレクションなさったのでしょう、お子さんのためではなく」

男はさらに耳ざわりな声を出す。「子どもはありません――結婚しておりませんから。相続人は従兄弟のチャールズ・フォレストですが、おそらくコレクションのうちの上物《じょうもの》をすぐ金に換えてしまうと思いますよ」

ミス・シルヴァーの編み針がかちりと音をたてる。縞模様のスカーフができていく。彼女は言った。「ご心配がおありなのでしょう？　どうやってお助けすればいいか、お話しなさってはいかがですか」

この時まで、ブレイディングの心は決まっていなかった。だが決心したことすら自覚しないまま、彼はこう言った。「これから話すことは、秘密にしていただけますな？」

「もちろんですわ、ミスター・ブレイディング」

マーチは、ミス・シルヴァーは慎重さの権化だと言っていた。男は眉《まゆ》をひそめた。

「具体的に言えることは何もないのです。わたしは不安を感じており、それには根拠があると思っています。それだけのことです。わたしが置かれている状況から先に、お話しすべきでしたな」

ミス・シルヴァーは首をかしげた。「どうぞお話しください」

彼は話しつづけた。ぎこちなく背筋を伸ばし、右手を椅子の肘かけの上ですこし動かし、ときどきは椅子《いす》をふちどるアカンサス葉飾りを指先でなぞり、落ち着かないようすでとんとんたたいた。「つい最近までわたしは、レドシャーのウォーン村近くにウォーン・ハウスを所有しておりました。レドストウから五キロほどの、ひどく小さな村です。本気で宝石にかかわるようになったころ、価値のあるコレクションをしまうには、すこし考えなくてはならないと気づきました。結局、屋敷の別館を建てて実質的な金庫室とすることにしました。専門家に調べさせたところ、十九世紀末にはそういう金庫室が造られていたとわかりました。屋敷を増築するのではなく、夜間も照明をつけておく九メートルの通路でつなぐようにしました。あのへんは急な上り坂になっていて、別館は坂にかかって建ててあります。技術的な細部をくどくど話すつもりはありませんが、コンクリートとスチールが防犯建築を可能にするという意味で、防犯建築と言えます。窓はなく、第一級の空調設備をそなえ、入口は一つしかありません――ガラス張りの通路から入るのですが、スチールのドアで仕切られています。ドアがあいても小さなロビーがあって、中心部に入るためにはもう一つスチールのドアをあけなくてはなりません。おわかりですか?」

「完璧《かんぺき》ですわ、ミスター・ブレイディング」

この男には講演者のようなところがある、とミス・シルヴァーは思った。さいわいにも、端的に感情を交えずに話ができるめずらしい講演者だ。

ブレイディングは両手の指先を合わせ、話を続けた。「中心部に入ってしまえば、配置は単純そのものです。コレクションを収納した大きな部屋、秘書の寝室、その左側にバスルームがあります。中心部にはもう一つ通路に面したドアがあり、この通路はわたしの寝室、第二寝室、実験室へとつながっています。宝石に関するおもしろい実験をしておりまして――まあ、それは余談ですな。構造全体が、まったく堅固に設計されていると信じております」

ミス・シルヴァーはまだ編みつづけていたが、言った。「なぜわたしに、そのようなお話をなさるのですか、ミスター・ブレイディング？」

ブレイディングの指は、またアカンサス葉飾りをなぞりはじめる。講演者めいた態度が揺らいでいる。

「なぜなら、あらゆる予防手段が講じられたことをご理解いただきたいからです」

「でも、満足なさっていないと？」

ブレイディングは重苦しい声を出す。「理屈では満足すべきなのです」

「どうぞお続けになって」

「あらゆる予防手段を講じました。戦時中はコレクションを内陸のずっと安全な場所に移しました。自分は検閲の仕事にたずさわりました——語学に堪能《たんのう》なのです。戦争が終わると、もうウォーン・ハウスを維持する気は失せていました。大きすぎて負担になったので。スタッフの確保という問題もありましたし、要するにわたしは興味をなくしたのです。そんな時、人からカントリークラブにするのがぴったりだと言われました。カントリークラブを購入するために融資グループが結成され、わたしは別館に移りました。わたしは株主ですし、自分の書斎は確保しています。書斎はハウスから見て別館と同じ側にあって、ガラス張りの廊下のドアの右側に位置します。要するに、秘書とわたしは毎度クラブで食事を取り、わたしには書斎があるけれどコレクションは別館に置き、我々二人とも別館で寝るのです。クラブから掃除に来る女がいますが、別館で一人だけになることはありません。彼女を監督するのも秘書のつとめです」

ミス・シルヴァーは、不愉快なことに触れる瞬間を先に延ばしたいばかりに、顧客がどうでもいいことを長々しゃべるのには慣れていた。ダークブルーの縞《しま》を編み終え、またレモンイエローにもどった。

「たいへん明快なお話でした、ミスター・ブレイディング。ご説明通りの予防措置をお取りになったけれど、人的な要素が残っていますね。コレクションとともに住んでいらっしゃる建物は分離してはいない、ただし予防措置の性質上、隔離されているということですね。隔離された状況下で、あなたはもう一人の人と暮らしておられる。わたしはその、あなたの秘書に関心を惹《ひ》かれます。それは誰で、どんな素性で、あなたとどのくらい長く行動をともにしているのですか?」

ルイス・ブレイディングは椅子《いす》の背にもたれかかり、脚を組んだ。かすかな笑いが唇に浮かぶ。彼は言った。「さよう。これがお話ししたかったことです。名前はジェームズ・モバリー、年齢は三十九歳。まずしい生まれでしたが奨学金を取り、実験化学の道に進み、巧妙な詐欺事件に巻き込まれました」

ミス・シルヴァーは、「それはまあ!」と言い、編み物を続けた。

ルイス・ブレイディングの指は、アカンサス葉飾りの上で調子をとりはじめた。もうほほえんでいるのではなく、おもしろがっているように見えた。

「彼は連続詐欺をたくらむ男に雇われました。数点の宝石が盗まれ、その一部がよくできた模造品とすり替えられました。犯人は保険会社に保険金を請求し、二重の利益をせしめました。戦争中に悪事のすべてが暴かれました。主犯格はパリから指令を出していたフランス人です。その男はフランス陥落と同時に消えましたがね。検閲の仕事を通じて、わたしはこの事件を知りました。この件を追跡しましたよ。ジェームズ・モバリーは陸軍所属でした――基地の事務官以上の仕事はしなかったんじゃないですかね。彼を追跡し、除隊になった時、秘書にならないかと持ちかけました。意外ですか?」

ミス・シルヴァーは重々しく言った。「最初からそのおつもりだったのでしょう」

ブレイディングは乾いた笑い声を上げた。「そりゃそうです。理由を説明しますよ。ジェームズ・モバリーは、わたしの実験に必要な技術を持っています。あなたが想像なさるほどありふれたものではないのです。彼はポワッソンなる男のもとで詐欺を働く手下でした――ポワッソンだったと思う、ポワッソン・ダヴリルという犯罪組織の一員でね。名前と反対の実質を持つ主義なんでしょう。やつはどう考えたってばかじゃありませんからね」

ミス・シルヴァーは、比喩を理解したという身振りをした。生徒をほめる家庭教師の口調で、こうつぶやいた。「ポワッソン・ダヴリルといえば、四月ばか《エイプリル・フール》のフランス語ですね」

男の唇のやや酷薄そうな笑いが、酷薄そうなひきつりに変わった。やられたという感情を持ったが、それが彼女の狙《ねら》いとは思えなかった。ミス・シルヴァーのまなざしはあいかわらずおだやかでもの問いたげだ。ブレイディングは言った。「モバリーの技術的資格にくわえて、その前歴も彼を押さえつけておくのに有利だと思いました。警察につかまったことはないのです。わたしのもとで不届きな行為に及んだら、まあそんなことはありませんが、万が一へまをやったり、いささかでも立場を濫用したら、告発してやりますよ」

ミス・シルヴァーはまたしても、「それはまあ！」と言った。レモンイエローの縞《しま》のまんなかで、せわしなく動いていた編み針が一瞬止まる。ミス・シルヴァーは意見を言った。「たいそう危険な道に入り込まれたものですね」

灰色の眉《まゆ》が上がり、彼は笑った。

「彼はわたしを殺しはしませんよ」と言う。「すこしは知恵のあるところをお見せしましょう。わたしの身に何か起きた時は、ジェームズ・モバリーの一件書類《ドシエ》（詳細な事実を盛り込んだ人物調査書類）が従兄弟のチャールズ・フォレストの手に渡ります。彼はまたわたしの遺言執行者でもあります。チャールズが、すべて公明正大にとり行なわれたと考えなかった場合、一件書類《ドシエ》は警察に提出されます。遺言ではモバリーをそのように扱う旨指示しましたし、本人もそのことは知っています」

ミス・シルヴァーの編み針がまた動きはじめる。何も言わなかった。ミス・シルヴァーを知る人なら誰でも、感心していないことがわかったはずだ。

ミスター・ブレイディングがそのことに気づかなかったとすれば、それは感心されない点があるとは夢にも思っていなかったからだ。じっさい、彼は自分に満足しきっていたし、秘書の忠実さはじつに好都合だった。ずうずうしくも、彼は賛同を求めてきた。「うまい考えだと思いませんか？　こちらは優位に立っているし、やつもそれがわかっている。正直に仕事をしているかぎり、給料ははずむし、彼も安泰です。私欲の追求というやつですよ。これくらい強く人間をしばるものはありません。正直に、わたしの思い通り仕事をすることになります。これ以上の動機づけはありませんね」

ミス・シルヴァーは模様の端に到達した。ひじょうに重々しく言った。「あなたは危険なことをなさっているのですよ、ミスター・ブレイディング。身の危険を感じていらっしゃる、さもなければここまでお越しにならないでしょう。なぜ会いにいらしたのです？」

ブレイディングは急に不機嫌そうになった。「わかりません。わたしは——なんと言うべきか——とりつかれているのです。そう、それがいい言葉だ——」ブレイディングは、おおいに強調して繰り返した——「何かが背後で起きているという考えにとりつかれているのです。わたしは神経質でもなければ想像にふける質《たち》でもない、でもそんな気配を感じるのです。なんらかの根拠があれば、それが何か知りたいですよ。何もないのなら——その確証がほしい」

ミス・シルヴァーは言った。「気配以上のものはないのですか？」

男がためらうのがわかる。

「わかりません——たぶん——たぶん、ありません。考えてみたが——」急に口をつぐむ。

「ありのままにお話しくださいな、ミスター・ブレイディング。何をお考えになりました？」

ブレイディングはミス・シルヴァーを、最初はいぶかしげに、それから熱意をこめて見た。

「これまで一度か二度、あまりに眠りが深かったと思ったことがあります――そしてめざめた時は、何かが起きている感じがしたのです」

「何回そのようなことがあったのですか?」

「二回か三回です。確信はないのですが――可能性としてあるのです。別館に誰かいるような気がしました――」頭を振って一度話を切った。「いや、それでは言いすぎだ。さきほど言った以上のことは言えません――可能性があるのです」

ミス・シルヴァーは、はたからは感じ取れないほどの身動きをした。頭を振るところまではいかないが、彼女を知っている人間が見たら――たとえばロンドン警視庁《スコットランド・ヤード》のアボット警部なら――反対と言えないまでも不満の意の表明だとわかったはずだ。軽く咳《せき》をしてから、ミス・シルヴァーはこう言った。「失礼ですけれど、ミスター・ブレイディング、なぜ相談にお見えになったのか理解しかねますわ」

「理解できない?」

静かな落ち着いたものごしで、ミス・シルヴァーは言葉を繰り返す。「ええ。ぼんやりと疑惑を抱いていらっしゃるようですけれど、それは秘書の方に向けられたもののようにお見受けします」

「わたしは、そうは言っておりませんが」

ミス・シルヴァーはいったん編み物を下に置いて、きびきびと言った。「ええ、そうはおっしゃらなかった。けれど、あなたとミスター・モバリーは、おっしゃったように別館で二人きりになります。あなたと同じように、彼も鍵《かぎ》を持っていますか？」

「ええ、持っています」

「では、お話はこういうことになりますね。秘書の方が、あなたに薬を飲ませた前後に誰かを別館に入れたと疑っていらっしゃる」

「そんなことは一言も言ってませんよ」

「ほのめかしたでしょう。わたしに面会を申し込まれた時、何をお考えになっていたかうかがってもよろしいですか？　わたしがどんなふうにお役に立てるとお思いになりましたの？」

男の顔にはまだ笑みが浮んでいる。それがなんらかの喜びの証拠を提供しているとすれば、それはミス・シルヴァーが認められるような喜びではなかった。彼は片手を上げ、また下ろした。「モバリーを見張るのは悪くない考えだと思ったのですよ」

ミス・シルヴァーは編み物を再開していた。今度はレモン色とブルーの部分よりも幅広のグレーの縞《しま》に取り組んでいる。編み針を動かしつつ、ミス・シルヴァーはミスター・ブレイディングとその笑いを熟視していた。「参上いたしましても、お役に立てることはなさそうですよ。わたしが扱うような事例とは思えません。ご忠告申し上げることはできますけれど、その前にいったん言葉を切る。「おうかがいしたいことがあります」

「なんです？」

「秘書のミスター・モバリーは――自由の身にしてほしいと頼んだことはありますか？」

「ありますよ」

「最近のこと？」

「ええ、そうです」

「強く希望していましたか？」

「そう言ってもさしつかえないでしょうな。で、あなたの忠告というのは？」

「彼を行かせてあげるべきです」

また男の片手が上がった。「それは、都合のいい話じゃありませんな」

ミス・シルヴァーはいささか強いるように言った。「行かせておあげなさい、ミスター・ブレイディング。どんな意図がおありかは存じませんが、相手の意志に反して人を引き止めていらっしゃるうえに、脅しという手段を使っておられる。まちがっているだけでなく、危険なことです。さきほども申しました。もう一度言わせていただければ、警告するのはわたしの義務だと感じるからですわ。恨みは憎しみに変わりかねませんし、憎しみは何が起きても不思議のない空気を作り出すものです。コレクションは博物館に寄贈なさって、もっとふつうの生活に入られるべきです」

「ほんとうに？　それで全部ですか？」

ミス・シルヴァーは相手をじっと見つめた。「反対されると意固地におなりでしょう、ミスター・ブレイディング？　それがいらした理由ですか？　何か意固地になる必要をお感じになったのではありませんか？　でしたら、お越しになったのはお気の毒だと思いますわ」

ミス・シルヴァーはかたわらのテーブルに編み物を置き、立ち上がった。面会は終わりだ。ルイス・ブレイディングは、相手の行動にならうしかなかった。丁重に辞意を表し、出て行った。自分の意志と意図におおいに反する会見だったことに、感じ入っていた。

2

ステイシー・マナリングは窓辺に立って外を見た。じっと座っていられないので立ったのだし、来客を待ちかねていたので外を見たのだ。歩き方、ものごし、家への近づき方を見るだけで、いろいろな情報を得られることがある。二人の人間が出会えば、片方はいささかもう一方の影響を受けるものだし、二人とも一人きりでいる時と同じではいられない。ステイシーは、正式に会う前にレディー・ミンストレルの姿を見ておきたかった。

ステイシーは四階の窓から、午後の陽射しを浴びてひどく熱くなっているロンドン・ストリートを見下ろした。静かな通りでは、背の高い旧式の家々がにわかごしらえのフラットになって、急増する需要に応えていた。ステイシーは二つの部屋を持ち、風呂も使えた。大方の人々は、一部屋持てればいいほうなのだ。

通りをずっと見渡していたステイシーは、コートを着てふくれあがっている女性がレディー・ミンストレルだろうかと思った。三十度を越える暑さだというのに、ロンドンという町には首まで毛皮に埋まった太ったご婦人が現れるのだ。この女性が十番の停車場で立ち止まったら、ノーと言おう。どちらにしても断るかもしれない——まだ決心していないのだ。レディー・ミンストレルが電話で面会の約束をしてきて以来、決心しようと努力してきたが、まだうまくいかない。イエスかノーか答えが見えそうになるたびに、答えは逃げ、最初から考え直すはめになる。レドシャーは大きな州だ。何年レドシャーに住んでも、チャールズ・フォレストと顔を合わせずにすみそうだ。何年も暮らして、しかも彼の知人にすら出会わずにすむかもしれない。そのいっぽう、レドリントン・ハイ・ストリートでいきなり彼に出くわしてしまったり、カクテルパーティーやお茶の席で離婚について論じ合っている人たちといっしょになる可能性だってある。「チャールズがあの女を捨てたんですってよ。名前はなんでしたっけ？　ちょっと変わった名前だったけれど、忘れてしまったわ」……「彼を捨てて家を出たんじゃなかった？　チャールズ——なんとかにはめずらしい経験よね？　たいていはその逆だったのに」住人たちはそんなふうに言ったものだし、ステイシーがレドシャーに行って年老いたミセス・コンスタンチンの細密画を描くとなったら、またもやそんな話を聞くはめになるかもしれない。

ステイシーは右手をぎゅっと握りしめた。だからなんだというの？　何か行動を起こせば、人々はあれこれ言うものだし、あれこれ言われたら、それに慣れてしまうしかないのだ。何が問題だというのか？　彼女はチャールズのもとを去り、彼は扶養義務を放棄するために離婚した。それがどうしたのだ？　最後に彼の顔を見てから三年たった。彼女はなんとか生計を立て、細密画で名を揚げつつあった。レドシャーまで出かけて、ミセス・コンスタンチンの肖像画を描いてはいけない理由などあるだろうか？　この老婦人は有名人だ。わたしも羽飾りのついた帽子が買えるだろう、お金をもらえるのだから。ロンドンは焼けつくような暑さだ。突然ステイシーは、これ以上こんなところにはいられないと感じた。二部屋のフラットに住み、灰色の家々を眺める生活。八月の舗装道路を歩くことを思っただけで、脚が痛くなってくる。握りしめていたこぶしが、ゆるんだ。今回の依頼を引き受ければ、庭も手に入るだろう――芝生と木々と木陰も。チャールズに会おうと会うまいと、それがなんだというのだ？　「こんにちは！」と挨拶を交わすだけで、あとは自分の生活を続ければいいのだ。すでに、たがいにとって大事な人間ではない。もう離婚したのだから。

通りにタクシーが現れ、十番に停まった。背の高い女性が降りた。ステイシーには小さな黒い帽子の山と、薄地の花模様のドレスがはためくところしか見えなかった。窓辺から下がって待つ。結局、最初の一瞥《いちべつ》では何もわからなかった。

レディー・ミンストレルは、帆に風をはらんだ船のように、部屋に入ってきた。もし一流のドレスメーカーに頼むだけの金もセンスも持ち合わせていなかったとしたら、彼女はただの大柄で骨ばった女にしか見えなかっただろう。じっさい彼女は堂々としていた――身長はゆうに百八十センチはあり、豊かな黒髪には白髪が混ざりはじめたばかり、整った顔立ちだ。この女性を前にすると、ステイシーは自分がちっぽけで貧相な気がした。レディー・ミンストレルはいったん口を開くと、結婚後入り込んだ階級にふさわしい抑制された声で話した。非の打ちどころがないようだが、ただ一つ難を言えば、借り物の声のように聞こえないこともない。

「ミス・マナリング――面会を都合してくださってとても嬉しいですわ。手紙では意志の疎通がじゅうぶんには行きませんでしょ、それに電話越しの会話は一方通行になりますし」黒い瞳《ひとみ》をステイシーにひたとすえたまま、客はゆっくりと腰を下ろし、中断などなかったかのように話しつづけた。「お話ししようと思っていたのですけれど、ご承知のようにこれはふつうの肖像画の依頼とはわけがちがうのです。わたくしの母は、肖像画を描かせてくれと言われても、いつでもはねつけてきました。そりゃあ舞台に立っていたころは写真を撮らせていましたけれど、それも役に扮《ふん》したものばかりです。これまでの人生で、私生活での写真を撮らせたことはないのです。わたくしと妹はぜひとも――」いったん言葉をとぎらせ、両手をちょっと動かした。「おわかりいただけるでしょう」

ステイシーは「よくわかりますとも」と答えた。冷静で落ち着いた声が出た。三年前だったらこうは行かなかっただろう。自分でもそのちがいがわかった。それがいやでもあり、嬉《うれ》しくもあった。よろいを着けなければ傷ついてしまう、けれど時としてよろいは固く着心地が悪い。

レディー・ミンストレルはしゃべりつづける。「母は、展覧会であなたの作品を数点拝見しました。老人の肖像画があったそうです――ラングトン教授でしたか。母はそれがたいそう気に入って、家に帰るなりこう言いました。『あんたはいつも、絵を描いてもらえって言っていたね。もしあの若い女性と連絡を取れるんなら、描いてもらってもいいわよ』」そして、さきほどと同じ小さな身ぶりをする。「あんまりぶしつけだとお思いにならないといいけれど、母はとても個性的で、ほんとうにそんなふうに話すのですよ。母がありきたりの人間だと思って、肖像画に取りかかるのはよくありません。これまでも、これからもありきたりな人間ではないのですから」

ステイシーは笑ってしまった。「お母様が平凡だったら、描きたいなんて思いませんわ！」

「母を描く気がなさる？　ぜひお願いしたいのだけれど」

「お話をうかがって、描きたくなりました」

「ああ、よかった！　願いがかなったわ、めったにない機会なんですもの。母は好奇心旺盛《おうせい》です。今でもエネルギーのかたまりなんですよ。あなたがノーとおっしゃったら、母は町に乗り込んできてあなたが承知するまで、この椅子《いす》でねばるでしょうよ。ですから、こうしてお約束できれば、はるかに労力の節約になるのです。では、どうしましょうか？　いつなら、ご都合がよろしいかしら？」

ステイシーのなかの何かが言った。「それはちょっと――」

その声はほとんど聞き取れないものだった。ステイシーがばかはお止《や》めなさいと言えば、声の主は消える。報酬についてレディー・ミンストレルと話し合い、二日後にバードンに行くことを取り決めると、勝利の快感が体に満ちてきた。

「レドリントンからうちまで十一キロほどですよ。三時四十五分発の汽車で、お目にかかりましょう」

3

レディー・ミンストレルが帰ってしまうと、ステイシーは階下でレドシャーの地図を借りてきた。一階に住むオルバリー大佐は、世界中の地図を持っていた。車を持っていた時分は、地図に出ている道という道を猛スピードで飛ばしたものだ。運転できなくなった今は、日がな一日地図を眺め、運転した場合の燃費を計算したり、どの坂道を惰走すれば燃料の節約になるか考えたりして暮らしていた。ステイシーはこの手の計算に巻き込まれるのは真っ平だったので、夫人のほうが出てきた時にはほっとした。夫人は何も訊《き》かずに地図をステイシーに渡し、あたふたと洗濯だか料理だか掃除だかにもどっていった。いずれに関しても夫人はひどく要領が悪く、一日中かかりきりなのだ。

部屋にもどったステイシーは、昼はソファー、夜はベッドとして使っている家具の上に地図を広げた。二部屋あると言っても、奥の部屋はせますぎるし眠るには暑すぎる。

地図を広げてしまうと、膝《ひざ》をついてしげしげ眺めた。レドリントンがあり、十一キロ行くとレドストウがあり、そのまた先にはうねるような海岸線がある。バードンなどは載っているはずもないが、ヘレという村は載っており、これまたレドリントンから十一キロだった。これだけのことを、レドストウの反対側から見て一度に発見し、息を吸い込んだ。浜辺から二十二キロもある。ウォーンは海沿いの土地だ。チャールズがそこにいるとしても、ステイシーは気楽にバードンまで行ける。二十二キロといえば、たいした距離だ。おまけに、チャールズがウォーンにいるはずがあるだろうか？　ソルティングズで生活するような金はないはずだ。

ステイシーはしばし、イギリス海峡から吹く風をさえぎる古木に囲まれた、大きな灰色の屋敷を思い浮かべた。あの屋敷は売ったのか、人に貸したのか、それとも区分してフラットにしたのだろうか。チャールズはそうなって気に病んでいるだろうか。だとしても、それを人に見せる人間ではない。彼はなんにも見せなかった。それは、見せるものが何もなかったせいかもしれない。世間には笑顔だけを向け、思いのままに人を魅了したが、笑顔を気に入ってほしかっただけなのかどうか、あのころも現在もステイシーには知る由もない。

ステイシーはすばやく立ち上がった。地図をたたむと椅子《いす》の上に放ったが、オルバリー大佐が見たら激怒しただろう。ステイシーは生まれつきのばか者かもしれないが、地図を見ながらめそめそとチャールズの思い出にふけるほど愚かではない。チャールズやソルティングズがどうなろうと、ステイシーの知ったことではない。バードンに出かけていってマイラ・コンスタンチンの肖像画を描くつもりだし、バードンはウォーンから二十二キロも離れている。

その日の残りは、忙しくすごした。あと二日で出発するのだから、かたづけることが山ほどある。精力的に働いたので、ベッドに入った時はくたくたで、頭を枕《まくら》につけるやいなや眠り込んでしまった。次に必要なのは、ソルティングズの夢を見ることだ。

それはとてつもなく鮮明な夢だった。ステイシーは崖《がけ》っぷちの道を歩いている。じっさいに崖道はあり、それが大嫌いだった。あまりの急傾斜で道幅はせまかったからだが、夢のなかではいっそうせまかった。崖道の傾斜はけわしく、そのかわり陸側の傾斜はゆるやかで、ところによっては頭くらいの高さになる岩壁が続いている。たいそう明るいにもかかわらず、海も岩壁のてっぺんも見えない。砂浜に波がゆっくりと打ち寄せ、のろのろと引いていくのが聞こえるし、岩壁に吹きつける風の音も聞こえるのに、潮を見ることも風を感じることもできない。まっすぐ歩きつづけなくてはならない。なぜそうしなくてはならないのかは、わからない――わけもわからず選択の余地もなく、そうせざるをえないのだ。岸壁にはオルバリー大佐の地図が立てかけてある。町や道路や川が載った地図が垂直に立っている。崖道も描かれている。ステイシーが歩くたび地図に印がつく。ソルティングズを過ぎたから、やがてウォーンに着くだろう。道はそこで終わるはずだ、崖を降りていくと村になるのだから。今にも下り坂になってウォーン・ハウスを囲む木々が、そして村の家々の屋根が見えてきそうだ。何かがちがう――道はどこまでも続いて、どこにも着かない。頭のはるか上から声が呼びかけてくる。「ステイシー、どこにいるんだい――どこだ?」ステイシーは答える。「ウォーンに行くの」声が言う。「行くな。警告するよ――ウォーンには行っちゃいけない」それから声は聞こえなくなり、チャールズがせまい道をこちらに向かってくるのが見えた。どちらかが向きを変えないかぎり、二人は顔を合わせることになる。向きを変えるのは無理だ。道は足幅と同じくらいせばまり、さらにはオルバリー大佐の地図上の細い線と同じくらいになってしまった。チャールズが以前と同じようにほほえみかけてくると、ステイシーはがさがさいう地図の上にうつぶせに倒れ、そして目がさめた。

一瞬、どこにいるのかわからなかった。岩や海があるはずなのに。そんなものはないし、チャールズもいない。ステイシーの身を守ってきたよろいもいっしょに、なくなってしまった。ステイシーは枕《まくら》につっぷして泣いた。

4

　ステイシーは汽車の座席におさまり、上機嫌だった。自分を引き止めようとするあらゆるものを撃退し、こうして旅路についている。嬉《うれ》しがる権利はあるのだ。マイラ・コンスタンチンの細密画を描くためにバードンに行くことを、朝電話で話した時、エディス・フォンテーンが感嘆符を六個ぐらいつけて「なんですって」と言ったけれども、ちゃんと撃退した。感嘆符に続いて、エディスは息を止めた。

「じょうだんでしょ！」

「なぜ？」

「そんな、なぜって！」エディスはまだあえいでいた。「そりゃあ、あなたが気にしないのなら――」

「何を気にすることがあるの？」

「わたしなら、ちゃんと考えて――」

　ステイシーはかっとなった。「考えてくれなくてけっこうよ！」と言って、がちゃんと受話器を置いた。

エディスは従姉かもしれないが、世界で一番腹が立つ女の一人だ。エディスがほんとうにしたかったのは、ステイシーの手を握って「わたしにだけ教えて」と言うことなのだ。エディス相手の電話で、受話器をたたきつけたのは、これがはじめてではない。たいていステイシーはあとで後悔する。エディスはステイシーを赤ん坊のころから知っているし、親切のつもりであれこれ世話を焼くのだ。だがきょうにかぎっては、ステイシーは勝利の高揚感にひたっていた。自分の心配事や、あのいまいましい夢を撃退したように、エディスのことも撃退したのだ。がんばれば、わたしだってなんでも打ち負かすことができる。

誰だったか、慌てて行動するのがステイシーの欠点だと指摘されたことがある。よく覚えていないのだが、おおかたエディスの母親、年寄りのアガサ・フォンテーン伯母あたりだろう。そう、そうにちがいない。アガサの声が聞こえるようだ――「あなたはいつも大慌てなのねえ。何か気に入ったら、すぐ自分のものにしないと気がすまないんだから。先週着てきたドレスときたら――ちっとも似合わないし、実用的でもないのに、落ち着いて考えるってことをしないで、衝動買いしたんでしょう。あげくが今度の結婚ですよ――」

こんな調子だったに決まっている。慌ただしい婚約期間と電撃的な結婚――「急いで結婚して、ゆっくり後悔するなんて」云々。チャールズは気にさわるドレスと同じく、ステイシーに似合わなかったし、実用的でもなかった。古い土地にどっぷりつかった生活、収入はほとんど陸軍からの支給のみ、趣味は高くつくし、チャールズはむやみに魅力的なだけ。ステイシーは耐えられなかった。慌てて結婚したのに、ハネムーンが終わらないうちから結婚を後悔していた。

小さな怒りで、ステイシーの顔が赤くなる。またしてもチャールズ！　アガサ・フォンテーンなんていう、彼に無関係の人間のことを考えていたら、ひょいと浮かんできた。あの二人のことを考えたら、笑わなくてはいけない。ほらもうだいじょうぶ、また愉快な気分になれた。

レドリントンに着くと、レドストウ行き列車なので、プラットフォームは乗り降りの客でごったがえしていた。群集のなかでひときわ背の高いレディー・ミンストレルは、フラットに来た時以上に堂々として見えた。レディー・ミンストレルは、窓越しにステイシーの姿を認めるやいなや向かってきて、ろくに挨拶も交わさないうちに車内に乗り込み、すみの座席に腰を落ち着けてしまった。「お気にならないといいのだけれど――レドストウに行くことにしたのですよ。お知らせする暇がなくて」

ステイシーが答える間も、理解に苦しむ以外のことをする間もないうちに、赤帽が二つのスーツケースを、ついで果物の入った大かごを積み込んだ。ようやくステイシーが「レドストウ?」と言えたころには、赤帽は子ども三人がステップを上るのに手を貸しており、さらにでっぷり太った女性の手を引っ張っていた。子どもたちはそろってプラットフォームにいる誰かに手を振りたがり、太った女性は顔の汗をぬぐい終わると立ち上がって子どもの頭越しに手を振った。

ステイシーはできるかぎりレディー・ミンストレルに近寄った。口のなかが、からからだ。もう一度「レドストウですって?」、それから「わたしは無理です――」というようなことを言った。

子どもたちは集まった親戚にさよならと叫んでいる。レディー・ミンストレルは声を張り上げて言った。「母がウォーンに行ってしまったの」

悪い夢でも見ているようだ。ステイシーはウォーンになど行けそうもないのに、三十秒もしないうちに汽車は彼女を運んでいくのだ。ナンセンスだ。レドストウより遠くへは運べないはずだし、ステイシーはレドストウで降りてロンドンに帰ってくればいい。今ここで降りたっていいのだ。ステイシーが座席から腰を浮かせると、赤帽が「失礼しますよ!」と叫んで片手でドアを大きくあけ、もう片方の手で子どもたちを奥に押し込み、針金のように痩《や》せた女性が乗り込めるよう道を作った。赤帽は、女性のうしろでドアをばたんと閉めると、「いいぞ、ジョージ!」と叫び、汽車ががたんと動き出すと、子どもたちはきーきー声をあげたりくすくす笑ったりし、闖入者《ちんにゅうしゃ》はレディー・ミンストレルの向かいの席にいた二人を押しのけて座り、いきなり言った。「あら、ミリーじゃない! 会えて嬉《うれ》しいわ。どこに行くの?」

レディー・ミンストレルは答えた。「ウォーンよ。ママが突然言い出してね。ママがどんな人か知っているでしょ」そしてステイシーのほうを向いて紹介した。「こちらは、うちがお招きしたミス・マナリング。ミス・マナリング、こちらはお友だちのミス・デイルです。ミス・マナリングのお仕事のことは知っているわね、ドシー。ママはたいそうすばらしいと思ったので、観念してこちらに描いていただく気になったのよ」

シオドシア・デイルは、ステイシーをじろりと見た。仕事ばかりか、ステイシーのすべてを知っていた。チャールズ・フォレストと結婚し、彼のもとを飛び出し、今は離婚していることを知っている。誰についても、何か知るべきことがあれば、いつだって知っているのだ。あいにくと、ステイシーがフォレスト夫人としてソルティングズにいた短い期間、ドシーは不在だった。現場にいあわせていたなら、当然ハネムーンが無残な結末を迎えた理由を突き止めていたはずだ。もちろん、この娘はチャールズ・フォレストの正体を見たのだ——それは言うまでもない。しかし、彼女が見破ったものが何か、誰も知らないようだ。噂《うわさ》はかしましかったものの、いずれの説も真実とは思われなかった。リリアス・グレイのせいか？　ナンセンスだ！リリアスは養女として引き取られた、チャールズの義姉で、たしかにチャールズに夢中になっている。それでも、チャールズのほうがリリアスに恋愛感情を持つようなことがあれば、飾り気のないフェルトの帽子をむしゃむしゃ食べてみせてもいい。伴侶《はんりょ》となった女性を、リリアスがいて混乱状態のソルティングズに連れてくるチャールズは、言うまでもなくばか者だ。おおかた、リリアスとステイシーはいい友達になるとでも思ったのだろう。男なんてそんなものだ。信じられないくらい頭が悪いのだから。

こういった考えが頭のなかを駆け巡っているあいだ、ドシーはミリー・ミンストレルの隣に座っているステイシーをするどく観察していた。子どもたち――たいそう行儀が悪い――は、チョコレートをめぐって殴り合いのけんかを始め、うち二人は金切り声を上げていた。しばし、会話をかわすのは不可能になった。ドシーは堅苦しく座っている。鉄灰色のツイードの服は、たっぷりとした豊かな髪、分厚いカントリー・シューズ、飾り気のない帽子に合っている。ドシーは、ふたたび旧姓のマナリングを名乗るようになった元ステイシー・フォレストを見た。とくに背が高いわけでもなく、とにかく特徴がない。茶色の髪が取り柄だろうか――近ごろの若い娘は美容院でお金を使い果たすものだ。灰色の目はちょっと離れすぎている。濃いまつ毛には、悪趣味なマスカラなどつけていない。色白の肌には、好ましい色の口紅を塗っている。こざっぱりしたブルーのリンネルのドレス。この娘は淑女らしく見える。手足の形もよく、かかとの形もよい。けれど、なんだってチャールズ・フォレストがこの娘と恋に落ちたのか、それは想像を超える話だ。特別スタイルがいいわけではない――ただほっそりしているだけだ。まともに食べたことがないのだろう。若い娘というものは、男と同じくらい愚かなのだ。まあ、男ほどひどくはないけれど。この――なんて名前だっけ――ステイシー？　ばかばかしい！　この娘は、軽食堂の高いスツールで脚をぶらぶらさせて粗末な食事を取ったのだろう。まったく気が知れない！

　戦闘の騒ぎはおさまっていた。太った女性は黒いキッド（子山羊の革）の手袋で顔をあおぎ、子どもたちは三人そろって食べたばかりのチョコレートで顔をべとべとにしていた。レディー・ミンストレルは中断などなかったかのように、しゃべりつづける。

「ママはそんなふうなのよ――何かがほしいとなったら、すぐ手に入れないと気がすまないんだから」そしてステイシーのほうに向く。「時間があったら、あなたに計画変更をお知らせしていたけれど、とてもそんな暇がなかったのですよ。母は、バードンにもいい加減飽きた、海辺の新鮮な空気を吸いたいと言い出して、今朝荷物をまとめてウォーンに出発してしまいました。わたしに知らせることすらしなかったのですよ。下に降りていったら母がいなくて、あなたに電話しても手遅れだったから、汽車で合流するのが一番だと考えましたの」

ステイシーはいちどきに、おもしろがり、怒り、ほっとした。口を開いて「まあ、でももちろん――」と言いかけたものの、レディー・ミンストレルにさえぎられた。

「いいえ、いいえ、モデルになることについては、なんの変更もないのです。母は、いつも通りウォーン・ハウスに行っただけですから」

ステイシーの手は膝の上でぎゅっと縮まった。ルイス・ブレイディングの家だ！　おまけに自分はこれからそこに行って、おそらくは彼の客としてミセス・コンスタンチンを描くのだ！　ルイスの姿がぱっと心に浮かんだ。痩《や》せて顔色が悪く、目には憎悪が宿り、有名な宝石の一つを彼女に見せている――かつてマリー・アントワネットのものだったというサファイアの指輪を。

シオドシア・デイルはぴんと背筋を伸ばしたかっこうから、やや上体を傾けて、そっけなく言った。「ウォーン・ハウスはカントリークラブになったのですよ」

ステイシーは思った。「この人はわたしを知っている。さもなければ、こんなことを言うはずがない」

レディー・ミンストレルがあとを引き取る。「以前はミスター・ブレイディングのものでした、わたしたちのお友だちの。でもあの人には大きすぎるから、賢明にも売ることにしたのです。コレクションのために建てた別館だけ自分のものにして、そこで暮らして、食事はクラブで取っています。彼にとってはたいへん好都合なのです。もちろん別館は外界から厳重に遮断されています。スチール製のドア、スチール製のシャッター――そういうものでね。彼のコレクションはとほうもなく価値があるし――歴史的に興味深い宝石類です。母がウォーンに行く気になったのは、それもあるのです。母は精巧な宝石に目がなくて、ミスター・ブレイディングはたいへんみごとなものを持っていますから。別館はまるで金庫だけれど、わたしなら貴重なものをそんなにたくさん持っていたくありませんね」

ミス・デイルが、ちょっと笑い声を立てる。「まったくよね！　みずから災いを招いている、と言いたいわね！　ルイスは今に殺されるわよ、そうなったらあのがらくたが何の役に立つかしら？」

レディー・ミンストレルはショックを受けたような口ぶりで、「ドシーったら！」と言ったが、ミス・デイルは首を横に振る。「切手でも集めるほうがよっぽどいいわ。宝石にのぼせる男なんて、どこか異常なのよ」

ステイシーはやっと口をはさむ。「ホテルでは、ミセス・コンスタンチンの細密画は描けそうもありませんわ――とても無理です」

ミス・デイルの目にサディスティックな光が走るのを、ステイシーは見た。すると、レディー・ミンストレルの手がステイシーの腕にかかった。

「まあ、そんなことおっしゃらないでちょうだい――やっとここまで漕ぎつけたのに！　説明させてくださいな。ウォーン・ハウスはホテルではなくて、クラブです。母専用のスイート・ルームがあるの。きっと、個人の住宅にいるのと同じだとお思いになるはずですよ」

シオドシアは二人のようすを眺めている。この娘は逃げ出したいはずだが、ミリーがそんなことをさせるはずがない。この芸術家がおとなしく従わなかったら、ミリーは年寄りのマイラからどんな仕打ちを受けるかわからない。四十年ものあいだ写真を撮られることを拒否してきたあげく、急に風向きが変わって肖像画を描いてもらう気になったのだ。最後の段になってこの細密画家が消えたりしたら、どれほど荒れ狂うだろう。

シオドシアは、ミリーがなだめ、娘がしりごみするさまを眺める。そうするうち一行はレドストウに到着し、マイラ・コンスタンチンのおかかえ運転手がプラットフォームまで出迎え、帽子に手を触れ、「お車の用意がございます、奥様」と言った。

5

車のなかでステイシーは、これじゃわたしは催眠術にかかった兎《うさぎ》（臆病者の喩え）だと思っていた。だからといって、いったい何ができたというのか？　理由もなしにいやだと言いつづけることなど、できやしない。聞き耳を立てるシオドシア・デイルと太った女性やチョコレートをむしゃむしゃやる三人の子どもの前で、事情を説明することなどできるわけがない。ステイシーは内心、軌道修正に大わらわだった。これまでと同じように、修正するに越したことはない。ウォーン・ハウスに行って、ミセス・コンスタンチンの前で静かにわけを話し、朝の汽車に飛び乗ればいいのだ。ルイス・ブレイディングの家で一晩すごしたからといって、傷つくことはないだろう。ディナーに参加する必要すらない。駅で騒動を起こすよりよほどいいし、体面もつくろえる。

レディー・ミンストレルの声で、ステイシーの思考は中断された。「ドシーとわたしは、学校でいっしょでした。彼女のお父様が校長先生でね。村には古いおうちがあって、村人のことならなんでも知っています。きょうのディナーに招待したの。母もなんでも知りたがる性分なので」

ステイシーはなんと答えたらいいものか、わからなかった。

レディー・ミンストレルは滔々《とうとう》と述べ立てる――学校時代のこと、ドシーの親切、ドシーの毒舌について。「彼女は世界一の親友だけれど、知りたがり屋なのです。冬だろうと夏だろうと、分厚いコートとスカート以外は身に着けないんですよ。この暑いのに、なぜそんなことができるのかわからないわ。ほら――もうウォーンに着きました――坂を降ります。美しい村でしょう。ドシーがレドストウでお茶を飲むことにしたなんて残念、そうでなければ乗せていってあげたのに、でもバスの便はいいのですよ。ほら――あれがウォーン・ハウスです。木のあいだから、半分丘の上に建っているのが見えるでしょう。暑くて疲れると思いませんこと？　お茶をいただきたいわね」

ウォーン・ハウスの敷居をまたぐなら、一杯のお茶ではたりない、とステイシーは思った。ルイス・ブレイディングは従兄弟のようなもので、いつもあの家にいた。ステイシーとチャールズは、ある夏の夜ブレイディングと夕食をともにし、ソルティングズからドライブしてきて、今と同じように木々のあいだを縫う道を走っていた。家が見えてくるとチャールズがハンドルから手を離して、ステイシーの頬《ほほ》に軽く触れたのだ。

「元気出せよ、ダーリン。あしたになればいつも通りさ。いったい、どうしたんだい？」

「彼、わたしのこと好きじゃないわ」

チャールズの顔がぱっと輝き、いたずらっ子のようなチャーミングな表情になった。「やつは誰のことだって好きじゃないさ――それほどはね。以前心があったところが、コレクションでふさがれているんだ――ほかのことが入り込む余地がないのさ」

「ぞっとするわ」

チャールズの笑い声が聞こえた。「元気出せって！　世間にはいろんな人間がいるんだから」

場面がよみがえってきた。二人ともほのぼのと幸福で、一人ぼっちのルイス・ブレイディングに同情していた。その記憶は心をえぐる。二日たったら、ステイシーもまた一人ぼっちなのだ――心を殺してしまうきびしい孤独が待っている。

「ほら、着きましたよ」レディー・ミンストレルが、やれやれという口調で言った。「すぐ、母に会っていただきます。あなたを待ちかねているのですよ」

ミセス・コンスタンチンの居間は、木々を越えて海を見張らせる位置にあり、海は雲一つない空の下で信じがたいほど青く静まり返っていた。ミセス・コンスタンチンは元気いっぱいで窓際に座っていた。室内で一番大きな椅子《いす》に腰かけ、刺繍《ししゅう》された足載せ台《フットレスト》に脚を伸ばしていた。それはきれいな足で、「わたしのなかで唯一きれいなものだから、もちろん」彼女は誇りにしていた。ステイシーは何よりもまずそれに気づいた――きれいでエレガントな足が、きれいでエレガントな靴を履いている。その上にはちぐはぐに不恰好な体が乗り、賢そうでみにくい顔は平べったい造作だ。がっしりしたあご、幅の広い口、驚異を感じさせるほどきらきらした瞳《ひとみ》。

ひと目見ただけで、ヒキガエルを連想させる――大きな猫背の体、前に突き出した頭、大きな口、あの目はヒキガエルのように飛び出してはいないものの、何かに似ている、ステイシーに何か連想させる――。

ふいに、それがなんだかわかった。頭のなかに言葉が流れ込んでくる。「ヒキガエルのようにみにくく毒を持っていたけれど、頭には立派な宝石の飾りをかぶっていました」マイラ・コンスタンチンの目は黒々と輝く、すばらしい宝石のようだ。男のような深みのある声が発せられた。「それで、ミリー?」それから、「はじめまして、ミス・マナリング」彼女が差し出した手は角ばって、力強かった。「座ったままで失礼しますよ、立つのはひと苦労なのでね。こちらにおかけなさい、あたしをよく見てくださいよ。こんなみにくい年寄りだけど、あんたはかわい子ちゃんを描くのにも飽きているでしょう。若い娘たちときたら、どの子も似たり寄ったり、とくに近ごろは――着てるものから、スタイルから顔の色つやから、なんでも決まりきってて、まるで大量生産じゃありませんか。ヘット、お茶を頼みなさい!」老婦人は片手を振る。「娘のヘスター」それから、顔をしかめて、「ミス・コンスタンチンです」と言った。

ステイシーは、背の高い弱々しい女性と握手をした。レディー・ミンストレルのおもかげがあるが、それ以上のものはない――もっと老けており、従順で、しいたげられた風情で、生気も個性も感じられない。ステイシーはヘスターをちらと見て、母親と同室しているかぎり、彼女はどんな人間からもちらとしか見られないのだと理解した。年老いたマイラが黒を着て、ヘスターが緋色《ひいろ》の服を着ていたとしても、ヘスターは気にも留められないだろう。そして今、はなやかな花模様のドレスにゆるやかなサクランボ色の上着をはおっているのは、マイラだった。

「で、どうなさる？　あたしを描いてくれますかね？」

今こそここに泊まるわけにいかない理由を説明する時だったが、それはまったく不可能だった。マイラ・コンスタンチンは言葉をつくして、自分はみにくいから描けないんじゃないかと尋ねてきたから、「町にもどらなくてはなりません」と答えようものなら、それは「ええ、あなたはみにくいです」と言ったも同然になる。そして、それは真実ではない。マイラ・コンスタンチンは最高に魅力的な素材だった。真紅の上着、ゴリウォグ（真っ黒な顔をしたグロテスクな人形）のように縮れた白髪も何もかも。ステイシーのなかの芸術家気質が、むくむくと頭をもたげた。目を輝かせて身を乗り出し、最高に説得力のある声を出した。「まあ、描かせていただけますの？　ぜひそうさせていただきたいですわ！　あなたを描けるなんて最高ですわ！」

マイラ・コンスタンチンはくすくす笑った。「その意気よ！　では、二人だけでお話ししましょう」マイラは一瞬うしろを振り向いた。「ミリー、ヘットといっしょにラウンジでお茶を飲んできなさい。あたしとミス・マナリングは話があるから」

背の高い、堂々たるレディー・ミンストレルはやってきて母親の肩に手を置いた。「はい、ママ」と、聞き分けのいい小さな女の子のような声を出す。それからお茶の道具が運ばれてきて、彼女とその妹は部屋から出て行った。

ミセス・コンスタンチンが主導権を握った。お茶はたっぷり用意されていた。ミセス・コンスタンチンは、お茶をついでいない時は、旺盛《おうせい》な食欲を見せて飲み食いし、ついでいるか食べているかしている時は、ほとんど息もしなかった。

「さあ、おいしいお茶にしなくちゃ。あたしはいつも自分のいれたお茶が好きだったし、これからもずっとそうですよ。お客が来た時は、いつでも『カクテルがよければどうぞ』って言うんです。『お好きになさってください』ってね。『あたしはおいしいお茶をいただくから』って」ステイシーにちょっと意地悪な目を向ける。「下品な婆さんでしょ? そう、あたしは下品に話すこともできるし、その気になれば上品な口もきけるんですよ」声ものごしも、一瞬のうちに変化した。「ミス・マナリング、道中さぞかしお暑かったでしょう。サンドイッチをいただきながら、お天気の話でもいたしましょうよ」にやりとして、うしろにもたれかかる。「ほらね――その気になれば、ミンストレル家の人間みたいにできるのよ。ミリーの身内ときたら――ひどくお育ちがよくて、おそろしく退屈なんだから。あの子は適応しすぎましたね。『はい、ママ。いいえ、ママ。ママ、お休みになる時間ですよ』」物まねはそっくりだった。

「ちぇっ!」マイラ・コンスタンチンは乱暴に言った。それから、「そりゃまあ、あれはいい娘だし、ヘットだってそうですよ。問題は、あたしは退屈が我慢ならないってことでね」

ほとんど沸騰しているようなお茶を一気に飲み干すと、黒い瞳《ひとみ》がステイシーの顔をしげしげ見つめた。「あんたは役に立つかしらね?」とその目は言っている。「あたしを楽しませてくれる? どうだか、見きわめてやろう。あたしにびっくりした? それもどうかわからないけど、これからたしかめるからね」

マイラはカップを置くと、またお茶をついだ。「まだ飲めないの？」

ステイシーは言った。「まだ熱すぎますので」ステイシーの目が、問いかけてくるような目と合う。大きくて明晰《めいせき》で、かすかに笑いを含んでいる。ステイシーは、ほんとうは「どうぞ、お話を続けてください」と言いたいのだ。

そんなことを言われなくとも、マイラ・コンスタンチンは相手の願いを入れ、するどい質問を発した。

「それで、あたしについて何を知っていますか？」

「あなたはマイラ・コンスタンチン——」

「だからなんです？」

「最高に多才な芸術家の一人ということです」

マイラはうなずく。

「世間をあっと言わせました」と語りはじめた。「あたしの生まれをご存知？　スラムよ。飲んだくれの父——しいたげられて疲れきった母——子どもは七人立て続けに生まれました。今みたいな刑務所がなかったからね。母のためにはあったほうがよかったのに、かわいそうな母さん。九人が地下の台所で暮らしてました——子どもたちはなんとか育ちましたよ」そして短く笑った。「ミリーやヘットだったら、ずっとあそこにいたでしょう。でも、あたしは家を出た

——おとぎ芝居の世界に身を投じたんです。あたしが妖精《ようせい》を演じるなんて想像できますかね？　それがスタートでした。『あの子をうしろに引っ込めとけ！　カラスもびっくりするぞ』ってのが舞台監督の言い草でした。だからあたしはうしろの列にやられて、自分をからかう子どもたちにはしかめ面をしてみせました。こんなふうに」大きな口をさらに大きくあけて、唇を突き出すとがんじょうそうで真っ白でするどい歯が見えた。ぞっとするようなやぶにらみをしてみせると目が引っ込み、ゴリウォグのようなぼさぼさの髪におおわれた耳がぴくぴく動いた。

「今だってできるんだから」マイラ・コンスタンチンは悦に入ったようすで言った。「子どもが三人ばかり卒倒すると、舞台監督たちはあたしを呼びつけて何をしたんだと訊いたので、あたしはもう一度やってみせました。演出家のシム・パーセルがそれを見てたんです——たまたま通りかかったんだけれど。くわえていた葉巻を手に持つと、言いました。『彼女に小鬼の役をやらせろ。舞台化粧なんか要らないな！』で、その通りになって、あたしは三段跳びのダンスみたいなまねをして、しかめ面を見せました。それが妖精のダンスのきっかけを作るんです。あたしが出るたびに、客席はどっと湧きましたよ。それがあたしのスタートで、みにくくたって、ちゃんとみにくかったら割が合うんだってことを学びましたね」マイラはいったん言葉を切り、深い瞑想《めいそう》するような声でつけたした。「あたしは、たいそうみにくかったんです。お茶をおかわりなさいな」

ステイシーの目には、はっきりと笑いが宿っていた。彼女は「どうぞ、お続けになって」と言い、紅茶は無視した。

マイラ・コンスタンチンはうなるような声を出した。

「まだたくさんありますよ」と言った。「あたしはしゃべり出したら止まらないんですよ。今は止《や》めときます。さ、今度はあんたの番ですよ。なぜ、チャールズ・フォレストを見捨てたんです？」

ステイシーは、いきなりひっぱたかれた気分だった。彼女は「それは――」と言いかけ、「ご存知のはずです！」と答えた。口にしたとたん、なんてばかなことを言ったんだろうと後悔する言葉だ。ステイシーは、なみなみとお茶がつがれたカップを手にしていたが、それを置かなくてはならなかった。カップががたがた震えていたからだ。

「知ってるはず？」マイラ・コンスタンチンは言った。「もちろん、知ってますとも。だからこそ、あんたの作品を見に行ったんですよ。あたしはヘットに言いました。『チャールズ・フォレストを見限ることができる女の子なんて、根性があるね――そういうこった。その人の作品を見に行くつもりだよ』ってね。それで、作品を見たら気に入ったんですよ。老人を描いた作品がありましたね――骨に向かってうなってる不機嫌なおいぼれの野良犬みたいな男だった。『じょうずだね』見てすぐにヘットに言いました。『あの作品の作家だったら、描いてもらってもいいよ』するとヘットは、『おお、ママ――』って。まあ、いつもの通りですよ。あたしはミリーに電話して、段取りをつけろと言いました。娘たちのためにひと言釈明しておきますけど、言われたことはするんですよ。それで、家を出た理由を話してもらえませんかね？」

ステイシーは平静を取りもどしていた。またカップを手にする。

「お話しするとお思いですか？」とステイシーは言った。

マイラはくすくす笑う。「話せるわけないわね」

ステイシーの顔が赤くなる。今度は怒りのせいだった。「あなたがウォーンにいらっしゃると知っていたら、わたしは来ませんでした。レドストウから、まっすぐロンドンに引き返せばよかったと思っています」

「なぜ、そうしなかったんです？」

「ミス・デイルがいらしたし、運転手も来ていたので。わたしは――」

黒い目がからかうようにステイシーを見ている。

「それで？」

「こちらで説明するつもりでした――あなたに」

「でも今は、すっかり描く気になっている」

「わたしは、あなたに魅了されたのです」

四角い不恰好《ぶかっこう》な手が打ち合わされ、大きなダイヤモンドが光った。大きな口がにやりとする。

「あたしは、そうしてなりあがったんですよ――観客を魅了したんだ。踏みつけにされるより、断然いいですからね。ある時、お客があたしを野次りました――いんちき芝居だと言って。あたしが何をしたか教えてあげましょうか？　どんと足踏みして、こう言ったんです。『バカをお言いでないよ！　あんたが思ってるより、はるかにあたしは上等な人間なんだ！　見せてやる！』しっかり見せてやりましたよ。芝居が終わらないうちに、観客は拍手喝采《かっさい》してました」

それから、愛想のいい、ふつうの会話の口調になった。「で、車に乗せてもらって帰るつもりですか？」

「どんな顔してここにいればいいか、わかりませんもの」

マイラは肩をすくめた。「したいようにしていればいいんですよ。仕事があるから、おおいに気がまぎれるでしょ――あたしと同じくらいわかってるはずですよ。逃げ出したいんならそうしてもいいけど、ほかの誰よりもここにいる権利があるはずじゃないの？」

ステイシーは、またしても魅了されてしまった。そのつもりはないのに、惹《ひ》きつけられてしまう。怒りを持続させようとしたが、それはいい手ではない。ステイシーは、サクランボ色の上着を着たマイラ・コンスタンチンの絵を描きたいのだ。過去三年間、これほど描きたいと思ったことはなかった。ステイシーは手を差し出した。「フェアじゃありませんわ――わたしはほんとうは帰るべきなのです。でも、そんなことはしません。あなたを描かせていただきますわ」

6

一行はディナーの席につくために一階に降り、窓側のテーブルに陣取った。そこが一番いいテーブルで、外の眺めも一番だった。芝生の向こうには木立があり、その切れ目からヒヤシンスの花畑が見える。細長い室内がすべて見渡せるし、誰が入ってきて誰が出て行ったか、ほかのテーブルで誰が話をしているかも、よくわかる。イブニングドレスを着ている者はおらず、気軽な夏服しか見当たらない。

シオドシア・デイルが入ってきて、ステイシーたちと同席した。黒いフェルトの帽子はかぶっていないが、髪と同色の鉄灰色のツイードの服はさっきのままだ。誰も似合うとは思わないものの、あまりにも彼女になじんでいたので、ほかのものを身に着けているところを想像するのは、なかなかむずかしい。かつてはばら色のチュール（絹・人絹などの網状の薄い布地）のドレスでこの部屋で踊ったことがあるなどという事実は、誰も理性では信じられないできごとである。それでも、かつてはミス・デイルがウォーン・ハウスの女主人、ルイス・ブレイディングの妻となるだろうと信じていたことを、ここにいる面々の多くが覚えている。ブレイディングは彼女のためにダンスパーティーをもよおし、婚約指輪に有名なルビーを用意したのだ。それはすべて遠い昔の話だ。

デイルは部屋に入ると、あちこちの席に向かって会釈し、椅子《いす》に座り、スープなんか要らないと断り、メニューをざっと眺め、なんでもいいから冷たいものをちょうだいと言った。

「ロブスター・マヨネーズを」マイラはウエイターに言った。「そう、みんなにね——ミス・コンスタンチンは別にして。誰に似てあんなに胃が弱いんだか。さいわい、あたしはいつだってなんでもおいしく食べてきましたよ。子どものころは、満足に食べられなかったんだ。台所をあさってパンくずにしかありつけなかったから、ロブスターなんてお目にかかれなかったね」

レディー・ミンストレルは「ママったら！」と言い、それからルイス・ブレイディングが部屋に入ってきて壁際のテーブルに向かった。マイラが手を振る。ブレイディングはマイラたちを見て、礼儀正しくお辞儀をして席についた。

シオドシア・デイルは、そのようすに目もくれず、ロブスターの殻から身をほぐしていた。もしブレイディングがテーブルまで来たとしても、「あら、ルイス！」と言うだけで、もとの作業にもどっただろう。小さな村で暮らす人間は、かつて結婚するつもりだった相手に出くわしても、気まずさを克服しなくてはならないのだ。

ステイシーは、ブレイディングから気づかれたかどうかわからなかった。彼は冷淡で退屈そうだったが、いつだってコレクションの話をしていないかぎりは、冷淡で退屈そうにしていた。

おそらくこの二十五年間ずっとそうだったように、細身でぴんと背筋を伸ばし、いっぷう変わっていた。チャールズに似ているところはかけらもなかったが、ステイシーは見るたびに、すこしは似ているかもしれないと思うのだった。フォレスト家の人間は皆あのように色黒で、ブレイディングの母もフォレスト家の出だった。だが、フォレスト家特有の魅力は、彼を通りすぎてしまったらしい。全身これ無愛想という感じで、人を惹きつけるところがこれっぽっちもない。ブレイディングは、ステイシーなどいないかのように、こちらを見た。だからって、何を期待していたのか——彼が駆け寄ってきて、「やあステイシー、ここで会えるなんて！」と言ってくれるとでも？　ステイシーは思わず笑ってしまった。

マイラ・コンスタンチンは、マヨネーズでびしょびしょにしていたサラダから目を上げ、喉の奥でくっくっと笑った。「彼って笑っちゃうでしょ？　世界中の女がほしがるようなダイヤモンドやいろんな宝石を、隣に鍵《かぎ》をかけてしまっていてさ——おまけに、ご本人はその一つとして自分じゃ着けられないんだから」

「ママったら！」レディー・ミンストレルが言う。

ヘスター・コンスタンチンは、ふた言しか口にしなかった。まずそうに皿を突っつきまわし、あらかた残し、最初は「お塩をちょうだい」、次は「お酢をちょうだい」と言った。

シオドシア・デイルはおおいに弁舌を振るった。彼女は村の住人の誕生、婚約、結婚、死についてすべて把握しており、誰と誰の仲が悪いとか、なぜ、どういうわけでどの村人が何をしたか、そして友人たちはそれをどう考えているか、ということまで羅列してみせた。

食事の真っ最中、四人グループが左側のドアから入ってきて、右側のあいたテーブルに向かっていった。女性が二人と男性が二人だ。男女とも、一人はステイシーの知らない人間だった。赤毛で黒いドレスを着て、真珠のネックレスをした女性――しっかりした肩、健康そうに日焼けした肌、明るいブルーの瞳《ひとみ》、気どらない雰囲気だ。もう一人の女性は濃いめの金髪を高く結い上げた、きゃしゃで繊細そうなリリアス・グレイだ。そのうしろに、長身で色黒でみにくいチャールズがいる。リリアスは白ずくめだ。三年前よりずっとあかぬけて見える――化粧も服も全体の身だしなみも今のほうがいい。チャールズより三つも年上だなんて、誰にもわからないだろう。リリアスの白い肌、金髪、真紅の薄い唇が、ステイシーの目の前でにじんだようになる。それがなくなると、今度はチャールズが見えた。彼はまったく変わっていない。以前と同じだなんて、耐えられない。

チャールズは、ルイスが一人で座っているテーブルのわきを通りながら、「やあ、ルイス!」と声をかけた。マイラ・コンスタンチンが手を振ると、チャールズは窓のほうにやってきた。

マイラの声は部屋中の人間に聞こえただろう。「奇遇ねえ! でも、ここで何してるんです?もう陸軍はお払い箱になったとか?」

チャールズは答える。「戦争がない時期は、ときどき短い休暇を取るんですよ」それからマイラ越しにステイシーを見て、いつも通りの快活な声で言った。「やあ、ステイシー!」

つかの間、罠にかかって鋼鉄の歯に締めつけられた心地がした。次に、怒りのあまりほかのことは感じられなくなった。マイラ・コンスタンチンが罠《わな》をしかけ、ステイシーはこの午後自嘲《じちょう》した「催眠術にかかった兎《うさぎ》」さながら、まんまとかかってしまったのだ。この人たちが、わたしが気にすると思っているなら、それは心得ちがいだとわからせてやろう。ステイシーはチャールズの顔を見て、平静そのものの声で応じた。「あら、チャールズ、お元気?」それだけだ。

チャールズは「元気だよ」と答えると向きを変え、リリアス・グレイといっしょに席に着いた。

「ねえ、びっくりするじゃないの!」とマイラ・コンスタンチン。シオドシア・デイルのほうを見る。「彼がここにいるって知ってた、ドシー?」

ミス・デイルはそっけなくうなずく。

「二日前に着いたんです。休暇中だから」

マイラはよそのテーブルに呼びかけた。「どこに泊まっているの、チャールズ?」

「ソルティングズですよ。ぼくのフラットがあるので」

マイラは言った。「そうだったわね。持ち物を置いておく場所がなきゃ困るんだから」それから、テーブル内でのおしゃべりにもどった。「ソルティングズのフラットはよくできているのよ――二部屋のと――三部屋のと――四部屋のがあって、簡易台所《キチネット》もついているし。予算に応じて選べるわけよ。ミス・グレイは三部屋タイプを選んだのよね」それからまた声を高くする。

「あなたのフラットはどんな? 二部屋、それとも三部屋なの?」

ほかの男の美貌《びぼう》よりも魅力的な、みにくいチャールズの笑顔が、ステイシーの心の琴線を揺さぶる。いつだってそうだったし、これからもそうだろう、とステイシーは思う。それは愛情や尊敬や、好意とすら無関係——ただの身体的な反射作用なのだ。たかがチャールズじゃない。

チャールズはマイラに答える。「二部屋ですよ。でも広くてね。台所と風呂もくっついてます」

レディー・ミンストレルが言った。「ママったら、はしたない！」

7

以前は書斎だった部屋で、ダンスをすることになった。本はまだある。ぎっしりならんだ棚には、ギボン（十八世紀の英国の歴史家）の『ローマ帝国衰亡史』や『ブリタニカ百科事典』やら、それからビクトリア朝の小説もどっさりある——トロロープ、チャールズ・リード、ディケンズ、サッカレー（以上四人とも十七世紀の英国の小説家）その他もろもろ。ほこりはかぶっていない——ウォーン・ハウスは管理が行き届いているのだ——ものの、誰かが一冊でも手に取ってから、おそらく五十年間は死蔵されている。

　なんとしても二階に逃げ出したいステイシーは、レディー・ミンストレルとともにマイラ・コンスタンチンの両わきを支えて階段を上っていた。無事に逃げおおせたのは、ヘスター・コンスタンチンだった。マイラは九十五キロはあろうかと思われた。まったく足がきかないというわけではないが、本人も言う通り、膝《ひざ》が弱くてよろけやすいのだ。気を使って、一段一段ゆっくり上り下りしなくてはならない。今回は、ダンスを見に行くと宣言したので、こうなった仕儀である。

書斎の二つの書棚のあいだには窓があり、座り心地のいい作りつけの腰かけがある。三人がミセス・コンスタンチンの選んだくぼみに腰を下ろそうかという時、この女性はやってきた男を大声で迎えた。「モバリー！　会いたかったわよ！　いったいどこにいたの？」

モバリーと呼ばれたのは、やや猫背の痩《や》せぎすの男で、頬《ほほ》がこけている。顔の造作はいいのに、目じりや口元のしわは年齢の割に深いようだ。歳は三十か三十五か、もう五歳くらい上かもしれない。男が四十でこんなにしわがあったらよくない。話をすると、必要に駆られて丁重な話し方を身に着けたのではないかと思わせるところがある。「ミセス・コンスタンチン、お手伝いしましょうか？」

「ミス・マナリングの腕が折れそうなのよ。あなた、あたしをどしんと座らせてくださいな。いつか、ここの長椅子《ながいす》を壊しちまうだろう。そこに――そのほうがずっといいわ。ミリーは慣れっこだけど、ミス・マナリングはそうじゃないからね、しようがない」

ミスター・モバリーはじょうずに座らせた。これがはじめてではないのだろう。彼が体をまっすぐにすると、マイラはその袖《そで》をつかんだ。「あなたは踊るの？」

「フォレストからパーティーに参加するよう言われたのですが、ミスター・ブレイディングの仕事が残っておりましたので。それに四人そろったようですね」

「ぎりぎりに来たのよ――チャールズの友達で、コンスタブルというんだって。あたしたちのテーブルの隣に来ましたよ――それしか知らない。まごつくことはないわよ――彼はあしたまで来ないはずだったんだから」

「ごもっともです、ミセス・コンスタンチン――」

ミセス・コンスタンチンはおおらかに笑った。「まごつくことないんですよ。パートナーをお探しだったら、ミス・マナリングがいるわよ」

ステイシーはしとやかに言った。「ダンスはいたしませんの」

黙っていたほうが利口だったかもしれない。マイラは言った。

「踊らなくちゃ！　一晩中座ったまんま、太ったお婆さんの話し相手なんかしたくないでしょ。ミリーとあたしは、壁の花でけっこう」

「ママったら――」

娘など無視してマイラはしゃべりつづける。

「ちゃんと紹介してもらえなかったとは言わせませんからね。こちらはルイス・ブレイディングの秘書をしているミスター・ジェームズ・モバリー。ダイヤモンドとエメラルドとルビーとサファイアと真珠のことなら、なんでも知ってるの。よだれが出そうでしょ？　さあさ――踊ってらっしゃい！」

「お願いできますか」ジェームズ・モバリーは言った。

彼はそれだけ言うのがやっとだった。ステイシーにはほとんど選択の余地がなかった。フロアに出た時は、純粋な怒りと笑いたい衝動に引き裂かれていた。相手に共感してもらいたいと思ったステイシーが目を上げると、礼儀正しく、かつ興味深げな目があった。

「ミセス・コンスタンチンといっしょに泊まっていらっしゃるのですね、ミス・マナリング？」

「あの方を描くために来たのです。細密画を描きますので」

「それはおもしろそうですね」

ミスター・モバリーのダンスの腕前はそこそこだが、それ以上ではなかった。空中を漂うように踊る、というのは彼が相手では無理だった。だがチャールズとリリアスのコンビは、まさに漂うように踊っていた。「しかも、わたしはリリアスより……ずっとじょうずに踊れるのよ」ステイシーは心のなかでひどく意地悪く言った。モバリーに対しては、コレクションについて質問し、興味深い品がくわわったことを知った。

ステイシーたちはチャールズとリリアスの横を通りすぎた。チャールズが何か言って、二人とも笑っていた。親密で楽しそうな二人は、漂うように行ってしまった。

ステイシーは退屈で死にそうだった。ルイス・ブレイディングの発見したのが、六八年に盗まれた〈オールバニーのネックレス〉からもぎ取られ、欠けていたものかどうかなんて、わたしとなんの関係があるの？　ジェームズ・モバリーは真剣な声でその一件について話し、真剣になるとダンスはそこそこのレベルも維持できなかった。

「それは、田舎の宝石屋で安物といっしょに売られていたのです。『このトレーの商品はすべて一ポンド六ペンス』というラベルつきでした。目を引いたのは、小さな蝶結《ちょうむす》び型の装飾品と

二、三の環《わ》でした。ネックレスには、恋結び（愛の証に用いられるリボン状の飾り結び）という型があります。わたしの注意を引いたのは、その蝶結びの形でした。そこで店に入って、トレーを見てもいいかと訊《き》いたのです。カウンターのうしろには年取った女性がいて、ひと目で何も知らないのがわかりました。店は女性の父親のものだったのが、最近父親が亡くなったのだそうです。トレーに載っているのは、彼が出かけた最後の安売りで手に入れたがらくたばかり——彼がほしがった時計といっしょに、がらくたが山ほどありました。店の女性は、いつでも時計がお買い得だと言いました。そこで、もちろんわたしは蝶結び型を買い、帰ってからミスター・ブレイディングに見せると、あとにも先にもないほど興奮しましてね。『〈オールバニーのネックレス〉だ！』見るなりそう言ったんです。そのネックレスを出してみると、わたしが買ったのが欠けていた部分だとはっきりわかりました」モバリーはステップをはずし、ステイシーの足を踏んづけてしまった。「申し訳ありません！」と言ってからまた、コレクションについて滔々《とうとう》と述べた。

果てしなく続くかと思われたダンスもやっと終わった。あいにくと、打ち解けてしまうと、ミスター・モバリーは聞き手を放したがらなかった。ステイシーがこれ以上耐えられないと思ったちょうどその時、チャールズ・フォレストがやってきた。

「やあ、モバリー！」チャールズは言った。「ここにいたのか。ステイシーの同情を引いていたようだね。ちょっと組み合わせを変えようよ。次のダンスはリリアスと踊ってくれたまえ。ジャック・コンスタブルはマイダと意気投合したようだな」それからステイシーのほうを向いて、「あの赤毛の女性だよ。マイダ・ロビンソンていうんだ。ソルティングズの新顔でね。リリアスの隣のフラットに住んでる。未亡人めいているが、ほんとのところはわからんね。ジャック・コンスタブルを彼女から引き離さなきゃならんぞ、ジェームズ」

ジェームズ・モバリーは、何かに耐えているようなものごしで、フロアを横切った。チャールズは一瞬その姿を見やり、「踊りとともに、喜びを解き放て」とつぶやいてから、振り向いた。「踊らないか、ステイシー？」

これで全員組み合わせが決まったことになる。ステイシーは「けっこうよ」と言いながら、体がかっかしてきた。

チャールズの眉《まゆ》が上がる。「疲れたのかい？　やつがきみをいらいらさせているところは見たよ。おいで！　みんなだって楽しくなるよ。きみが通るところに、小さな幸福を撒《ま》くんだ！以前よりぼくらのステップがへたになったとは思えないな」

レコードがかかると、チャールズの手がステイシーのウエストに置かれた。二人はリズムに乗って踊り出した。今度は、ステイシーとチャールズがかつてのように軽やかに踊っている。チャールズの長くやわらかな呼吸が聞こえる。「二人の頭に一つの考え。今でもきみにかなう踊り手はいないな」

ステイシーはまじめくさった顔を上げる。「ダンスのお相手なら、誰にでもそう言うんでしょ？」

チャールズの口の端がぴくっとする。彼は言った。「バリエーションをつけるのさ。きみの場合だけ本気なんだ」

「今のだってバリエーションの一つなんじゃないの?」

チャールズは首を振る。「ちがうよ、ダーリン——今のが本来の言葉なんだ。ほかの女性には、お愛想で言ってるんだ。社交上の第一の義務さ。ぼくは社交的だと思われているからね」

ステイシーは言った。「まあ、そうね」まじめくさった顔のままだ。

二人が部屋の端から端まで踊った時、チャールズが言った。「ここで何をしているの?」

ステイシーの顔が赤くなる。まったくいまいましい。赤くなる理由なんてこれっぽっちもないのに。退屈そうに聞こえるといいけど、と思いながら答えた。「ミセス・コンスタンチンの細密画を描いているの。当然バードンにいらっしゃると思ったのよ。レドリントンで汽車を降りるはずだったのに、レディー・ミンストレルが乗り込んできて、お母様が突然ウォーンに行く気になったなんて言い出したの」

チャールズはうなずく。「あの人はしょっちゅうここに来るよ。クラブの株をかなり持っているとにらんでいるんだ。ここはいいところだよ——バードンよりよっぽどいい。あそこは今風《いまふう》のスタッフじゃやっていけないよ。行かなくてすんで、よかったんだ」

「ここに来ることになると知っていたら、来なかったわ。泊まるつもりもなかったし。でも汽車のなかで説明するわけにはいかなかったの、ほかにも人がいたから。それでミセス・コンスタンチンに会ってみると、何をおいても彼女を描かなくてはと思ったわ」

「彼女は第一級の広告塔じゃないか——ちょっと俗っぽい言い方かな？」

思わず笑いたくなった。笑いは目に浮かんだだけだが、彼には見抜かれただろう。ステイシーは非難がましく言った。「俗っぽいわよ。あんな素材とめぐりあえるなんて、信じられないような幸運だわ」それから極力間を置かずにつけくわえた。「あなたがここにいるなんて、知らなかった」

「思いがけない幸運だと思えばいいさ。きみは運がいいんだろ？　きみがここに来て、ぼくもいるからには、ビジネスの話をするべきだな」

「ビジネスなんてないわ」

「きみにはないかもしれないけど、ぼくにはあるよ。会う日を決めよう。あしたレドリントンでお茶を飲むのはどう？　薄暗い店内に十六世紀風の家具が詰め込まれてるカフェがあるんだ。昔ながらのロールパンがうまいぜ。二時十五分のバスに乗ってレドストウ駅の次のバス停で降りれば、そこまで車で迎えに行くよ。もっと単純で密会らしくない方法としては、まっとうにぼくがここまで迎えに来たっていいんだがね」

ステイシーはぎょっとして、また顔色が変わった。「いいえ——それはいやよ」

チャールズの独特に曲がった眉《まゆ》が上がる。「スキャンダルのにおいはいやだということ？　わかったよ——きみのご希望ならなんでも聞きますよ。レドストウの次のバス停にしよう」

ステイシーの顔から赤みが引く。「会うことないじゃない。わたしたち、話し合うことなんかないと思うけど」

「ねえきみ、まだ再会したばかりじゃないか。ぼくなら、同じ話を繰り返したりせずに、いつまでもしゃべっていられるぜ。きみも、ぼくと張り合わなくてもいいさ。ソロモン王が、無口な女性は銀の箱に入った黄金のリンゴのようなものだって言わなかったっけ?」

「言いません!」ステイシーは憤然として言う。「出まかせでしょ!」

「かもしれない。でも、真実を突いているじゃないか。おまけに、すばらしく簡単だ。ぼくが話をするから、きみは座ってロールパンを食ってりゃいい」

「いや!」

「ふーん、そのほうがいいと思うけどな。ほんとうに話すことがあるんだ。バス停で待ってるからね」

音楽が止まった。ステイシーは、言いくるめられた気分だった。二人は話ではなくダンスをするべきだったのだ。二人のステップには、食い違いはなかった。スムーズに流れるようなリズムに乗って、この数分間だけでもうっとりしていられたかもしれないのに。二度と彼と踊るものか。ステイシーはぴしゃりと言った。「もう二階に行くわ。ダンスはしたくないの」

チャールズはステイシーの腕を放さない。「でも、ジャック・コンスタブルとも踊らなきゃだめだよ。ジャックにマイダを独占させとくもんか。ぼくだってお手合わせ願うんだ。赤毛の女には弱いんでね、緑の瞳《ひとみ》だったらなおさらさ。彼女、美人だろ？　元亭主のロビンソンの状況がわからないんだが――この世にいないのか、ぬうっと現れそうなのか、それとも別居手当を払うだけの存在なのか。ジャックを彼女から引き離して、ぼくに突き止めるチャンスをくれよ。ところで、きみはなんて称してるんだい？　マイラが『ミス・マナリング』って呼んでいたようだけど」

「わたしが頼んだの」

チャールズは言った。「ばっかだなあ！」そしてステイシーの左手を見下ろして、指輪をしていないのに気づいた。「それで、結婚指輪をはずしたわけか？」

「三年前にね」

チャールズはステイシーの腕から手を離さずに、人をかきわけてフロアを進んだ。ステイシーが「三年前」と言った時、二人は赤毛のマイダとジャック・コンスタブルのそばに来ていた。ステイシーをつかんだまま、チャールズはジャックの腕もつかんだ。「おいジャック、こちらがステイシー・マナリングだ。ダンスの名手だよ。一曲踊っていただけますか、マイダ？」

8

コンスタブル少佐は気さくな男性で、いささか大胆ではあるにしてもいい踊り手だった。

「さあ、このメロディーに合う新しいステップを教えてあげますよ。愉快なんです――チリで覚えましてね。地元のパーティーで美女と踊っていたら、頭に血が昇った彼女のボーイフレンドに、ナイフで刺されましたよ」

ステイシーは言った。「ウォーンは退屈でしょうね――新しいステップもないし、ナイフを持った若い男もいないし」

「でもフロアはこっちのほうがずっといい」

彼は「パートナーもずっといい」と言う機会を逃してしまった。が、急にそう言いたい衝動に駆られた。機敏に二組のカップルをよけながら踊り、言った。「さっききっかけを逃しちゃったの、わかったでしょう？　これはお世辞じゃありませんよ、あなたはナイフ男のガールフレンドよりおじょうずだ」

ステイシーはいい気分だったが、ステップには気をつけなくてはと思った。どうせ口先だけなんだから。ステイシーは「ありがとう」という言葉に、冷ややかさをこめた。話題を変えたいがために、こうつけたした。「チャールズとは以前からのお知り合いなんですの?」だとしたら、コンスタブルについて聞いていなかったのはへんだ。

チャールズとコンスタブルは砂漠で何度も出くわしたようだった──激戦地トブルク、アラメインその他あちこちで。コンスタブルはチャールズのことならなんでも知っているらしく、いろいろな話をしてくれた。三年前に聞いたら、簡単に彼と恋に落ちていただろう。そして最後に、「威勢のいい男ですよ。いつでも、人が愉快になるような話をするんです。やっと結婚した女性は気の毒だったな」

ステイシーは言った。「女性はいつだって気の毒なんです」

コンスタブルは笑った。「まあ、チャールズは女性が好きですよ。彼女が最初じゃないし、最後でもない」

コンスタブルと話していると、話題があちこち飛ぶ。ステイシーは平静を取りもどすと、ソルティングズに泊っているのかと訊《き》いた。そのようだった。

「先日、町でチャールズにばったり会って、招待されたんです。彼は、家をうまくフラットに改造しましたね。それができる資金があったのも幸運だったたし」

心臓が止まりそうになったステイシーは、ステップをひどくしくじった。チャールズには資金などなかった、そんなものはなかったのに。それがトラブルのもとだったのだ。ステイシーは言った。「チャールズはソルティングズを売ったのかと思っていました」

ジャック・コンスタブルは首を振った。「とんでもない、そんなまねをするわけがない。代々伝わるダイヤモンドなどを売って、家の改造資金に充てたのです。まったくうまくやりましたよ。まだご覧になってないのですか？」

「きょうの午後着いたばかりですので」ステイシーは言ってから、別の話題に飛びついた。「ダイヤモンドと言えば、ミスター・ブレイディングのコレクションをご覧になりました？」

コンスタブルは笑った。「近ごろじゃ、誰にも買えないもののように聞こえますね。彼はどんな人で——コレクションてなんです？」

ステイシーは、ダンスが終わるまでコレクションの話題をもたせた。

一曲終わると、ステイシーは部屋から抜け出した。おやすみの挨拶をするために立ち止まり、ミセス・コンスタンチンとすこし話をした。雇い主は引き止めたいようだったが、最後にこう言った。「わかった、わかりましたよ——行って、よくおやすみなさい。いつだって次の日があるものね（何も急ぐことはない、の意）。巡業公演でいっしょだったピアノ弾きの小柄なドイツ系ユダヤ人が、いつも言ってた——ドイツ語でね。『あすという日がないでもなし《モルゲン・イスト・アウフ・アイン・ターク》』」彼女はすさまじい英語訛《なま》りだが魅力的な発音をした。「おかしいでしょ？　オーケー、行ってよろしい！　あしたは、あたしの絵を始められますね。さしつかえなければ、十時半にしましょ」

ステイシーが部屋を出る前に振り返ると、ジャック・コンスタブルはリリアスと踊っており、チャールズは赤毛の女を腕に抱いていた。ルイス・ブレイディングは壁に寄りかかって、一同を眺めている。

ステイシーにあてがわれたのは、ミセス・コンスタンチンのスイートの端の小さな部屋だった。本来は、隣の大きな部屋に付属した化粧室だ。ヘスター・コンスタンチンがその大きな部屋で眠り、マイラは寝室と、こちらと反対側の化粧室と、さらにその向こうの居間を占領している。居間同様、寝室からも海が見下ろせる。ステイシーの部屋は別館を斜めに見下ろす位置にあり、別館はルイス・ブレイディングのコレクションをおさめるために、丘に接して建てられている。別館とクラブハウスは、九メートルのガラス張りの通路でつながっており、通路内では夜通し照明がついている。

ステイシーは寝るしたくをすると、カーテンを引いて外を見た。まだ三十分は暗くならないだろうし、すぐ眠りたいわけではない。別館とそれを囲む黒々とした木々を眺めた。別館には窓がなかった。電気の照明とすぐれた空調設備をそなえているので、自然の明かりも空気も必要ないのだ。三年前、のんきだったころのステイシーでさえ、なんとなく恐ろしいと感じたものだ。それに、当時ルイス・ブレイディングは別館で暮らしてはいなかった。それが、今はあそこで暮らすか、すくなくとも寝泊りしているのだ――彼と、そしてわたしの足を踏んだあのユーモアのない秘書が。やれやれ――まったくなんてパーティーだろう!

ステイシーはルイスについて考えつづけた――チャールズのことを考えたくないからだ。初対面の時は、たがいに好きになれないように感じたが、なぜだろう？　たいていの人はステイシーが好きだ。チャールズはかつて彼女を愛していた。愛していたのか？　ステイシーはほんとうにチャールズにとっての主旋律だったのだろうか？　それとも、ただおもしろがるためのバリエーションの一つにすぎなかったのだろうか？　いずれにせよ、チャールズは誰とも再婚していない……きれいさっぱり別れたのに、わざわざ蒸し返したいの？「まったくもう——それが誇らしいの？　ジャック・コンスタブルの声がよみがえってくる——「うまく改造しましたよ……家に代々伝わるダイヤモンドを売って」すぐに、チャールズがダイヤモンドを手に冷たくなっている、ぞっとするような場面を想像した。いったい何回死ねば気がすむの？

そんなふうに思い出すなんてひどいことだ。汽車で読むつもりで買った本を手に取り、声を低くして、朗読を始めた。黙読している最中にものを考えることはできるが、声に出して読んでいたら、考えることはできない。これは、三年前に発見したことだ。長らくそんなことをする必要はなかったのだが、今夜は実行しなければならない。潮風が吹き込んでくる窓辺に立ち、意味も考えずに自分の単調な声を聞いた。意味などわからなくていい。思考をせき止めるための、防波堤なのだから。

最後に、深いため息をついて本を置いた。海からの風が強くなってきて、薄いナイトガウンを着ただけのステイシーは凍えていた。脚は氷のように冷たいし、死ぬほど疲れていた。もう遅い、本を読む時間ではない。別館に続く通路は、端から端まで照らされている。ステイシーはベッドにもぐり込み、あごまで布団にくるまると、すとんと眠りに落ちた。

目がさめるまでどのくらいたったのかはわからないし、何の音でめざめたのかもわからない。ステイシーは一時《いっとき》深く夢も見ないで眠っていたのに、今度は肘《ひじ》をついて身を起こし、暗闇《くらやみ》のなかでしっかり目をあけていた。そのまましばし耳をすませていたが、ベッドから降りて窓辺に行った。風は冷たく、すべてが闇に包まれている。でも、暗いはずはないのだ。なぜだっけ？月は出ていない。空も丘も木々も暗い。明かりを漏らす窓などないから、別館は暗いのだ。けれど、別館とクラブハウスをつなぐ通路は――明かりがついているはずだ。マイラ・コンスタンチンが言っていた――「入口は一つしかなくて、金庫のドアみたいなスチール製のドアがあるの。通路は一晩中明かりがついているから、強盗は簡単に入れないわよ」そんなことは、ステイシーだって三年前に知っていた。ルイス・ブレイディングの防犯措置設備は、誰でも知っていることであり、こういうものは知られているほどよいのだ。強盗は立ち入り禁止！

ステイシーは暗闇を見て顔をしかめた。さっき窓からベッドに向かった時には、通路の明かりはついていたのだ。それが今はついていない。そして、真下からやっと聞こえるくらいの小さな音がする。ドアがそっと注意深く閉められたのだと思った。だが、掛け金はカチリと音を立てた。掛け金の音だというのはたしかだ。しかも、通路とクラブハウスのあいだのドアの音だ。誰かが押さえていたのに、取っ手が滑って掛け金がカチリと鳴ったのだ――ステイシーの部屋の窓の下で。ぱっと通路の明かりがついて、端から端まで何もないのが見えた。

ステイシーはドアについては自信がなかった。はっきりとわからない。明かりがついた時、別館入口のスチール製のドアが動いたと思った。閉まりつつあるとも思った。けれど、確信は持てなかった。

9

翌日、肖像画の制作はうまくいった。朝の光の加減は悪くなかったし、マイラ・コンスタンチンもご機嫌うるわしかった。「スラムの地下室で暮らす九人家族」で始まる身の上話が、派手な身ぶりつきで繰り広げられた。ステイシーはその話に、ときには耳を傾け、ときにはその色黒のみにくい顔が表情豊かに演じる芝居、そして大きな黒い瞳《ひとみ》にかわるがわる浮かぶ、辛辣《しんらつ》な悪意、好色な光、強烈な歓喜を写し取ることに専念して聞き流していた。表情が変わるたびにステイシーは、「そのまま！」と叫びたくなり、また喜びと絶望のあいだで揺れ動いた。「あの人をあの通りに描くことができたら！」

「娘たちがあたしに似なくて残念だと思わない？　トム・ハットンにそう言ったら、『かわいそうなお嬢ちゃんたち――どうして似なくちゃいけないんだい？』ときたわよ。『わかったわかった、トム』あたしは言ったの。『美貌《びぼう》なんて上っ面のものよ、それで得することはあってもね。でも、あたしはもっとずっといい人生を送るつもり』ってね。彼は飲みすぎで死んだ……あらやだ、彼はあの子たちの父親じゃないんだ。あたしは十七で結婚しました。コンスタンチンていうのは、あたしの本名。事務員だったの、シドは。育ちのいい若者だけど、文無しで病弱だった。風邪引いて、あたしが二十歳にもならないうちに死んじゃった。二人の子どもを残してさ。ヘットは父親に生き写しでね」

マイラの顔に陰気にしわが刻まれた。ステイシーが次の言葉を待つと、瞬時にすべてが変わった。マイラが破顔するとしわは消えうせ、目はとてつもない輝きに満ちた。

「その後、亭主は持ちませんでしたよ。こっちの気を変えようなんて男がいたら、あざけってやって、あたしは立派な後家さんなんだから、そこんとこをよく覚えといてちょうだいって言ったものよ」マイラはふんぞり返ってくすくす笑った。「だからって男どものやることは、変わりませんよ。いっしょにパリに物見遊山に行こうと言ったのが誰だと思う？　二度と会いたくないけどね。まあ、それは言わぬが花でしょ。とにかく、いつもあたしには言い寄る男がいたってこと」

ステイシーは片手を上げた。「どうか、そのままの表情で、ミセス・コンスタンチン――」

ステイシーが言い終わる間もなく、マイラの表情は変わっていた。大きな口をさらに広げて笑った。「いやあ、それは無理だわ。あんただって、自分の顔を見ることができればね。あんたのチャールズのことを言ったとでも思った？」

ステイシーも笑ったが、怒りがこみ上げてきた。「彼は自由の身ですわ、ご希望ならどうぞ」

「いいえ、けっこう。自由の身って――いったいどういう意味なの？　彼、まだあんたが好きなのよ——あんたを見つめるようすを見れば、ひと目でわかりますよ」

ステイシーはややよそよそしい声を出す。「チャールズは、誰のことでもそんなふうに見るんです。なんの意味もありませんわ。本人に訊《き》いてごらんになればわかります」

「勝手になさい」マイラ・コンスタンチンは言う。「いやなら信じなくたってかまわないけど、その手のことであたしの目に狂いはありませんからね。ヘンリー・ミンストレルが現れた時も、ミリーにそのうちプロポーズされるよって言ったんだけど、あの子はそんなはずないって言いましたね。『まあ、誰かが考えなくちゃいけないね』あたしは言いましたよ。『ヘンリーなんか、あんたに糊付《のりづ》けして、彼の家風に押し込めるに決まってるね。そんなの楽しい人生とは言えないよ。けどね、あんたはそういう道を進む柄なんだから、そうしたいんだったら、よく考えて決心しなくちゃいけないよ』で、あの子は、その通りにしましたよ」マイラはぐいと頭をそらした。「おおやだ——あたしだったら、一週間で死んじまいますよ。だけどあの子はシド似の娘で、あたしには似てないから——あの子もそれでよかったと思ってますがね。あの子の悩みといえば、男の子がいないことで——寄宿学校に娘が二人いるきりなんです」マイラは顔からも声からも、表情をきれいに消し去る。『はい、お婆様——いいえ、お婆様』」両手をぴしゃっと打ち合わせ、肩をすぼめる。「一滴の血も流れちゃいない、ただお行儀がいいだけですよ——かわいそうなシドにそっくりで、いかにもミンストレルで、上っ面が立派なだけ！　でもまあ、何度言ったか知れないけれど、本人が幸せならそれでよしとしなけりゃ」

この肖像画作りは、順調の部類に入るかもしれない。だが一刻も止まらない身振りと活発に変わる表情を見ていると、ステイシーはサイコロに頼りたくなる。山ほどスケッチしたものの、出来ばえを見てはがっかりし、さらに何十枚もスケッチした。マイラはどれを見ても大喜びだった。

「あたし、みにくいお婆さんでしょ？　ほんと、実物そっくりに描けたこと。描きつづければ、きっとさらに上達して大傑作ができますよ。さあ、きょうのところはこれくらいにして、楽しんできなさいよ」

この忠告に返事をする前に、ステイシーに電話がかかってきた。ちょっと意外だった。ここにいることを誰が知っているか、すぐにわからなかったので——チャールズでなければ——。電話の主はチャールズではなかった。べっこうの枠の眼鏡と知的な眉《まゆ》を連想させるような声がする。

「ミス・マナリングですか？」

ステイシーはすぐにわかった。じっさい、英語圏の大衆の大多数が認識できただろう。この人物はラジオで大衆に語りかける習慣があり、その声は緊急の場合ではなく、いわば退屈な家事の片手間に聞かれているのだ。

「トニー！　なぜ、あたしがここにいるってわかったの？」

ミスター・アンソニー・コールズフットはため息をついて言った。「ワトソンくん、簡単なことさ。バードンに行くって言ってただろ。番号案内に問い合わせたんだよ。その番号にかけたら、住人はウォーン・ハウスに行ったと知らされた。だから、こうして話しているわけさ」

「今どこにいるの？」

「レドストウに伯母がいてね。三日休暇が取れたんで、伯母のところに来たんだ。今夜、食事しないか。たしか、レドリントンにそうまずくない店がある」トニーは間延びしたように話す最中、咳き込《せ》んだ。「失礼しましたって、ラジオなら言うところだね。じつを言うと、咳が止まらないからここに来たんだ。七時に迎えに行こうか？　車を調達しておくよ」

ステイシーはためらった。「ありがとう、トニー。でも、午後は出かける用事があっていつ帰れるかわからないし、帰ってから着替えなくちゃならないわ。七時半のほうがいいと思うけれど」

「十五分はどうだい」

「いいわ」

電話口を離れようとしたとたん、また鳴った。たぶんほかの人にかかってきたのだろうけど、トニーがまだ話があるのかもしれないと思い、ステイシーは受話器を取った。リリアス・グレイの声だ。「いらっしゃいますか――ミス・マナリングは？」

名前を口にする前に、意味ありげな一呼吸があった。気持ちの上では一歩後ずさりしながら、ステイシーは自分で聞いても無機的な電話用の声を出した。「わたしですが」

不本意な「まあ！」という返答、そして「リリアス・グレイよ」

「お元気、リリアス？」

「あら、あなたは？」リリアスは笛のような声を出す。緊張している証拠だ。ひと声ごとに、甲高く甘ったるくなっていく。「ねえ、ゆうべはひと言もお話しできなかったわ。お夕食のあいだは無理だったし、そのあと、あなたはいなくなってしまったし。ぜひ会いたいわ、わたしたちがソルティングズをどうしたか、見てほしいの」

「わたしたち」という言葉には棘《とげ》があり、ステイシーは傷つけられた。ステイシーも一矢を報いた。「ええ――チャールズから聞いたわ」

「そう？　わたしたち、みんな友だちでいられるなんて、すてきじゃない？　万事すっきりすると思わない？　ずっと洗練されたつきあい方だし。だからこそ、こうしてお電話できたのよ。わたしのフラットや、わたしたちの暮らしぶりを、見ていただきたいわ。そこで、きょうの午後、お茶にいらっしゃらない？」

「きょうは無理なの。出かけるから」

「チャールズと？　そうよね――わたしとしたことが！　では、土曜はどう？　彼はいないの――つまらない用事があるんじゃないかしら。わたしだけでもよければ――」

ステイシーは受話器に向かって、子どものようなしかめつらをした。「喜んでうかがうわ」

「では、四時半ごろにね。どのバス停で降りるか知ってるわよね。休暇の時期は、二十分に一本は来るわ」

ステイシーは足をどんと踏み鳴らし、姿を変えた蛇か何かのように受話器をにらみつけ、嫌悪の念もあらわに本体にたたきつけた。リリアスが蛇でもそうでなくても、どうでもいい。チャールズを愛しているというだけで、リリアスが蛇だということにはならない。養子の姉であろうと実の姉であろうと、リリアスはずっとチャールズを愛してきたのだ。二人とも、今はソルティングズにフラットを持っている。そしてリリアスは「わたしたち」と言った。なんだって、お茶を飲みにいくと約束してしまったのだろう？　この世にステイシーが避けるべき場所があるとすれば、それはソルティングズなのに。過去にひどく苦しめられた経験があるなら、拷問室までお茶を飲みに行ったりしないものだ。それとも、行くものだろうか？　要は単に、「あそこは二度と見たくないの――あなたも――あなたの顔も見たくない」と即答する度胸がなかっただけだ。ステイシーが苦しんでいるあいだ、リリアスは見ていた。親切に？　同情して？　残念そうに？　これらの問いのいずれにも、ステイシーは答えることができなかった。今はどうでもいい。問題は、リリアスがあそこにいたということ――ステイシーが苦しめられている現場を見ていたということだ。

それなのに――それでもなお――ステイシーは、あしたソルティングズを訪問するのだ。リリアスは、かつてステイシーとチャールズが暮らした家で「わたしたちがしたこと」を見せるつもりだ。これは愚行というものだ。なぜか？

深いところから答えが聞こえてくる。「なぜなら、わたしは愚かだから――逃げることができないからだ」

10

ステイシーは二時十五分発レドストウ行きのバスに乗った。灰色と青のプリントのリンネルのドレスを着て、ほんとうにきれいな豊かな茶色の髪以外は頭に載せなかった。茶色の髪というのは、じつに美しく見えることがある。ステイシーの髪は明るくつやがあり、生まれつきの巻き毛だった。これは彼女の、掛け値なしの美点だった。顔立ちが整っているわけでもなければ、とくに色白でもないことは、自他ともに認めていた。美人の条件となるこの二つには、まったく恵まれていないのだ。そここそいい肌と、きれいな灰色の瞳《ひとみ》を持っている。鏡をのぞき込んでいない時のほうが、魅力的だ――若々しくて感受性も勘もするどそうで、優しげだ。ほかの部分――額、鼻、頰《ほほ》、あご――には、見るべきものがない。ただの額と鼻と頰とあごがあるだけだ。唇は赤く、あまり小さくはない。笑うと真っ白な歯が見える。ああやだ、髪だけはありがたいと思わずにはいられない。

クラブハウスの、あまり映りがいいとはいえない鏡を、いつになく長々とにらんだあげく、レドストウ行きを決心した。それから、チャールズに会いに行くなんてばかみたいだという興ざめな気持ちと、でも自分はこんなふうにしか行動できないのだという冷めたあきらめが湧《わ》いてきた。

町を出て最初の停留所にバスが停まると、ステイシーの膝《ひざ》はがくがくしはじめた。チャールズはバスの後をつけてきたにちがいない。ステイシーが十メートルと歩かないうちに、チャールズは追いついてきて、車のドアをあけて言った。「やあ、ダーリン！」

それは二人がハネムーンで乗った古いみすぼらしい車ではなく、第二次大戦後タイプのアームストロングだった。ジャック・コンスタブルがゆうべ言った通り、チャールズは悠々暮らしているのだ。万事快調のようだ。ふいに、ステイシーも同じ気分になった。二人ながら意気揚々、すべて言うことなし――やわらかな陽光、海からのそよ風、そして青い海のなかに飛び込んでいく二人。長く続くわけはない。生活の一場面、実体のある現実からの逃避にすぎない。過去にも未来にも関係のない、夢のような一こまなのだ。二人が何をしようと言おうと、問題ではない。なぜならほんとうの行動にも言葉にもならないからだ。責任という重荷も、決定を下す重荷もない。ステイシーのなかのすべてが、やわらぎ、ゆるんだ。

チャールズ・フォレストは言った。「上に車を停めて、ウェイクウェル入り江《コーヴ》まで行けるよ。あんまり人が行かないんだ。泳ぐのは危険だし、道はじっさいよりも急に見えるからね」

じっさい、とても急だった。二人ともはうように進み、ステイシーが足を滑らせるとチャールズがつかまえ、それから二人とも笑い、チャールズは叱《しか》った。

「足元を見てないな！」

「見てるわよ！」憤然と言うステイシー。

「そんなばかげた靴を履いてくるからだよ」

「浜辺に行くなんて知らなかったからよ。あなた、レドリントンに行くって言ってたじゃない」

ステイシーの肩にかけたチャールズの腕が、あやすように軽く揺すっている。

「男ってほんとに信用できない！」

そして二人は、貝が転がる砂利浜に降りた。海は果てしなく広がり、あたりには誰もいない。チャールズが言った。「ビジネスが最初、お楽しみはそのあとだ。慰謝料の話をしよう。それから、きみが腹ぺこになったら、〈キャット＆マウス〉でロールパンを食べよう」

ステイシーは隆起した砂利の山に座った。そのなかに手を突っ込み、貝殻と半透明の小石をつかみ出した。貝殻の一つは、まるで紫と白の小さな縁なし帽だ。ステイシーはそれに向かって顔をしかめて言った。「ナンセンスよ。話すことなんてないわ」

チャールズは、のんびりおもしろがっているように話す。「考え直してごらんよ。キーワードは慰謝料だ。きみ、もらいそこなってるだろ。いったんこの話を始めたら、きりがないくらいだよ」

ステイシーは真珠の貝殻から目を離さない。「興味ないもの」

チャールズは鼻歌を歌った。

『いいえ、わたしは歩かない、いいえ、わたしは話さない。

いいえ、あなたとは歩くのも話すのもいや』

さあさあ、慰謝料というすてきな言葉に、耳を傾けてくれよ」

ステイシーの顔に血が昇るのを、チャールズは見た。彼女は怒った声でぴしゃりと言う。「慰謝料なんていう問題はないわよ！　あなたがわたしを捨てたんじゃなくて――わたしが出て行ったんだから！」

「あしたも同じことを繰り返すんだろうな――あっぱれな心がけだ！　あいかわらず威勢がいいねえ。さあ、笑ってやり直そうじゃないか。ぼくはソルティングズで、とてもうまくやっているんだよ。フラットが大流行だから、みんなこぞって買いたがる。今度の固定資産税はどうなるだろうなんて考える生活に比べれば、はるかに愉快でもうかる暮らしだよ。まあそれはそれとして、先入観なしにソルティングズに立ち寄ってくれないか。きみの記憶からは消えているんだろうけど、ぼくの世俗的財産はすべてきみにあげたんだぜ」

ステイシーは真っ赤になって身を起こした。「あなたの記憶からは消えているんでしょうけど、わたしたち離婚したのよ」

男は不本意な顔つきだ。「そうかい。毎度思い出させてくれるわけか！　金の話にもどるけど――年三百ポンド受け取ってほしい」

「チャールズったら――受け取るわけないでしょ！」

チャールズはしごくまじめな口調で言う。「受け取ってくれれば、ぼくはもっと気が楽になるんだよ」

ステイシーは右のこぶしを握りしめると、小さな貝殻をたたきつぶした。「そんなことできない！　言わなくたって、わかってるはずよ！」

チャールズはほほえんでいる。「言えよ──全部吐き出してしまえばいい！　もっとたくさんあるだろう、想像がつくがね──『あなたの助けなしでも、やっていけるわよ！　あなたのお金にさわるくらいなら、飢え死にします！』」

「ひどい！」激怒の声だ。

チャールズは、たいていの場合ならチャーミングに見える笑い方をした。「メロドラマのなかなら効果的だが、実生活じゃそうでもないぜ。そもそも、そんな台詞を言うなら、燃えるような瞳《ひとみ》と古典的な容姿、ギリシャ風かローマ風の鼻でなくちゃ似合わない。きみときたら、ちんまりしたできそこないの鼻だし──」

「ちがうわ！」

「できそこないだよ。それが悪いっていうんじゃないよ──いつだって、魅力的だと思ってたんだ。だいたいぼくは、古典的な顔の女と結婚するべきじゃない。きみの鼻は、喜劇や家庭生活にふさわしいんだ。『無礼者、わらわに手を触れるな』っていう台詞を言ってのけるのに向いた鼻じゃあないね」

ステイシーの口がぴくっとして、えくぼができた。怒りながらも噴き出してしまう。チャールズは言った。「そのほうがいいよ。似合わないことをするのはよくない。ぼくがそばにいて、警告したり脅したり命令したりしなかったら、すぐにきみは似合わないことをする。自分で気をつけなくちゃならんだろう」

「いい加減にして、チャールズ！」

「頼むよ、きみ。いやなら慰謝料なんて呼ぶのを止《や》めよう——〝手当〟なら、離婚調停じみてなくていいんじゃないか？　季節ごとにきみの口座に振り込まれるよ」

「けっこうよ！　冗談を言ってるんじゃないし、そんなの受け取れません！」

チャールズはきちんと座って、膝《ひざ》をかかえた。今度は非難するような口調になる。「そりゃそうさ——金のことで冗談を言うべきじゃない。そんな気はこれっぽっちもないよ。ソルティングズの家をフラットに改造するにあたって、夜遅くまでぼくがどれだけいろんな申請書に書き込んだか知らないだろう。保健省お気に入りの言い方をするなら〝おおいなる精神的緊張をともなう〟作業だったよ。政府の申込用紙を作成する人間てのは、官庁の秘密の部屋でまったくの才能の無駄遣いをしているんだ。彼らはいっそクロスワード・パズルでも作って、給料を上げてもらったほうがいいね。そうすりゃ、市民にほめそやしてもらえるし、書類を書き込む人間から恨みを買わなくてすむんだから」

ステイシーのえくぼが、ひくひく現れたり消えたりする。「それでも、受け取らないわよ、チャールズ」

チャールズは膝をかかえていた腕をほどくと、いきなりステイシーの両手首をつかんだ。「さあ、聞くんだ！」

「つかまなくったって、聞こえるわよ。チャールズ——痛いじゃないの！」

「わざとやってるんだ。その金は、季節ごとにきみの銀行口座に振り込まれるんだ。どんちゃん騒ぎに使おうと、ウォータールー・ブリッジの上からばら撒《ま》こうと、ろくでもない貧乏人に恵んでやろうと、銀行に寝かせておこうと——こっちはいっこうに興味がないんだ。だが、ぼくが払おうとするのを、止めることはできないぜ。きみの自尊心の発露のために、ぼくの心の平安を犠牲にする気はないんだ。細密画が流行してるんなら、三百ポンドぽっちを軽蔑するのもいいさ。だがもし流行が終わったら——きみがせめてニシンとパンの耳でも食ってると思いたいんだ」

「チャールズ——放してよ！」

チャールズはすぐに手を放し、笑って言った。「あざにはならないよ、ダーリン。じゃあ、別のことを話そう」

ステイシーは首を振った。「あなたがお金を払うのは止められないけど——」

「当然さ」

「でも、それを使うべきじゃないわ」

「それは、きみの問題だ。その話はよして、ぼくの話をしようよ。ぼくがもうすこしで遺産相続権を失うところだって言ったら、興味を持つかい？」

「どうして――」

「いや、ソルティングズのことじゃない――あっちは一生かけて気にかけなきゃならない。問題は、大いなる遺産のほうだ。ルイスは結婚を考えているにちがいないんだ」

「あの歳で！」

「まだ五十五ぐらいだよ。今ほど老け込んで見えたことはないがね。二十年くらい前に、ドシー・デイルと婚約したんだ。それがドシーが〝B〟という男と寝たのがばれて、破談になったと聞いている。優位に立てないなら死んだほうがましだって男だからね。もちろん彼のほうもマイラ・コンスタンチンと関係があった。二十四時間もあそこにいて、マイラから聞いてないなんて言うなよ。無礼千万なプロポーズをして、パリに非公式のハネムーンに誘ったんだ。マイラは、自分はとうに五十を過ぎているし、ルイスが十歳若いとしたって、どの女性を尊敬すべきか見分ける分別は持つべきだと答えた。ルイスはそのあと延々と求婚の弁を並べ立てたが、マイラは爆笑して、再婚する気があったら、あたしなんか三十年間毎年、二十回ずつ結婚してたわよってやり返した。二人はその後もいい友だちで、それがマイラの自慢なんだ。ルイスは人を恨みやすいタイプだが、マイラは恨まれなかった」

「それで、今は誰にプロポーズしているの？」

「ゆうべ、赤毛の女を見ただろう?」

「もちろん見たわよ。まさかあの人だって――」

チャールズはうなずく。「彼女の名前はマイダ・ロビンソン。きみも気づいたように、彼女の髪は赤い。あの目は『近う参れ』ってたぐいの決然とした力に満ちていて、すでにある程度ルイスを意のままに操っている。昨夜まではロビンソンの立場は不明確なものだったが、ぼくとの三回目のダンスの最中にわざとらしく、一年前に離婚したと告白したのさ。だから、彼女がルイスを併合するのになんの障害もないわけだ」

「でも、ゆうべはおたがいに気にかけてなかったわよ」

「恋人ってのは、けんかするものだよ、ダーリン。彼女がぼくに色目を使ってたのに気づいたかな」

「なぜ彼女が?」

「ルイスに、ほかにも男はたくさんいるってことを見せつけたのさ。抜け目のない女なんだ。やっとマイダがダンスを許した時には、ルイスはすっかり言いなりだったよ。自分の立場を思い知ったわけだ。ルイスはマイダを愛してもいい、マイダはコレクションを愛してもいいさ。だがね、ルイスは心をしっかり持って、彼女がマーズデンのルビーを身に着けるのを許したりしないでほしいもんだ。マイダはもちろん着けたがるだろう――赤毛の女は、真紅のものが大好きだからね。ドシーもそうしたことがある――誰かマイダにしゃべったに決まってる。二人が婚約していたころ、ドシーはルイスからもらったそのルビーを舞踏会で着けたんだ。ルビーってやつは、不幸を招くんだろう。あるダンサーがそれを着けて踊っていたら、刺された――リサ・カナレッティという娘で――第二帝政期（ナポレオン三世治世、一八五二～七〇）のパリの話だ。ジョージ・マーズデンという人物が、十年後にそれを買い求めた。その妻が二十年間ルビーを着けていたが、最後は馬車の事故で死んだ。娘が受け継ぐと、今度は空襲で死んだ。それ以後ルイスが買うまで、このネックレスは銀行にしまわれていた。真ん中のルビーがとくにすばらしいし、それにまつわる物語が気に入ったんだろう」

「チャールズ、あのコレクションてどのくらいの値打ちがあるの？」

チャールズは笑った。「莫大《ばくだい》なものさ！　だけど、ぼくらのものにはならんね」

チャールズが「ぼくら」と言った時、心臓に触れられた心地がした。相手は特別な意味はこめていなかった――まったく何も意図していなかった。ステイシーの耳に次の言葉が聞こえてくる。

「石そのものだけでも、莫大な市場価値がある。そのうえ、いわくつきのものにけっこうな金を払う気味の悪い男は、ルイスだけじゃない」

何かがステイシーの心のドアをたたく。

「そんなものを持っていて、危険ではないの？」

チャールズは一瞬だけ顔をしかめる。「誰もがそう言ってきたが、何も起きなかった。もちろん戦争中は宝石はあそこになかったが、ルイスはできるだけ早く取りもどしたよ。別館全体ががんじょうな金庫室だし、特別なものはさらに金庫にしまってある。窓はないし、入り口は一つだけ、ハウスとつながった通路にはひと晩中明かりがついている。安全なはずだよ」

ステイシーはすかさず言った。「ゆうべ、明かりが消えたわ」

「まさか！」

「チャールズ、ほんとに消えたのよ」

ステイシーは、ドアのカチリという音について話した。「音がしたので窓から外を見たら、通路は真っ暗だった」

「たしかかい？」

「もちろんよ。また明るくなるのを見ているあいだに、別館のドアが閉まったのは、まちがいないわ。動いていたもの」

「時間は？」

「さあ――遅い時間――とても遅かった――気づく前にずいぶん眠っていたようだから」

チャールズは噴き出した。「ジェームズ・モバリーが夜遊びからご帰還だったのさ！　ハウスを通ってこなくちゃいけなかったんだろ。ほかに別館の入口はないし、明かりを消したのは、詮索好《せんさくず》きな目からのがれるためだろう」

「わたしは、詮索好きじゃありません！　外を見ていただけよ。そしたら――ねえ、チャールズ——彼はハウスから来たんじゃないわ。最後のお客が帰ったら、ドアには掛け金がかけられるもの。外食した時のために、今朝訊《き》いたから知ってるの。キーを借りることができるか訊いたら、借りられるけど事前に知らせておかないといけない、さもないとドアに掛け金をかけてしまうからって言われたわ」

「彼も、事前に言っておいたんだろう」

「そうじゃないわ。ゆうべ誰か外に出たかと訊いたら、それはない、全員十二時までに帰宅したと言われたもの」チャールズはしげしげとステイシーを見る。

「ちょっと差し出がましいんじゃないかい、きみ？」

ステイシーは赤面した。「そんなんじゃないわ。キーを持って出られるか知りたかっただけよ」

「ぼくが誘った時のためにね！　なんて先見の明だ！」

「わたしが出かけたくなった時のためよ、それに——すべて自然にわかったことよ。チャールズ、誰かがハウスから出てきて、ガラスの通路から別館に入ったのだとは、ちっとも思わなかったもの——ほんとよ」

「では、どう思ったの？」

「あいまいなことよ——印象だけ。でも、わたしは——誰かが通路からハウスに入ったと思ったわ」

「でも、明かりがついた時、別館のドアが動いたと言ったじゃないか」

ステイシーはうなずいた。「ええ、わかってる。でも、あいたドアのところに誰かいると思ったの。通路にいるもう一人がハウスに入るのを待っていて、それからドアを閉めて明かりをつけたと思ったの」

チャールズはきびしい顔でステイシーを見る。「でも、誰かがそれをやった現場は見ていないんだろ?」

「見てないわ」

「なら、逆の場合もありうる——ハウスから出て別館に入ろうとしていた人間が、なかに入ってから明かりをつけたかもしれないだろう?」

ステイシーは、ぐずぐずためらいながら答える。「そうかもしれない」

「そうすると、ジェームズ・モバリーかルイスだったんじゃないのか」

「それなら、なぜ通路は暗かったの? 何も故障してなければっていう意味だけど」

「彼らがハウスに入った時は、真っ昼間みたいに明かりがまぶしかった、それでスイッチを押すのを忘れた。ルイスだって人間だ。スイッチはハウスのなかにあるんじゃない。以前はそうだったが、ルイスが改装した時変えたんだ。今、スイッチは全部別館側にある」

ステイシーは片手を頬《ほほ》に当てた。すでに健康的な顔色にもどっている。「だったら、わたしがさっき言った通りじゃない。だって、ベッドに入った時には全部ついていたんだもの。外が真《ま》っ暗闇《くらやみ》というわけじゃなかったけど、通路は端から端まで煌々《こうこう》と明かりがついていたわ。そのあと消せるとしたら、別館にいた人だけでしょう」

チャールズは眉をひそめ、目をそらした。「ジェームズが無断で外出したんだろう」ややつっけんどんに言う。少し間を置いて、「なんでもないとは思うよ。でも、ルイスには明かりが消えたことを話しておこう」

11

車でレドリントンに向かう途中、チャールズが快活に言った。

「運の悪い男は誰だい？」

ステイシーは、「どういう意味？」と言った。

「戸締りについてあれこれ説明をさせられた男――今のボーイフレンド――きみをどんちゃん騒ぎに連れ出すやつのことだ」

「まあ、それがあなただって言うつもり？」

「そうじゃないさ、きみがスタッフの仕事に首を突っ込んだのは、ぼくが来る前だろ。隠さなくてもいいよ――友人として気にかかるなあ。そいつは誰だ？」

ステイシーは言った。「なぜ運が悪いなんて言うの？」

何も考えずにこう答えた瞬間、ステイシーは相手が優位に立ってしまったことに気づいた。

チャールズはバックミラーに映る自分の顔を満足げに見ながら、くつろいだようすで言った。

「仲間意識を感じるんだよ」

ステイシーは唇をかんだ。こんなきっかけを与えるくらいなら、舌をかみ切ったほうがましだ。

チャールズはのんきな声でしゃべりつづける。「その男とは本気なのかい？　日取りが決まったら教えてくれなくちゃ困るよ。ぼくが式に出るのは、いい趣味とはいえないけど——ちょっとしたお祝いはさせてもらうよ。フラット用に、卸値でいいシチュー鍋《なべ》を手に入れたんだ。フラットは家具つきなんだ。そのほうが得だし、気に入らない人間とはつきあわなくてもすむ。アルミのセットに二重鍋のおまけはどうだい？　銀色のリボンにはさんだカードには、気のきいたメッセージを書くよ——『思い出をありがとう』とかなんとかさ」

ステイシーは怒りのあまり口がきけなかったが、もう一度上手《うわて》に出られてはならない。

「それは、すてきね。あなたの番になったら、わたしもお祝いするわ。その気になったら、すぐに結婚するんでしょ？」

「だろうね。誰と結婚しそうか、教えてくれないか？　興味あるからね」

ステイシーは横を見た。チャールズは殺しかねない形相でレドリントンの道をにらんでいる。チャールズはかんかんに怒っている。しごく醜悪で険悪で、うきうきする眺めだ。ステイシーは有頂天で言った。「リリアスがいいわね」

車は急に道からそれた。チャールズは呪《のろ》いの言葉を吐き、また車道にもどすと、爆笑した。

「もういっぺん、そんなばかなことを言ったら、溝に落ちるぞ！　リリアスとは——」

「姉だからなんて、言い訳にならないわよ。だってそうじゃないんだもの。あなたのお母さんが養女にしたんだから、姉とはいえない。カンタベリー大司教が、あすにでもあなた方を結婚させるでしょうよ」

「無理だよ、ダーリン。彼は離婚には批判的だからね」

「とにかく、リリアスはあなたのお姉さんじゃないわ」

「だとしてもだ。イギリスにはぼくの姉じゃない女が、五万といるんだ。そのうちの誰だって、リリアスよりは可能性があるね。姉と弟として育った人間には、その関係が染みついているんだ」そう言ってまた笑う。「玉座を照らす強い光も、子ども部屋を照らす光にはかなわない。さんざんけんかして、小さな嘘《うそ》を聞いて――結婚してなんになる?」

冗談めかした口調に、ステイシーは引っかかるものを感じた。ステイシーはあわてて言う。

「わたしは、あなたに嘘ついたことなんてない」

「あまり時間がなかったからじゃないのかい? 人生は、逃したチャンスでいっぱいだ。気にするな、世間にはまだいい男がたくさんいる」

「わたし、嘘なんかつかない!」

「経験から学んでいないんだな。でも改めるのに遅すぎることはない」

チャールズはマーケット・スクエアに入り、サー・アルバート・ドーニッシュの銅像を見上げる駐車場に車を停めた。サー・アルバートが丸まっちい手を振るその先には、有名な〈クイック・キャッシュ・ストアー〉の一号店が、古い家並みになんとか入り込んでいる。サー・アルバートは、英国一お粗末な服を着た銅像だと言われてきた。彼はゆったりした服を好んだのだが、彫刻家が英雄的なリアリズムを発揮してその嗜好《しこう》を再現したのだ。だがレドリントンの住民は故人の記憶を尊重している。彼が建てたダンスホールで踊り、彼が設立した奨学金目当てに息子を学校に送り出している。

チャールズは車をロックし、ステイシーの肘《ひじ》をつかんで、丸石を敷きつめた広場を〈キャット&マウス〉へと向かった。新しいのは店の名前だけだ――建てられてから二十年しかたっていない錬鉄の看板は、緑色の目を光らせた猫《キャット》が小さなおびえるねずみ《マウス》におそろしい爪を立てるようすを彫った版画だ。家屋は、ジェームズ一世（在位一六〇三～一六二五年）の時代は織物商の店だった。この地方の多くの貴婦人たちが、玉虫織りのシルクやリヨン産のビロードを買ったのだ。今はティーショップになっており、安全な範囲でできるかぎり多くの小部屋に分けられている。

チャールズが「薄暗い」と言ったのは、おおげさではなかった。だがチャールズはしっかりした足取りで細長い部屋の奥まで歩いていく。そこでは、オレンジ色のカーテンと桶《おけ》に差したシュロの葉でプライバシーが確保されている。仕切られた各小部屋には、それぞれ固い木製の肘かけつき長椅子《ながいす》とテーブル一台、椅子が二脚ある。テーブルのわきを回って長椅子に到達できるのは、細身の敏捷《びんしょう》な人間だけだ。古びた天井の梁《はり》のあいだに、オレンジ色のぼんやりした明かりが見え隠れする。

ステイシーは長椅子にたどり着き、一人にされていた。チャールズは「ロールパンを選んでくるよ」と言っていなくなっていた。取り残されたステイシーは、リリアスのことをチャールズの頭に吹き込むなんて、ばかなことをしたと後悔する。吹き込んでしまったのだろう――それとも、そんなことはないのか。チャールズがリリアスに熱烈な恋をしていてすぐにでも結婚したいと思っているなら、それらしくふるまうだろう。無頓着《むとんちゃく》――そういう態度を取るはずだ。だがチャールズは急にハンドルを切り、車は道から完全にそれるところだった。何の意味もなくあんなことをしたはずはない。何かがずばりと核心を突いたのだ――あやうく車を制御できなくなるところだったのだ。そして、彼はげらげら笑った。ステイシーは、自分の発言を正確に思い出そうとした。

考えあぐねていると、ちくちくする葉とほこりっぽいオレンジ色のカーテンの向こう側から、声が聞こえてきた。「そうよ、わたしが要求すればチャールズはプレーするわよ」そして、不愉快な笑い声が上がる。

ステイシーの精神状態がもっとふつうだったら、チャールズなんてイギリスによくある名前だと考えただろう。だがそうは思えず――単純な結論に飛びついた。聞こえてきた声は映画の影響ではやっている低いハスキーボイスだ。あんな声を出すのは、赤毛の女じゃないかしら。ステイシーが飛びついた結論というのは、安物のオレンジ色のカーテンと二枚のシュロの葉が自分からさえぎっているのは、マイダ・ロビンソンにちがいなく、マイダが話題にしているのはチャールズ・フォレストだ、というものだ。咳払《せきばら》いをしようか、それともテーブルを動かそうかと思ったが、どちらも実行しなかった。よく聞き取れない男のつぶやき声に続き、またさっきの女の声が聞こえてくる。

「だいじょうぶよ。心配しなくていいわ――彼がプレーするから――」それから男が何か言ったようだったが、驚きの声で中断された。「あらやだ――彼が来るわ！　どうする？」

今度の男の答えはちゃんと聞き取れた。「お茶を飲んでいるだけじゃないか。たとえルイスが――」

女がさえぎる。「黙って！　行きましょう。話は終わったんだから」

ステイシーは、座ったまま、声の主が姿を現すのを見た。予感は完璧《かんぺき》に当たっていた。女はマイダ・ロビンソンで、白いリンネルの服を着て、髪はオレンジ色のライトを浴びて赤銅色に輝いている。男はジャック・コンスタブルだ。たくさんの小さなテーブルの真ん中あたりでチャールズと会うと、陽気に挨拶し、そそくさと店から出て行った。

チャールズは席にもどって、ロールパンの載った皿をテーブルに置いた。ステイシーは、今のはなんだったのだろうといぶかしみながら、黙っていた。

トニー・コールズフットが迎えに来るまで、ステイシーが着替える時間はたっぷりあった。トニーは少々時間に遅れ、気の毒なほど恐縮した。レドリントンに着かないうちに、今夜はうまく行きそうもないことがわかってきた。〈クラウン&セプター〉に着くやいなや、トニーは高い窓からすきま風が入ってくると文句を言いはじめた。窓は上のほうがあいており、ウェイターが三人がかりにならなければ、閉まらない代物だった。席を二回替わってからも、トニーは前かがみになっておおげさに震えていた。

料理は可もなく不可もない出来だった。トニーはさらにぶるぶる震えながら、前の冬にかかったインフルエンザについてくどくどしゃべり出した。それが、今のインフルエンザとどうちがうのかを述べ、前回よりずっと質《たち》が悪いのにかかったのだという陰気な結論を出した。トニーは食事には手をつけず、ブラックコーヒーを三杯飲み、八時二十分になるともう家に帰って寝たいと言い出した。

「伯母は、出かけるなんてよくないと言ってた」

ステイシーも、ミス・コールズフットと同意見だった。甥《おい》を誘惑して休息をさまたげる悪女の役を演じるつもりはない。だがドアをあけた不機嫌な独身女性の顔を見たとたん、彼女はその役割にされてしまったのだと悟った。「そもそも、この子は出かけるべきじゃなかったんです！　わたしはそう言ったのに、約束を守らなくちゃいけないなんて言い張るのだから。まったく、考えなしです。いいえ、あなたにしていただくことはありません、ミス・マナリング！　すぐベッドに入りなさい、トニー！　やかんを火にかけたから、熱いお茶を一杯飲んで、湯たんぽを二個持っていきなさい」

じっさい、言うべきこともなすべきこともなかった。トニーはひどく咳《せ》き込み、がっしりした巨体のミス・コールズフットは、ステイシーを煮えたぎる油で揚げ物にしかねない勢いだった。タクシーがまだ待っていてくれていることに感謝しつつ、ステイシーは車内にもどりウォーン・ハウスに帰った。

12

帰ったらすぐに寝るつもりだったのに、ホールに入ると、おおぜいの人間がいた。ルイス・ブレイディングのみちびきに従って、応接間から出てきて、別館に向かっているようだった。ルイスは偉そうにしている。レディー・ミンストレルが腕をからめてくる前に、ステイシーはコレクションが披露されるのだとわかった。

「ご覧になったことがあるかどうか知りませんけれど、見る価値はありますわよ。美しくて——たいていのものに逸話があって。ほんとうに有名な宝石が並ぶのですよ」

ステイシーが返事をする前に、レディー・ミンストレルはルイスに声をかけていた。「ちょうどミス・マナリングがいらっしゃいました。ごいっしょしてもいいかしら？」

ルイスが振り向くと、その冷たい嫌悪を示す目がルーシーと合った——チャールズの妻だったころより、いっそう冷たく嫌悪の念を強めているように見える。ルイスはわずかにうなずいて、耳ざわりな声で「けっこうですよ」と言った。一同は通路を別館に向かった。ステイシーは上で眠りたいともごもご言ったが、背後のマイラ・コンスタンチンから「ナンセンスです！」

と決めつけられた。

ステイシーは振り向いてマイラを見た。堂々たる体躯《たいく》を真紅の錦織《にしきおり》の衣服に包み、両わきをジャック・コンスタブルと娘のヘスターに支えられている。マイラは威勢よく言う。「すでに見たことがおありだろうし、あたしもそうですよ。でもね、何度見てもいいもんです。何かを求める気力が湧《わ》いてくる。強壮剤みたいに効きます」

ガラス張り通路の端のドアは、ハウスの庭側のドアと同じだった。上半分がガラスなので、ハウスのホールからは通路全体が見えるようになっている。まだ外は明るいので、照明はついていなかった。ステイシーの耳にルイスの説明が聞こえてくる。「ご覧の通り、防犯対策を取っています。日没と同時に、我々が通路の明かりをつけます……我々って？　ああ、モバリーかわたしですよ。ハウスのこちら側にはわたしの居間があります……ええ、右側のこのドアです。前は書斎でした、今でもわたしの部屋です。でも、モバリーもわたしも、夜は別館で寝ます……いいえ、窓はまったくありませんが、空調は完備しています」

皆、通路に入った。ルイスは、細い鋼鉄製の鎖を持っている。その鎖についた鍵《かぎ》で反対側のドアをあけた。それは、一同がついさっき出てきたドアとはいちじるしく異なっていた——緑色に塗られた金属性のドアだ——家屋のドアではない、金庫のドアだ。小さなロビーがあり、さらに同じようにがんじょうな二番目のドアがあった。

ルイスは説明を続ける。「建物全体が盗難防止を旨として設計されています。入口はこの一つだけです。ガラス張りの通路はわたしの思いつきです。これらのドアに近づこうとすれば、すぐにわかります。この建物の内側から明かりが射しますし――いたずらできないですからね。うまく作ったと思いますね」

二番目のドアが内側にあいた。ルイスがスイッチに触れ、一同は煌々《こうこう》と明かりのついた部屋に入った。細長い長方形の部屋には、天井から床まで黒いビロードのカーテンがかかっている。壁際にはガラス張りのショーケースが並び、部屋の中央には椅子《いす》と、旧式のトレッスルテーブル（二、三の架台を並べた上に甲板を載せたテーブル）を細長くしたような台が置かれ、上には黒いビロードの布がかかっている。一連の装置が不気味な雰囲気を醸し出している。青い海と空のあいだに黄金色の光が満ちていた、さきほどまでの夏の夕べの明るさとはあまりにちがう世界は、心理的なショックを与える。この奇妙な部屋も明るいが、その明るさには生命感がまったくない。ステイシーは、三年前と同じ印象を受けた。当時と同じように、背筋を悪寒が走り、子どものように部屋から逃げ出したくなる。ステイシーの髪に、息がかかって揺れた。チャールズが耳元でささやいている。「霊安室みたいだ――」

ステイシーはあやうく悲鳴を上げるところだった。チャールズが入ってきたのは聞こえなかったし、うしろに人がいるのも気づかなかった。悲鳴は飲み込んだものの、体ががたがた震えるのは止められなかった。

チャールズの手が肩にかかった。さっきと同じ小さな声で話しかけてくる。「おばかさん――

そんなにびっくりすることないじゃないか」

薄手のシルクドレスを通して、彼の手のぬくもりが伝わってくる。しばらくその手は置かれたままで、そのあいだステイシーは体中がたがた震わせていた。チャールズがどんな人間だろうと、何をしようと、彼に触れられただけで過去がよみがえってくるのだ。過去のことしか考えられなくなる。無理やり思考を現在にもどす。

ルイス・ブレイディングは、私的なツアーを続行していた。

「我々が入ってきたほうから見て左側の二つのドアは、モバリーの寝室とバスルームに通じています。部屋の長い側のドアから出ると、わたしの寝室と実験室への通路になっています。こちらが――」ルイスは一同をショーケースへとみちびく。「コレクションのひじょうにおもしろい部分です――有名な宝石の模型です」この話になるといつもそうするように、ルイスはいったん言葉を切り、女の口まねをする。「『わたしにはもったいないわ』」声のわざとらしさのせいで、安っぽいジョークにしか聞こえない。

ルイスが指しているものを見ようと、皆、前に押し寄せた。

「もちろん、単なる模造品です。オリジナルの輝きなどありはしません。〈南の星〉といって、一八五三年、ボガガン鉱山でまずしい黒人の女が発見しました。加工する前は、二百五十七・五カラット。ご覧のようにかすかにばら色を帯びており、世界でもっとも美しいダイヤモンドの一つにちがいありません……〈コーイノール〉は、アウラングジーブの宮廷で見たタヴェルニエによれば、加工前は七百八十七・五カラット。現在はもちろん再加工されて、ロンドン塔にある女王の王冠にはめられています……こちらは有名なマッタンのラージャのダイヤモンドを模したものです。ボルネオで発見され、三百十八カラット。洋ナシのような形で、切子面はありません」

ルイスはダイヤモンドの列挙を続ける。〈ニザム〉。ナポレオン一世が大礼式で用いた剣のつかにはめられていた〈統治者《リージェント》〉。チャールズ獅子王《ししおう》が戦場で失った〈サンシー〉は、スイス兵が発見して二フランで手放し、そのあとは、ダイヤモンドがどろぼうの手に渡るのを防ぐために呑《の》み込んだ、忠実な召使の死体から出てきた〈ピゴット〉。これは〈オルロフ〉で、卵を半分にしたような形。有名な偶像の目にはめられていたこともある。三角形の〈ナッサク〉。サファイアのように青い、名高い〈ホープ〉。

一連の情報は、質問や感嘆の声でたびたび中断された。マイラ・コンスタンチンの深い声が、〈ピゴット〉についてコメントする。「まあ、あたしなら死体から出てきたものなんか、着けたいとも思いませんね――あたしは、いや。宝石に夢中になったこともないし。宝石が似合う顔や体とも縁がなかったしね――そのせいでしょうけど。ここにあるきれいなものは、これからどうなるの、ルイス？」

ルイスはにこりともせずに言った。「コレクションのこの部分は、レドリントン博物館に遺すことにしました。おおいに関心を惹く宝石ですが、かくべつ金銭的な価値があるわけではありませんのでね」

ルイスの灰色の顔は、まったく無表情だった。それ以上何も言わず、彼は次のショーケースに移り、ルビーについて語りはじめた。そのあとは、サファイア、エメラルド、トパーズ、アメジスト、有名な石の彫刻。

何もかも、ステイシーは聞いたことがあった。まるでタイムスリップしたような、恐ろしい気分だった――二人が、ステイシーとチャールズが三年前の状態に引きもどされたようだった。もちろん、ばかばかしいとしか言いようがない。他人が無理強いできないことがあるとすれば、それは過去を生き直すということだ。ステイシーは振り向いてチャールズに言った。「ここから出たいわ」

チャールズの目が笑いかけてくる。「あまりにも以前と同じだから?」

「いいえ。息苦しいの」

チャールズはくすっと笑った。「ルイスがかんかんに怒るぜ――空調にすごいプライドを持っているんだから。きみだって、ほんものを見たいだろう。そろそろ、見せてもらえるはずだ」

「わたし――そんなもの――」

「ダーリン、気絶したら受け止めてあげると約束するよ」

ステイシーは、気絶するどころか、顔がかっと赤くなった。ステイシーがさっさとチャールズから離れると、ルイスがビロードのカーテンの陰に隠れた。ジェームズ・モバリーがあとを追う。ほんの数秒で、ステイシーたちには見えないドアがばたんと閉まるのが聞こえた。それから男二人が、黒いビロードを敷いたトレーに宝石を山積みにして運んできた。

この瞬間が、ルイス・ブレイディングにはことのほか楽しいようだった。お客が息を呑《の》み、女性客の目に驚きと貪欲《どんよく》さが浮かぶさまが好きなのだ。むろん、すべては周到に演出されている。ネックレスもブレスレットもペンダントも指輪も、いつもは彼の金庫の棚におさまっているのだが、お客にコレクションを見せる時には、この『アラビアン・ナイト』めいた効果を楽しむのだ。

いつのまにか、またチャールズがステイシーのかたわらに来ていた。「ヌビア人の奴隷が出てきそうじゃないか？　ジェームズとルイスのあいだには、いつも険悪な空気を感じるよ。でも、王女も登場するよ。（オペラ『アイーダ』は、古代エジプトの将軍、王女、ヌビア王国の王女だった奴隷が繰り広げる恋と陰謀の物語）見てごらん！」

ステイシーはチャールズの視線の先を追った。ジェームズとルイスは、長テーブルの中央に、ぎらぎらするトレーを置いた。マイダ・ロビンソンが細長い黒のビロードに載ったそれを見つめる。マイダの黒いドレスが、背景の黒に溶け込んでいる。彼女の腕と首と赤銅色に輝く髪が、引き立って見える。マイダは前かがみになり、両手をテーブルにつき、目は輝く石の山に釘《くぎ》づけになっている。ステイシーは、一瞬の変化を見逃さなかった。マイダの薄茶色の目が緑になった。鳥にねらいをつける猫のようだ。すぐにそんなようすは消えたけれど、ステイシーは恐ろしくなった。

マイダは低く笑い、両手をテーブルから離すと、そっとたたいた。「まあ——なんてきれいなんでしょう！　さあ、くわしく話してちょうだい」

ルイスは言われずとも話したくてうずうずしていた。「まず、おかけください——椅子《いす》はたりているはずです——これで、押し合わなくても見られるでしょう」

マイダはうしろにあった椅子に優雅に腰を下ろし、前にずらすとテーブルにかがみこんだ。むきだしになった肩は、日焼けによるしみ一つない、美しい乳白色だ。赤毛の女には焼けやすく、すぐにそばかすができる質《たち》の者もいるが、日光がなんの影響も及ぼさない者もいる。マイダは後者だ。夏中浜辺に寝そべったとしても、そばかす一つできず、肌はまったく焼けないだろう。日焼けが大流行しているおりから、マイダは人工的な日焼けを試みたこともあるが、ここ二、三週間は肌を自然のままにしていたので、ルイス・ブレイディングの賞賛を得ていた。黒いビロードを背景に、頭上の照明を受けたマイダはまばゆいほど美しかった。チャールズも同じ意見らしい。陽気にステイシーに話しかける。「はっとするくらいきれいだね」そしてマイダのそばの椅子まで行った。それまで、マイダはあたりを見回していた。おそらくそれが彼を呼ぶ合図だったのだろう。

ステイシーはテーブルの端の席についた。右にヘスター・コンスタンチンがいる。その向こうにはブラウンと呼ばれる一組がいた。中年に入ったばかりで、若ぶって子どもの世代のまねをしたがるタイプだ。それからチャールズ、マイダ、ジャック・コンスタブル、リリアス・グレイ、マイラ・コンスタンチン、レディー・ミンストレル、の順だ。このきらびやかさは、リリアスに似合わない。宝石の輝きとマイダの旺盛《おうせい》な生命力の前では、リリアスは色あせて見える。みにくい老いたマイラのほうが、リリアスより見栄えがする。

マイラは持ち前の深い声で言った。「さあルイス、続けてちょうだい！　幕をあけるのよ！」最後の台詞を歌ったわけではないのに、オペラ『道化』（ルジェロ・レンカヴァル作曲）の節が感じられた。

ルイスは振り返り、ぎこちなく小さなお辞儀をした。「すでにご存知のことばかりですが」軽く反対するような口調だ。

マイラは愉快そうに笑い、顔をくしゃくしゃにした。「日のもとに新しきはなし、と言うでしょ。けど、あたしは古いものに飽きることはないわね——古い歌、古い友だち、古い時代——謙遜《けんそん》はよして闇市《やみいち》で手に入れたものを見せてちょうだい！」

ルイスは、「マイラ、闇市で買ったものなんかありませんよ」と答え、目の前のぎらぎら光る山に手を突っ込むと、指輪を一つ取り出した。はめこみ部分のダイヤモンドのあいだで、四角いエメラルドが光を放つ。

マイダは両手を広げて言った。「すてき！」そして女性六人の羨望《せんぼう》のまなざしを前に、ルイスはそれをマイダの手のひらに落とした。「はめてごらん。どんなふうに見えるかな」

マイダは左手の中指にそれをはめた。堂々たるものだった。ルイスはいいね、というようにうなずいた。「きみのような色つやの女性は、いつもエメラルドを身に着けているべきなんだ——

目の緑色を引き立てるからね」

マイダは長く黒いまつげを上げる。「わたしの目は緑じゃないわ。薄茶色だと思うけど」

二人とも、まわりの人間のことは忘れているようだ。

「緑色になったところを見たことがあるよ。エメラルドをはめれば――」

「持ってないもの」女の目はまた指輪にもどる。

ルイスはそれまでの内緒話のような低い声を、高くした。「さて、これはたいへんよい石で、興味深いストーリーがあります。グレイステアーズ殺人事件のことは覚えておいでですかな？　あなたならご存知でしょう、マイラ」

マイラ・コンスタンチンはうなずいた。「若い娘がほしがったのよ」マイラは言った。「一九一七年よね？　ジョニー・グレイステアーズが軍隊の休暇中に帰宅してみると、妻が男を連れ込んでいた。ジョニーは二人とも撃ち殺して、警察が押し入った時には六階の窓から飛び降りてしまったの。ジョニーのことは知ってましたよ――妻が狂わせるまでは、悪意なんてかけらもない人だった。まさかその――」

ルイス・ブレイディングはにやりとする。「ええ、その妻の婚約指輪だったのです。一番最近手に入れたものです。ですから、あなたがご存知ないものもあるわけですよ！」ルイスはテーブルに身を乗り出し、マイダの指から指輪を抜き取る。「次にこのブレスレットですが――」ルイスはダイヤモンドとルビーをちりばめた、幅六センチほどの金の輪を持ち上げる――「ヘバーケン〉と組になっていたものです。持ち主だった女性の孫娘から、二十五年前に買い取りました。それからこれは――いや、これは美しくもないし値打ちもない。これは、真珠の縁飾りがついた小さなヘアブローチですが、毒殺者だったマニング夫人が絞首台に上った時に、着けていました。彼女は黒いサテンのドレス姿でしばり首になり、次の世代の人間は誰も黒いサテンの服を身に着けようとしませんでした」

ステイシーの横でうなだれていたヘスター・コンスタンチンが、震える声で言った。「買ってもらったとしても、ここにあるものは身に着けたくないわ」

ステイシーも真っ平だった。ルイスが誇らしげに示すものにはいちいち逸話があり、いずれの逸話も血と涙にいろどられた陰気なものだ。ルイスは、芝居がかった調子で紹介したわけではない。殺人、天罰、嫉妬《しっと》、憎悪、復讐《ふくしゅう》――感情を交えない彼の声が、すべてを平凡に思わせ、それがいっそうおぞましさを増幅させたのだ。人は皆平凡に生きて行動しているのだから。偉大で破壊的な情熱は、ここではない、ドラマとロマンスの非現実な世界で演じられているぶんには魅力的だ。だがひとたび殺人者が舞台を離れ、天井桟敷《さじき》やストール（劇場一階正面の舞台に近い特別席）で自分の隣に座り、まっとうな郊外の住宅にともに帰ってくるとしたら、心臓が凍りそうなむきだしの恐怖をもたらすことになる。

ルイスが演説を続けるあいだ、ステイシーは心臓が冷えていく心地だった。この首にぴったりはまる首飾りは、ちゃんとした明るい家庭で育ったふつうの娘のものでした。彼女は男を撃ち殺しました。男がほかの女のもとに走ったので……このきらめくバックルはヴィクトリア朝（ヴィクトリア女王が在位した一八三七〜一九〇一年）の有名な高級売春婦のマントを留めていたものです。彼女はまずしい婦人帽子職人の仕事部屋で生を受け、牢獄《ろうごく》の不潔な藁《わら》の上で一生を終えました。この二つの場所のあいだで、数え切れない男たちの目を幻惑し、懊悩《おうのう》させたのです。

「こんなの、嫌いだわ」ヘスター・コンスタンチンが例の弱々しい声で言う。

ルイス・ブレイディングには聞こえたにちがいない。じつにいやな冷たい憎悪のこもった横目でヘスターを見た。ヘスターは気づかなかったようだが、ステイシーは身震いした。ルイス・ブレイディングには何かある——。

ルイスはきらめくブローチを手に取っていた。「これが気に入らない女性は、なかなかいないでしょう」と言う。「もちろん、ダイヤモンドは誰でも似合うわけではありません」ヘスターを残酷な目つきで見てから、宝石のちりばめられたブローチに視線をもどす。「美しい——そう思いませんか？　マルツィアリのブローチ——針金の上に、完璧に調和したブリリアント・カットの四カラットのダイヤモンドが五粒並んでいます。一八一七年、結婚のプレゼントとして夫からジュリア・マルツィアリに贈られたものです。三年後、夫がジュリアと愛人を刺し殺した時、彼女はこれを着けていました。この事件はローマで一大スキャンダルとなりましたが、夫の伯爵は自殺したため、裁判にかけられることはありませんでした。ジュリアはサルディニアの名家の出身で、たいそう美しい人でした。この輝く石が彼女の血にひたされたとは、不思議な気がしますよ」

ヘスター・コンスタンチンが「止《や》めてちょうだい！」と言った。

そのうしろにいたブラウン夫妻は、そこまでは言わず、そのようなものはほしいと思わない、とだけ述べた。

「たいそう立派ですね。高価だったにちがいない」ミスター・ブラウンが心底から言う。「しかし、そんないまわしい過去があるものを、妻に贈りたいとは思いませんな」夫人も、肩をすくめて、「わたしも着けたくないわ、トミー、もしあなたがくれたとしてもね」と応じた。

マイダはちらと夫人を見やった。「ほしくないの？」と言ってから、ルイスにすばやく視線を走らせる。「あの人の言うことを額面通りに受け取る? よしたほうがいいわ——あとで気が変わるでしょう。あなたに忠告しておくけれど、殺された人が着けていたからって、わたしが宝石の贈り物を断るなんて思わないでね。こういうきれいなものには、あこがれるわ」マイダの声はあこがれに満ちていた。ルイスが取り上げようとしていたネックレスに、両手を伸ばす。

「ねえルイス、着けてみたいの――お願い――ちょっとだけでいいから！」

マイダはルイスからネックレスを受け取ると、留め金をぱちんと留めた。形のそろったダイヤモンドがつながってバラの花を形作り、それぞれのバラの中心にはエメラルドが光っている。ステイシーはいったんブローチを見ると、目が離せなくなった。ルイスの言葉が聞こえてくる。

「いや、誰もこれを着けて殺されてはいないさ。これは何代も前の先祖、ダマリス・フォレストのものだったんだ。アン女王（十八世紀の英国女王）の女官だった。ダマリスは美貌《びぼう》で貞淑で、長生きしたし、亡くなった時にはおおぜいの身内が悲しんだそうだ。フォレスト家の女性は、みんな美人で心もきれいなのさ」

ルイスは演出のつぼを心得ていた。一言一句、三年前とまったく同じだ。その時、ルイスはこのネックレスを出してきてステイシーに見せ、チャールズがステイシーの首にかけてくれたのだ。自分だってマイダ・ロビンソンと同じくらい似合っていた、と思うほどうぬぼれることはできないけれど、部屋のすみにある長い鏡台に駆け寄って自分の姿に見ほれたことは覚えている――ステイシーは白いドレス姿で、ダイヤモンドとエメラルドが照明を受けて小さな虹《にじ》のように見えた。宝石の上ではステイシーの目が輝き、頬《ほほ》は幸福でばら色に染まり、チャールズは、まるで心から彼女を愛しているようだった。ステイシーが鏡に駆け寄ったのと同じようにマイダが椅子《いす》から飛び上がって駆け出すと、当時の情景がよみがえってきた。鏡はビロードのカーテンのあいだにかかっている。と、その場面は、忘れることができない別の情景によって消し去られた――あれから二日後の晩、パジャマにドレッシングガウンをはおったチャールズが、ステイシーに背を向けてビューロー（戸棚と机の機能をそなえた書記机。上げぶたを手前に倒すと書き机になるもの）の前に立っていた。頭上に一つだけ明かりがつき、チャールズの手にはネックレスがある。真夜中で、皆寝静まっている。ステイシーのナイトガウンが片方の肩から滑り落ちる。じゅうたんに触れた裸足が凍りつく。チャールズは、ダマリス・フォレストのネックレスを手に持っている。

ステイシーは、足元からすべてが崩れ去っていく感覚とともに、現実に引きもどされた。なぜなら、ネックレスがここにあるからだ。ふたたびルイス・ブレイディングのものになっている。部屋のすみの鏡に映ったマイダの姿が光を発散している。

マイダが振り向いた。そして長いため息をつくのが、一同に聞こえる。滑るようにやってくると、また自分の席についた。美しくエネルギッシュなこの女の目は、エメラルドのように深い緑色だ。しぶしぶ留め金をはずすと、手にぶらさげて愛でた。それから衝動に駆られたように、テーブル越しにルイスのほうにぐいと押しやった。「ああ、どうぞ、どうぞ取ってちょうだい！　さっさとしないと、わたしが手放せなくなってしまう」

ルイスは、女の狂気じみた言動に、あるかないかの笑いを浮かべた。「そう、これはきみに似合うよ」

ステイシーは二人の視線がからまるのを見て、「これが彼女のものになる日も遠くないわ」と思った。

ルイスは講演を再開する。だがステイシーは、フォレストのネックレスの件を忘れることができなかった。三年前に引きもどされ、自分がやったことを思い悩んでいた。

13

陽の光のなかに出て行くのは、妙な感じだった。別館には一時間いただけなので、まだ海には陽が射している。チャールズはマイダを家まで送って行くことになった。よくあることだ。そのつもりはなかったのに、いつのまにかそうなっていたのだ。ジャック・コンスタブルがリリアスと組んだので、チャールズは如才なく車を二人に提供した。ことはじつにスムーズに進んだ。マイダが言ったのだ。「チャールズ、お願い、新鮮な空気を吸わないと死にそうだわ。正直に言うけれど、誰かが家まで送ってくれなかったら、あのエメラルドめがけて蛾《が》のように飛んでいって、恐ろしいスチールドアにぶち当たって粉々になってしまいそうよ。かわいそうなルイスが見たら、卒倒してしまうでしょう。それに、わたしにはパーティーをだいなしにする気はないの。リリアスやジャックや――ほかの人たちに対しても。わたしはただ、これ以上我慢できないだけ。きょうは、すばらしかったわ。シバの女王（聖書中、ソロモン王の知恵を試しに多くの宝物を持っておとずれた女王。大富豪、の意もあり）になった気分よ――あんまりたくさんのみごとな品を見て、酔っ払ってしまったみたい」マイダは別館の戸口に立つルイスのところに駆けもどった。両手を差し出し、低いハスキーな声でこう言った。ステイシーの耳に、言葉の断片が伝わってくる――「わたしの思いは、わかるでしょう?」つぶやき声がして、またマイダがこう言った。「ほんとうに、いいチャンスなのよ。わたしが穏便になんとかするわ。あなたはここにいて、すばらしいものをしまっておけばいいわ」最後に男が何か小声で言うと、マイダはチャールズのところに来て腕を組み、大きな声を出した。「戸外に出ましょう! とても気持ちよさそう!」

そうして、二人は外に出た。

ルイスは建物に引っ込み、ドアを閉めた。ステイシーは自分の部屋に上がった。

ソルティングズにつながる崖道《がけみち》は、ステイシーが夢に見た通りだった。想像とちがうのは、高い岸壁がないことだけだ。道は崖にそって曲がりくねり、ときおり浜に向かって目もくらむようなけわしい急斜面がある。潮が満ちている時は水が見えるし、引いている時は岩がむきだしになる。だが陸側といえば、三メートルと隆起しない斜面があるきりだ。あちこちの斜面がくぼんで、座れるようになっている。夏の宵に散歩するには、うってつけだ。

チャールズは、なぜ連れ出されたのだろうと思っていた。ルイスを嫉妬《しっと》させるためではあるまい。マイダは彼を苦労してなだめていたから。ここは、彼女のしたいようにさせようと思った。

チャールズが、これまで皆に受けたたぐいの話を始めると、マイダは手を振ってさえぎり、こう言った。「チャールズ、話があるの」

劇的な話か? まあ、これは彼女のゲームだ。チャールズとしてはむしろ……男が考えるいとまも与えず、マイダが出し抜けにこんなことを言い出した。「ルイスが結婚してくれって言うの」

チャールズはまじめにうなずいた。「どっちを祝福すればいいのかな？」

「わたしはまだ――イエスと言っていないの」

「だったら、彼におめでとうを言うべきだな」

マイダはかっとなった。「なぜそんな失礼なこと言うの？　わたしを怒らせたくないくせに！」

「たいした言い草だな。じゃあお役に立つとするか――きみたち二人を祝福しよう」

「何を祝福するの？」

チャールズのぶかっこうな眉《まゆ》が上がる。「きみのためらい、不本意、とかそんなことをさ」

「チャールズ、あなたってほんとにひどい人！」

「きみが自分と相手の両方を不幸にするだろうと考えているからかね？」

「なぜ両方なの？」

チャールズは、かすかにあざけるような視線を向ける。「エメラルドだけで生きていくことはできないからさ――それとも、できるかい？」

「ほかにもたくさんあるわよ」マイダ・ロビンソンは言う。

「なら、きみが決めればいいさ」

まるで今の言葉が何かの合図だったように、マイダは夢中で言った。「彼、わたしに有利な遺言を作ったのよ」

チャールズはにやにやする。「それじゃあ、今度はおめでとうを言うよ」

マイダの顔色がさっと変わる。「計画したんじゃないわ——突然、そういうことになったのよ。わたしが遺言状を作ろうとしていたの——遺言状用箋《ようせん》を持っていたものだから。ルイスに証人として署名してちょうだいと頼んだのだけれど、わたしが彼に遺すものがあるのを知って——」

「あざやかな手並みだな！」

マイダは虚勢を張る。「ええ、あざやかでしょ？　とにかく、ルイスは署名できないと言ったわ。利害関係者だからという理由で。それから——それから、終いにはわたしに結婚を申し込んだの。彼が遺言状用箋を出して書き込んで、すべてをわたしに遺す内容だった。これから署名の立会人を二人探すと言っていたわ——クラブの外でね。噂《うわさ》になりたくないから」

チャールズは謎めいたまなざしを向ける。「でも、まだ署名はされていない。熱いうちに鉄を打たなかったとは、驚きだな」

女の目には、勝ち誇った光があった。「あら、彼は署名するに決まってるわよ。わたしに夢中ですもの。あんなの、ポーズだけだわ。来週弁護士に会う時には、ほんものの遺言状を作るはずよ——贈与財とかそういったことも含めてね。あれはただの——今言ったように、ポーズよ、バスにひかれた場合の対処とか、そういうこと。大事を取るに越したことはないでしょ？」マイダは首をかしげ、チャールズを見上げた。「どう？」

「どうってなんだい？」

「何か言うことはないの？　気にならない？　何かしようとは思わないの？」チャールズはいつものチャーミングな笑顔を見せる。「きみを崖《がけ》から突き落とすことだってできるよ――それも一つの道だ」

マイダの口調は優しくなり、チャールズをじっと見つめた。「ほかにも道があるかも――」チャールズは、緑色の目を持ったすべての赤毛の女を呪《のろ》った。「緑の目の女は地獄に堕ちろ《レズュ・ヴェール・ヴォンダ・ランフェール》」それから陽気に言う。「ぼくは思いつけないな」それから、がらりと態度を変える。「いいかい、マイダ。これはきみの問題だから、口出しはしたくない。ルイスは気に入れば、誰と結婚したっていいし、金とあのろくでもないコレクションを好きな誰に遺そうとかまわないさ。彼のことが好きなら、結婚すればいい。きみがエメラルドを着ければ、すごく様になるだろう。彼を好きでないのなら、考え直せと言うべきだろうな。ルイスとは長年のつきあいだが、やつを変えるのは無理だぜ。熱愛期間が過ぎれば、きみの順位はコレクションの下だ。彼がほんとうに結婚しているのは、コレクションだからだよ――どんな女性も一時的な気晴らしでしかないんだ。これまでにも、色恋沙汰《ざた》はあったが、いつでもほんとうに愛しているもののところにもどってきた。隠さずに言うがね、ルイスがコレクション以外の何かを愛することができるとは思えないよ。これからもあのぞっとするがらくたとともに、気味悪い建物で生きつづけるだろうし、きみは侍者の一人になるだけだ。彼にはジェームズ・モバリーがいる。あわれな男だ。だがジェームズは宝石を身に着けることはできない――きみは、できる。宝物の番をする侍者が一人、見せびらかすための侍者が一人、というわけだ。ローマの捕虜になった女たちが宝石で飾り立てられていたことを思い出すよ。ルイスの世界では、きみの運命は大なり小なりそんなものだ」

マイダはチャールズから視線をそらさなかった。美しいとしか言いようのない目だ。大きくてきらきら光り、灰色でも茶色でもなく、緑色でさえない。緑色のプールにたたえられた水のような、色彩の遊戯が見られる。マイダは口を開く。「チャールズ――」

チャールズは目をそらした。こめかみに、汗がにじむ。「これで」と言う。「きみには、警告した」

二人とも立ったままだ。日はかなり低くなっている。海から涼しいそよ風が吹いてくる。心地よい風だ。チャールズはふたたび歩き出し、マイダも歩調をそろえた。

間もなく、マイダは不機嫌な子どものような声を出した。「わたしに警告して、なんになるの？　わたしは、何かを手に入れたいの。あなた、ほかに言うことはないの？」

「ぼくは、ただの傍観者さ。ゲームの支配権はルイスにある」

「だけど、彼はゲームをプレーしないというの？」マイダの声は誘惑と愛撫《あいぶ》のようだ。

チャールズは答える。「ああ、彼はプレーしないね。彼には自分のゲームがある。二つは別物なんだ」

マイダは怒ったような妙な笑い声を立てた。「じゃあ、わたしはあなたの従姉妹にしかなれないのね、ダーリン！」

14

ステイシーは部屋にもどり、鍵《かぎ》を締めた。そうしてから、ぐずぐずと立っていた。時が過ぎる。やがて窓辺に近寄り、腰を下ろした。窓からは、別館と、それが建つ丘が見える。ろくに風が入ってこない。潮風を感じたかったのに、ここへは吹いてこないようだ。

突然、ステイシーは寒いことに気づいた。風を感じたいけれど、寒気がするのだ。コートを持ってきて体に巻きつけたが、体の内側の震えは止まらない。結婚生活を打ち切ったのは、ダマリス・フォレストのネックレスが原因だ。チャールズが盗んだからだ。泥棒の妻ではいられなかった。でも今は、ルイス・ブレイディングが取りもどしている。チャールズが返したにちがいない。チャールズがもとにもどし、ルイスは何も気がつかなかったのかもしれない。それでも、何も変わらない。自分が知っていることが問題なのだ――チャールズについて知ってしまったことが問題なのだ。チャールズは泥棒だった。ゆっくりと、苦しみつつ、リリアスの言葉を思い出す。「彼はいつでもやっていたわ、今までは見つからなかったけれどね。わたしたちが――なんとかして、いつももとにもどしていたの。お母様の心を傷つけたわ――わたしの心も。だから、わたしは彼とは結婚しないの。誰とも結婚すべきではなかったのよ。あなたがずっと知らなければよかったと思うわ」ステイシーは必死になって言葉を理解しようとした。ひどく低く、とぎれとぎれにしか聞こえなかったから。あの時も、必死だった――薄明かりのなかで、三年前、リリアスはステイシーから離れ、こう言った。「彼はいつもやっていたわ」

若く未熟な自分を振り返ると、誰か別の人間のような気がする。あなたは泥棒とは暮らさなかった。チャールズは泥棒だった――チャールズとの暮らしを続けることはできなかった。彼の顔は見られなかった――彼に言うことはできなかった――あれについて話すことなど問題外だった。考えるだけでも、恥ずかしさで全身がかっと熱くなる。去らなければならない――すぐにでも、ここを去らなければならない。ここに留まろうとしているのは、ステイシーの体だ。自分の体には、したいことを命じられるはずだ。手に命じて、紙を取ってこう書かせることはできたのだ。「わたしは恐ろしい過ちを犯しました。あなたと結婚するべきではなかったのです。それについて話すことはできません。わたしを連れもどそうとしないでください。もどることはできません」

それでも、チャールズは連れもどそうとした。はじめは怒っていた。「このばかげたまねはいったい何だ?」次は、「せめて会ってちゃんと話そうよ」最後が、「けっこうだ――好きにすればいい。二度と頼まないよ。離婚は三年待たなくちゃいけない」

ステイシーは姿を隠し、手紙にはいっさい返事を書かなかった――ちゃんとした手紙は書かなかった。次のような言葉を何度も書き連ねて返事としただけだ。「わたしは、もどることはできません」いったんチャールズと顔を合わせたら、もちこたえることはできないとわかっていた。もしチャールズに見つめられたら、チャールズに触れられたら、負けてしまうだろう――そして自分とチャールズを一生軽蔑《けいべつ》するだろう。泥棒といっしょに暮らしてはならないのだ。

ステイシーは座ったまま、自分とチャールズとリリアスについて考えた。三人それぞれに、基盤となる自己がある。それは変えることができないものだ。ステイシーは、どんな人間にも基盤となる自己があると思っていた。人といっしょに暮らせば、それがなんだかわかるものだ、と。それが、よく見てみると、岩のような基盤などなく、動く砂だけがあった。チャールズはそういう人だった……リリアスも、そうか？　それはよくわからない……おそらくリリアスの基盤とは、チャールズに対する感覚があらわしているものだろう。泥棒だと知りながら、ずっと愛していたのだから。ステイシーには、それができなかった。ふいにステイシーは、自分が浅はかでつまらない人間だという気がした。

こんなことを考えてなんになるのだろう？　すべて終わったことだ。完全に終わったのでなければ、ここには五分といられないはずだ。考えるのは止《や》めよう、分析するのは止《や》めよう。すべて過ぎたことだ。終わったことだ。チャールズの顔が生々しく浮かんできて、ステイシーはあやうく叫び声を上げそうになった。彼の目が笑っている……。

ステイシーはそのままずっと座っていた。やがて部屋は暗くなり、ステイシーの頭のなかはこんがらがって、思考はあっちへ行ったりこっちへ来たりしたあげく、まどろんで夢を見た。どんな夢を見たのか、どれくらい長く眠っていたのかもわからなかったが、ステイシーは恐怖に駆られて目がさめた。しばし、自分がどこにいるのかもわからなかった。室内は暗く、体が冷たい。ステイシーはコートを着たまま震えた。窓辺で眠り込んでしまい、恐ろしい夢を見たのだが、どんな夢だったかちっとも思い出せない。恐怖はよみがえってくるが、記憶はもどってこない。

ステイシーは椅子《いす》から立ち上がり、窓から外を見た。そうしたとたん、下のガラス張りの通路の明かりがついた。ステイシーは立ちつくしてそれを見ていた。目がさめた時、明かりはついていなかった。真《ま》っ暗闇《くらやみ》だった。明かりがついていたなら、部屋にもそれが漏れてきただろう。ステイシーは椅子にもどった。通路からの光がステイシーの動きを照らす。床に人の影が映り、光はステイシーの胸に、手に、脚に当たる。さっきめざめた時には、そんなものはなかった。

誰かが別館からハウスに来たのかもしれないと思い、ステイシーはドアに近寄った。あまり理にかなった発想ではないけれど、ステイシーはその考えにとりつかれていた。ドアをあけ、ぼんやり照らされた踊り場に続く廊下を見た。何も考えずに、光のほうへ歩き出す。別館から来た人間がいるのなら、目の前の通路を通らなければならない。そしてホールに入るはずだ——ビリヤード室かルイス・ブレイディングの書斎に入らないかぎりは。

書斎のことを思いつく前に、ステイシーは踊り場に立っていた。そしてふいに、自分がばかなまねをしていることに気づいた。別館から出てくるといえば、ルイスかジェームズ・モバリーに決まっている。そのどちらかに書斎で仕事があっても、なんの不思議もない。ステイシーは眉《まゆ》をひそめ、踊り場を囲む手すりに手をかけて、ホールを見下ろした。ホールにも明かりがついている。階段はゆるやかに湾曲している。ジェームズ・モバリーかルイス・ブレイディングがハウスに用があったのなら、なぜガラス張りの通路の明かりをいったん消して、それからまたつけなければならなかったのか？　答えは一つしかない、なぜなら明かりを消す理由は一つしかないからだ——通路にいるところを見られたくなかったのだ。だが、明かりを消したりつけたりできるのは、ルイスかジェームズだけだったはずだ。

ステイシーがそこまで考えた時、下から音が聞こえてきた。ガラスのドアをあけて、通路を歩く人間がいる。ステイシーが手すり越しに見ると、ヘスター・コンスタンチンがホールに入ってくる。一瞬、ヘスターだとわからなかった。ナイトガウンを着て、素足にスリッパを履き、髪は肩に垂らしている。豪華な刺繍《ししゅう》をほどこしたショールで身をくるんでいる。ショールのあざやかな鳥と花が光を反射し、真紅のフリンジは床に届きそうだ。

ステイシーは信じられない思いで見つめた。ショールはもちろんマイラのものだ。だが、髪をほどき夢見るような顔をしたこの女性は、ほんとうにヘスターだろうか？　十歳は若く見えるし、その倍も美しく見える。ゆったりとした笑みを浮かべ、満ちたりた女の風情がある。

ステイシーは慌てて部屋に駆けもどり、ドアを閉めた。

15

晴れて気持ちのいい朝だ――青い空、青い海、そして暑くなりそうな気配。いつもとちがう日になりそうな兆候は何もなかった――八月の金曜日、週末も晴れて暖かくなりそうだ。クラブはいっぱいになりそうだった。絶好の海水浴日和で、コートではテニスの試合が行なわれるだろう――休暇シーズンまっさかりに、いかにも避暑地らしい娯楽が展開する。

ステイシーは、うつらうつらしていた。漂う海草のように、怠惰な思考が寄せては引いていく。エメラルドとマイダの赤毛。ゆうべのリリアスの苦しげな表情。マイダの隣に座り――彼女を家まで送るチャールズ。石の下から出てきた灰色のものに似たルイス――ルイスがステイシーを好きでない以上に、ステイシーも彼が嫌いだ。マイラの色あざやかなショールに身を包んだヘスター・コンスタンチン。

ステイシーはがんばって起き上がり、髪をうしろへやると、細密画について考えはじめた。マイラは十時からポーズをとることになっている。きのうの写生がはるか昔のことのように思える。きのうほど細密画が重要なものに思えないという感覚と、戦わなければならない。細密画はもやにおおわれ、背景に押しやられて、おおぜいの人間のなかに、そして彼ら彼女らの考え感じることのなかに、うずもれてしまった。この三年間、ステイシーは人々を生活から締め出していた。自分も世間とは距離を置き、人が何をしようと言おうと気にせず、思考と関心とエネルギーのすべてを仕事に注ぎ込んだ。それが今、遮断してきたすべてのものが、どっと押し寄せてきてふたたびステイシーにとって問題となった。冷ややかな無関心は仕事のためだったのに、今や仕事がどうでもよくなってきた。

だがその金曜日、ウォーン・ハウスで起こった出来事はすべからく、問題になろうとしていた。すべての些事《さじ》、すべての細部が。各人の外出と帰宅の正確な時刻。彼らの言動、着ていたもの。彼らが誰に話しかけたか。彼らが手紙を書いたり受け取ったりしたかどうか。電話をかけたかどうか——そのすべてが問題となった。どんなささいな表情の変化も、首のかしげ方も、声のトーンも。だがステイシーはそれを知るはずもない。誰も知らなかったはずだが、それさえこれから疑いの対象になろうとしていた。

ルイス・ブレイディングが入口の門まで歩いていって九時半発レドストウ行きのバスに乗り、十一キロ先のレドリントンで降りたことも、議論の種になるはずではなかった。十時十五分、ルイスは取引先の銀行に入り、頭取に会いたいと言い、頭取と行員の前で、マイダ・ロビンソンを唯一の遺産受取人とする遺言状に署名した。ルイスは上機嫌だった——声を上げて笑い、もうすぐおめでとうと言ってもらえそうですよ、などと語った。「でも、今のところは秘密です。

これは、万一にそなえた暫定的な遺書ですから」もう一度笑い、「事務弁護士に会わなくちゃなりません。それでも、博物館はコレクションの一部を得るわけですから。これはただ——まあ、誰にも先のことはわかりませんな」

頭取は親切で、万事快調に進んだ。

ルイス・ブレイディングは次のバスでもどった。十一時半には書斎でジェームズ・モバリーといっしょだった。二人の会話の一部が、外の人間に聞こえた。十二時五分、ルイスは別館に行き、二、三、電話をかけた。一時ちょうど、ダイニングルームで昼食を取り、およそ三十分後、別館にもどるのだが、その途中、一人で食べているモバリーのテーブルに寄り、「午後は休んでいい、用はないから」と言った。この言葉は、六人ほどの人間が聞いていたが、モバリーの答えを聞いた者はいないようだった。モバリーは、言うことなどないと思ったのかもしれない。ひどく疲れたようすで、ろくに食事に手をつけていない、というのが人々の受けた印象だった。

一時半ごろ、モバリーはルイスに話しかけられてからほんの二、三分後にルイスを追って別館にもどった。いったい二人が顔を合わせたのかどうか、また二人のあいだに何か起こったのか、誰も知らない。あとでジェームズ・モバリーは、ルイスとは会わなかったし、自分一人で別館に本を取りに行き、すぐクラブにもどって書斎に入り、午後中そこにいた、と証言した。

ウォーン・ハウスで昼食を取る者がいなくなると、スタッフはほとんどいなくなるが、事務所にはかならず誰かが残ってウエイターを呼び出せるようにしている。その午後は暑かった。

事務所に勤めるミス・スナッジが、ミセス・コンスタンチンのような身分に生まれ変わるのもいいと思っていた頃、いつものようにマイラは昼食後すぐ自室に引き取り、赤ん坊のように眠りこけていた。娘たちに関するかぎり、ずいぶん力を振るっているみたいだ。あの娘たちの立場にはなりたくない。レディー・ミンストレルは本を持って庭に出た。丘の上の古い別荘は気持ちがいいだろう。そこはレディー・ミンストレルのお気に入りの場所だった。海がはるか数キロも見渡せるし、ひんやりした潮風も吹いてくる。大きな黒い水玉模様が入った白いドレスが陽の当たらないホールから外に出ると、野外の太陽の強烈な光を反射した。レディー・ミンストレルの衣装はどれもすばらしい――控えめだけれど、途方もない金を払わないかぎり手に入らない上質なものだということがわかる。

エドナ・スナッジは、気立てのいい女で、人をうらやんだりはしない。けれど今夜ボーイフレンドに会うのに、あんな服を持っていたらなあ、と思った――黒よりネイビーブルーの水玉がいいけれど。二十二歳の娘が、誰も死んでいないのに黒を着るのは、ちょっと地味な気がする。

ブラウン夫妻は、タオルと水着を持ってホールを横切った――ミス・スナッジだって気が向けばひと泳ぎできるのだ――食事のあとすぐではなく、三時半ごろなら。ミセス・ブラウンが手を振って、「あなたも来ない？」と言ったけれど、もう何度言われたかわからない。もちろん本気で言っているわけではない――ミセス・ブラウンは意地が悪いわけではないし、それは皆わかっている。ただそういうことを言わずにはいられないのだ。歳に似合わない、若向けで窮屈な服を着たがるのと同じだ。若い娘だって、あんなピンクのリンネルの服を着たら、派手すぎると思われるだろう。似合わない人にかぎってどぎついピンクを選ぶなんて、おかしな話だ。それに比べてネイビーブルーなら——。

ミス・スナッジの夢想は、ミセス・ロビンソンとソルティングズに滞在中のあのコンスタブル少佐の登場で打ち破られた。赤い髪が陽射しを浴びて輝いているけれど、なめらかなクリーム色の肌はまったく陽に焼けていない。ソルティングズから暑い崖道《がけみち》を歩いてきたのではなく、庭の木陰から入ってきたかと思うような、涼しげなようすだ。見るからに暑そうなのは、コンスタブル少佐のほうだ——陽に当たればすぐに肌が赤くなる。それでますます瞳《ひとみ》がブルーに見える。ミス・スナッジはほれぼれと見とれた。気さくな雰囲気の男性だ。気どっていないけれど、よくいるような、すぐに馴《な》れ馴れしくしてくるタイプでもない。

マイダ・ロビンソンは、事務所のフロントにやってきた。

「別館のミスター・ブレイディングに会いに行くところなの。悪いけど、内線をかけてくださらない？　彼がドアをあけてくれるまで、あのガラス張りの通路でうだっていたくないの。ミスター・モバリーはいないんでしょ？」

エドナ・スナッジは答えた。

「出かけるところは、見ておりませんが」

「あらそう。とにかく、ミスター・ブレイディングを呼んでちょうだい」マイダはコンスタブル少佐のほうを向いた。「あなたはどうする、ジャック？　長くはかからないわ。ルイスがなんの用だか、わからないけれど」

ジャック・コンスタブルは笑った。「彼、いつもはきみと会いたがらないの？」

マイダは顔をしかめる。「ばかなこと言わないで！　とにかく、わたしたちがテニスと水泳をしに行くことを話しておくのよ。ルイスはどちらもしないんだから、文句言えた義理じゃないのよ。急いで彼のところに行って、用件を聞いたら、すぐもどってくるわよ。夕飯は彼といっしょだって言うこともできるし――そうすれば、彼もごちゃごちゃ言わないでしょ」

二人は、そばにエドナ・スナッジなどいないかのように、のんきにしゃべっていた。椅子《いす》かテーブルか、壁にとまったハエくらいにしか思っていないのだろう。無作法だわ、とエドナは思った。エドナの作法がどうだったかと言えば、内線電話で別館を呼び出しながら、あごをしゃくってみせた。

マイダ・ロビンソンは「じゃあね」と言って、白いドレス姿で出て行った。

ミスター・ブレイディングが電話に出た。ということは、ミスター・モバリーはいないのだ。ミスター・ブレイディングは、秘書がいる時に自分で電話に出たりしない。エドナは言った。

「事務所からです、ミスター・ブレイディング。ミセス・ロビンソンがお電話するようにおっしゃいましたので。今、別館に向かわれているところです」

エドナは受話器を置き、ホールを見やった。コンスタブル少佐は立ったまま新聞を読んでいる。あたしがマイダ・ロビンソンだったら、ミスター・ブレイディングなんか相手にしないで、お金があってもなくてもあの男とつきあうだろう。突撃部隊にいた、と聞いたことがある。飛行機から飛び降りたり、恐ろしい任務をこなしたのだろう。そんなことを考えただけで、あたしには勇気のかけらもない気がしてくる。コンスタブル少佐は、たいそう勇敢にちがいない。フォレスト少佐だってそうに決まってる。あんなふうに離婚したなんて気の毒だ——そんなことができる女がいること自体、信じられない。あの人には、どこか頼まれたらなんでもやってあげたくなるようなところがある。あの女の人がここに来て、またミス・マナリングと名乗っているなんて、こっけいだ。おまけに、二人はとても仲がよさそうだ。ここにいる人たちの離婚っていったいなんだろう？　どうもはっきりしないところがある。

コンスタブル少佐は、新聞を下に置き、ホールを横切って書斎のドアからガラス張りの通路が見えるところまで行き、それからまたもとのところにもどった。今度は事務所の窓にやってきて、笑いながら言う。「待たせないからって言う時、きみだったら何分くらいのつもりかな？」

ミス・スナッジは、つつしみ深く答えた。

「場合によりますわ」

「場合って？」

「誰と話すかということです」

男はまた笑った。「そうか、ミスター・ブレイディングと話しているとしたら？」

エドナは、ちょっとよそよそしい声を出す。

「ミスター・ブレイディングはスタッフと話したりなさいません」

コンスタブルは事務所の時計を見上げた。正確そのものの大きな古い壁掛け時計だ。「彼女、七分もかかってるんだ。テニスをしたら帰ってくるって報告するのに、なぜそんなにかかるかね？」

彼が話しているあいだに、マイダが通路の端から現れた。手元を見て言った。「おお、ジャック。バッグを忘れてきてしまったわ。走って取ってきてちょうだい！　ルイスに電話して、あなたが行くって言っておくから」

ジャックは笑って肩をすくめ、「なぜ女性はいつもバッグを忘れるのかな」と言いながら去った。

マイダも笑った。

「女って、そうよね？」とエドナに言う。「でも、わたしたち男の人みたいにポケットだらけじゃないんですもの。男物の服みたいにポケットがいっぱいあったら、わたしだってバッグは持たないわ」そしてハスキーな声で笑う。「まあ、でもバッグは要るわね。水着はポケットに入らないもの。かっこう悪いし、服が濡《ぬ》れてしまうわ」

話しながらマイダは事務所に入ってきた。「ミスター・ブレイディングにお話ししたいの。これは内線電話？　どうすればいい？　あ、わかると思うわ。こうするんでしょ？……もしもし！　……これでいいのかしら？　何も聞こえない……よかった、彼が出たわ。……もしもし？　ルイス、あなたなの？……ダーリン、バッグを忘れてしまったの……そうよ——テーブルに。ジャックが取りに行ってくれるから。彼を入れてあげて……え、もう来たの？　わたしが？　ああ、わたしったら！　怒らないで——もうしないから……二度としないから、ルイス——ほんとうよ！　……そんなふうに言わなくったっていいじゃない。誰だってまちがいはするわよ——あなただって……ええ、そりゃあなたは失敗しないでしょうけれど、わたしくらい若かったころは……ねえ、ルイス、お願い！　わざとじゃないのよ。ジャックはいるの？　彼が聞いているのに、わたしをこんなふうに叱《しか》りつけるなんてひどいと思うから……え、引き返したの？　では、切ったほうがよさそうね。では、さよなら、ダーリン。機嫌直してちょうだい。今夜またね」

マイダは受話器を置くと、おどけて怖がった顔をしてエドナを見た。「ジャックを入れる必要がなかったのよ、わたしがドアをあけっ放しにしたもんだから！　ルイスが忙しそうだったから、自分でドアから出たの。でも、掛け金がかかるほど強く閉めなかったか、正しいやり方で閉めなかったみたい。おおこわ——晩には忘れてくれなくちゃ！　この世で最悪の罪なんですって。彼がなんて言ったか聞こえた？　本気で怒っていたと思う？　だったら、さぞかし楽しい夜になるでしょうよ！」

エドナ・スナッジは首を振った。「何をおっしゃったかは聞こえませんでした。お声だけです」

マイダは笑って肩をすくめた。

「それがなんなの？」マイダは言う。「男の人って、わたしたちよりかっとなるのよね——怒りを隠そうともしないし。まあ、ルイスが本気で怒ってたとは思わないわ。コレクションが神聖なものだってことを、わたしに思い知らせたいだけよ。あなた、見たことあるの？」

「いいえ、ミセス・ロビンソン」

マイダは夢想するように言った。「とても美しいのよ。エメラルド——エメラルドって大好き。あなたの好きな宝石は何？」

エドナ・スナッジは思案した。「さあ——使い道によりますわ——その、時と場所によってふさわしいものを——」

マイダはここまで聞いたとたん、笑ってしまった。「ふさわしいですって！　おおいやだ——なんて退屈な言葉かしら！」

マイダがしゃべっているところへ、コンスタブル少佐が大きな白いビニールのバッグをぶらさげてやってきた。「これでいいのかい？」

マイダはげらげら笑う。「ダーリン！　ルイスやジェームズ・モバリーのバッグのはずないでしょ？　わたしの水着が入っているのよ。行きましょ！」

二人がポーチに置いておいたテニスのラケットを取ってから、陽射しのなかへ出て行くのを、エドナは見送った。ビル・モーデンと婚約したら、どんな指輪をもらえるだろうと考えはじめた。ミセス・ロビンソンは勝手に笑えばいいけれど、もしも婚約したらいつも指輪をはめていなくてはならない。そして、ほかのものとの釣り合いを考えなくてはいけない。エドナはたいてい青い服を着ている。大きな白いボタンのついた小ぎれいなリンネルの服を見下ろした。ネイビーかブッチャーリネン（レーヨンまたはレーヨンと綿の、じょうぶな厚手の服地）か、すてきなグレイブルー——そういう服を着ていれば、たいていエドナは格好よく見えた。サファイアなら合いそうだ。ビルと婚約したら、サファイアの指輪がいい、とエドナは考えた。

16

三時ちょっと前、リリアス・グレイはポーチの段を上ってホールに入った。青いドレスを着て、縁が白い黒っぽいサングラスをしている。差してきた日傘をたたんで置こうとすると、髪に陽射しが当たった。それを見たエドナ・スナッジは、ペールブルーはむずかしい色だという持論にあらためて確信を持った。「若いうちに着れば、チョコレートの箱についた絵みたいにロマンチックに見えるけれど、ちょっと歳がいってから着ると、子羊のふりをした羊みたいに見える」誰もが、ミス・グレイがちょっとは歳がいっているのを知っている。きれいにはちがいないけれど、ちょっと歳なのだ。いつも眼鏡をかけているから、なおさら老けて見える。

リリアスはホールに入るとすぐ眼鏡をはずした。ずいぶん印象が変わる——頰紅《ほおべに》をさしているのがわかる——ほとんどチョコレートの箱のレベルまで修正している。眼鏡をバッグにしまうと、事務所の窓に近づいてきてこう言った。「こんにちは、ミス・スナッジ。別館へ参りますの。ミスター・ブレイディングと約束があるので」

そしてリリアスは通路の方に曲がっていった。

事務所は入口から見て左側にある。ホールのごく一部を占め、フロントの向こうにはカウンターがあり、さねはぎ板張り（一方の板の片側に彫った溝に、他方の板の突起を差し込んで接合する方法）の壁に囲まれている。さいわいなことに、ドアの両側には窓があり、日光や外気はそこから入ってくる。通路は反対側から出ており、かなり長い。ミス・グレイが角を曲がると、すぐにその姿は見えなくなった。

エドナ・スナッジの思いは、ふたたびビル・モーデンにもどった。彼はすこぶる稼ぎがいいというわけではないし、エドナだって同様だ。いったん自分のお金を手にした人間が、ほかの人間に一ペニーまで頼るというのは、どんな感じだろう？　もちろん、結婚しても仕事を続けることはできるけれど、彼女はそのつもりはなかった。子どものいる家庭を持ちたい——断然二人がいい、男の子と女の子だ。そんなに早くなくてもいいけれど、あまり待つこともない——子育てが楽しいと思える若いうちがいい。エドナは子どもの名前について考えはじめる。男の子の名前は、ビルがつけたがるだろう。でも、女の子はかわいい名前にしてあげなくちゃ。あんまり凝ることはないけれど、ちょっと変わったのがいい。デニスとかセリアとか。セリア・モーデン——とても粋《いき》な響きだ。デニスなんていうのよりいい気がする——そうでもないかしら？　次には、双子の女の子なんかどうかしら、とエドナは考える。

リリアス・グレイがホールにもどってきたのは、三時十分だった。リリアスはまた眼鏡をかけていた。エドナの前をまっすぐ通りすぎると、ポーチの日傘を手にして、また髪をきらきらさせながら階段を降りていった。

エドナがリリアスから視線をもどすと、今度はミス・ヘスター・コンスタンチンが二階から降りてきた。昨日レドリントンで購入した、新しいドレスを着ている。花模様のシルクのドレスは、ミス・コンスタンチンにぴったりとは言えないし、色彩もちょっと派手だ。いつも着こなしに難のある人だ。見栄えをよくしようと思ったら、まずこの人をしゃんとさせなくてはいけない。誰かが手入れの仕方を教えてあげれば、髪だってちゃんとなるだろう。首を前に突き出したかっこうで階段を降りてきて、ひどく心配そうな顔をしている。角を曲がって通路のほうに歩いて行った。ビリヤード室か書斎か別館のいずれかに行くのだろう。行き先がどこにせよ、ひどく心配そうな顔つきだったが、二度ともどってこなかった。

それから十分ほどすると、チャールズ・フォレストが階段を駆け上がってきて、こう言った。

「やあ、エドナ! 元気かい?」

台所の設計に熱中していたエドナ・スナッジは、現実に引きもどされた。エドナは飾り棚がほしかった——なんでも最新流行のものにしたい——それから冷蔵庫だ。エドナはびくっとした。「まあ、驚きましたわ!」

チャールズは笑う。「眠ってたのかい——それとも夢を見ていただけ? ねえ、ミスター・ブレイディングはいるのかな?」

「そのはずですわ。この午後は、ひどく人気がありますの——皆さんひっきりなしに、出入《ではい》りしてます」

「今は誰かいるの？」

「ミス・コンスタンチンがいらっしゃるまでは――でも、あの方がお会いになるとしたら――」

エドナは言いよどんだ。顔が赤くなる。

チャールズは笑って言った。「シーッ――言っちゃだめだよ！　ジェームズも気の毒にな！」

「フォレスト少佐、わたし何も申し上げていません！」

「ぼくだってそうさ――忘れよう！　人の不幸は蜜《みつ》の味、だ。この世はじゅうぶんみじめなんだ、これ以上みじめにすることはない。ビルは元気かい？　今夜デートするの？」

「ええ、たぶん」

「運のいい男だな。ぼくがそう言ってたって伝えてくれよ。じゃ、さよなら！」チャールズは口笛を吹きながら行ってしまった。

窓から入ってきていた潮風が止《や》んでしまった。エドナはコンパクトを出して鼻におしろいをはたいた。フォレスト少佐が来る前にやっておけばよかった。鼻の頭がてかてかしている。この調子でどんどん暑くなっていけば、すぐまたはげてしまうだろう。

レドストウまで降りると、丘の上より三度は高い。直射日光で舗装道路が熱されると、呼吸をするのも苦しいほどだ。真南を向いている警察署はもろに影響を受けている。南側のレンガはオーブンの扉のように熱くなっているし、内側は――まあ、なんにたとえてもいい。テイラー巡査は、こんな暑さは経験がなかった。巡査は大柄な若者で、赤ら顔、制服は六ヶ月前よりきつくなっている。ボタンを一つ二つはずし、ペンを置くと、椅子《いす》の背に寄りかかった。居眠りするつもりはない。したとしても、認めたくない。こんなに暑い昼下がり、目をつぶるくらいしたかもしれない。育てているセイヨウカボチャのことを考えていた。まちがいない、ジム・ホロウェイのとこのより、立派に実るだろう。ずっと見栄えのするカボチャになるだろう。おまけにまだ成長している。だいじょうぶだ。

テイラー巡査が目を閉じたとたん、カボチャたちが全員しかめつらをしてみせた。一番大きいのは、警視みたいな赤い口ひげを生やしている。おっかない表情も警視にそっくりだ。スティーブン婆さんのような、小さなダークグリーンのするどい目もある。年老いて骨ばった手にハンドベルを持って、邪悪な音をたてている——頭のなかでがんがん響く。巡査がぱっと目をあけると、カボチャは消えた。部屋はぼやけて見えるけれど、カボチャもスティーブン婆さんもいない。ただ何かが鳴っている。目をぱちぱちさせた巡査は、それがなんだかわかった。電話がずっと鳴りっ放しなのだ。巡査は受話器を取ると、あくびをかみ殺して言った。「もしもーし！」

聞き覚えのある声が返ってくる。「レドストウ署ですか？」

テイラー巡査は、もう一度あくびをかみ殺したのであごが痛くなった。「こちらレドストウ署」

——受話器を取ったら、まずこう言うべきだったのだ。自分の声ながら、やる気が感じられないと思った。聞き覚えのある声の主は、フォレスト少佐だ。何度もクリケットをした仲なのに、なぜすぐにわからなかったのだろう。

のろのろした思考は、きびしい声で中断された。「こちらフォレスト少佐。ただ今ウォーン・ハウス別館にいます。事故が起きました――ミスター・ルイス・ブレイディングに。ドクター・エリオットに電話しますが、無駄だと思います――すでに死んでいるので」

テイラー巡査はやっと声が出た。「どんな事故が起きたのですか?」

チャールズ・フォレストは、「射殺です」と答え、受話器をたたきつけた。

17

朝刊を読む前に手紙の封をあけるのが、ミス・シルヴァーの習慣だ。戦争中はいつも通りの暮らしをするわけにはいかなかったが、国家的危機ほど差し迫った状況でないかぎりは、新聞の見出しよりも先に手紙を読むのだった。土曜の朝、ロンドンはレドストウよりさらに暑かった。寝室の温度計はすでに二十五度を示し、昼ごろには二十八度にはなりそうだ。

ミス・シルヴァーは手紙の束を手に取り、仕分けしていった――姪《めい》のエセル・バーケットから、そしてエセルの妹グラディス。グラディスは身勝手な若い女で、ミス・シルヴァーはあまり好いていない。三通目の手紙の筆跡には見覚えがあるが、すぐに思い出せない。消印はレドストウだ。ミス・シルヴァーはかすかに眉《まゆ》をひそめた。ミスター・ルイス・ブレイディングの筆跡だ。面会を申し込んできて、十四日ほど前にやってきたが、あまりいい印象ではない――いや、まったくよくなかった。

彼女はブレイディングの手紙をよけて、エセル・バーケットの手紙をあけた。「モード伯母様、すてきなスカーフを……」

ミス・シルヴァーはいとおしげな視線を便箋《びんせん》に落とす。かわいいエセル――いつも愛情と感謝にあふれている。スカーフ作りなんてなんでもなかった――エセルのためにジャンパーを二枚、小さなジョセフィンのためにワンピースを一着か二着編んで、その時の残りの毛糸で作っただけだ。ジョセフィンは健康的なかわいい子だ、三人の兄さんたちに甘やかされているのに、気立てがいい。

手紙にもどり、ジョセフィンが風邪を引いたというくだりを読んで、心配になる――「この天気のなかを出て行ったものですから」――が、次を読んでほっとした。「でも、今はもうすっかり風邪も治り、血色ももどりました」少年たちは休暇を楽しんでいるようだ――エセルの夫は、イングランド中部地方の田舎の銀行の頭取だ――が、「九月には海辺で二週間ほどすごしたいと思っています。メアリー・ロフトゥスが家を交換しないかと言ってきました。彼女は、ジェームズ伯父さんを手伝って、家具を扱う退屈な仕事をしているのです。お願いですから伯母さん、お時間を作って、会いにいらしてね。九月二日から十七日までのあいだに。

家族一同より愛をこめて

エセル」

ミス・シルヴァーは楽しげにちょっと咳をした。海辺ですごす、かわいいエセルや甥姪《おいめい》たちとの二週間――さぞ楽しいことだろう。なんとしても時間を作らなくてはいけない。

ずっと冷ややかな気分で、今度はグラディスの手紙に取りかかった。何か要求がないかぎり、グラディスは手紙など書かないし、何があっても自分のことしか考えない。戦時中もずっと、この態度を変えようとしなかった。自分で稼ぐのがいやだったので、裕福な中年男と結婚していた。最初は利点《メリット》が不利な点《デメリット》を上回っていた。それが今や所得税が重くのしかかり、生活費はかさみ、家政婦を雇うことなど不可能にひとしくなってきて、グラディスは自分で働かなくてはならなくなった――炊事、洗濯、掃除のたぐいだ。彼女の結婚のメリットは消え、デメリットだけが残った。中年だった亭主は結婚当初より十も歳を取り、グラディスは夫からひどい扱いを受けていると感じていた。「まるで就職に失敗した気分です。近ごろの若い娘は、目をむくような大金を稼ぐそうです。仕事の内容も、おさんどんのたぐいではないでしょう。ほんとうに、わたしはただ働きの召使でしかないのです……」

ミス・シルヴァーは、うんざりした気分で最後まで読み通した。育ちのいい女性の書く手紙ではない。おまけに追伸ときたら！　「オッサ山にペリオン山を重ねる（ギリシャ神話の故事。困難に困難を重ねる、の意）」――ごとく、グラディスはなおも書いている。「今度お出かけになる時は、お電話ください。わたしが伯母様のフラットで留守番して、お芝居を何度か見に行きます。アンドリューは、わたしの夜の外出にうるさいのです」

ミス・シルヴァーは手紙を置きながら、ぎゅっと口を結んだ。

そして、いやな気分でルイス・ブレイディングからの封を切った。彼は好きとはいえない――むしろ嫌いだ。「私欲の追求――これ以上の動機づけはありません」――ぞっとする言い方だった。しかもかわいそうな秘書に対する扱いときたら。かなり危険だし、脅迫と大差ないことをしている。ミス・シルヴァーは便箋《びんせん》を開いて読んだ。

「拝啓
お考え直しをお願いできないかとお便りしました。事態の展開がありました。秘密にすべきことですので、警察には行きたくありません――当面は。ここは快適なカントリークラブです。お部屋を取りましたので、至急お越し願いたいのです。報酬は、そちらの言い値をお支払いします。何時の汽車でお越しになるかお電話いただければ、レドストウまでお迎えにあがります。

敬具
ルイス・ブレイディング」

ミス・シルヴァーは座ったまま、便箋を見つめた。内容はきちんとしているし、形式通りで正確だ。だが、文は右上がりで署名はインクがにじんでいる。急いで、何か切迫した状態で書かれたのだ。「そちらの言い値を……」何かが起こったのだ。さもなければ、何かが起こるのを恐れているのだ。ミス・シルヴァーはさまざまな可能性を考えてみた。それは興味深いものだろう。でも、ミスター・ブレイディングは好きではない。

ミス・シルヴァーは手紙を置き、朝刊を広げた。彼女の心を占めている名前が、大きく見出しになっている。

「ブレイディング・コレクション

ミスター・ルイス・ブレイディング撃たれる」

ミス・シルヴァーは「なんてこと!」と言い、記事を読んでみた。長々と書いてあるが、たいして内容はない。二段に及んでいるものの、ブレイディング・コレクションに関する記事のほうが、ミスター・ブレイディングの突然の死についての情報より多い。面会の約束があった従兄弟のフォレスト少佐が、実験室で射たれて死んでいたブレイディングを発見した。テーブルに身を乗り出した姿勢だった。足元にリボルバーが落ちていた。フォレスト少佐はすぐにレドストウ署に通報し、医者を呼んだが、被害者はすでに亡くなっていた。ほかに死亡事故とコレクションについてもいろいろ書いてあったが、要するにそれ以上の内容はなかった。

ほんのすこし考えただけで、ミス・シルヴァーは長距離電話の呼び出しを頼み、レドシャー州の警察本部長の自宅の番号を告げた。まだ早朝だから、すぐつながるだろう。思った通り、ほとんど待たされることなく、なつかしい「もしもし!」という声が聞こえてきた。「ミス・シルヴァーよ、ランダル」

電話線の反対側では、ランダル・マーチが口笛を吹くまねをした。「ぼくですよ。何かあったのですか?」

「元気なの? リエッタは? それから赤ちゃんは?」

「元気ですよ。それで――ご用件は?」

「ブレイディングの事件よ」

「どこに首突っ込むつもりなんです？」

勉強部屋でこのような口のきき方をしたら、ミス・シルヴァーはけっして許さないだろう。とがめるような咳《せき》をする。

「まあ、ランダル！」

「まあまあ、どういういきさつなのですか？」

「二週間前、訪問を受けて――」

「誰のですか？」

「ミスター・ブレイディングですよ」

「なぜです？」

「彼は不安だったのです。ウォーンに来てほしいと言われたわ。わたしは断ったけれど」

「もう一度うかがいますが、その理由は？」

今度は、言い訳がましい咳が聞こえてきた。「彼の件には関心が持てなかったので」

「それで？」

「それだけではないの、ランダル」

ランダルは短く笑った。「それだけだとは思っていませんよ」

「ちがうの。今朝、彼から手紙が来たわ」

「なんですって！」

「消印はレドストウ、二時三十分、つまり――」

「なんて書いてあったんですか？」

「事態の展開があった。ウォーン・ハウスに部屋を取ったから、何時の汽車で来ても迎えに行く。それから、報酬は言い値で払うと書いてあったわ」

マーチは大きな口笛を吹いた。「あなたはどうなさるのです？」

ミス・シルヴァーは考え深げに言った。「まだ決心していないの。従兄弟のフォレスト少佐が遺言執行者だと思ったけれど」

「ブレイディングが言ったのですか？」

「そうよ、ランダル」

「最初の面会で――あなたがお断りになった時ですね？」

「ええ」

「彼は何か予感があるような――なんと言うべきか――彼はこうなることを予感していたのですか？」

ミス・シルヴァーは答えた。「それほど強くは言えないわ。彼は対策は取っていたから」

それから間があった。ランダル・マーチは眉をひそめた。「お目にかかりたいですね」

ミス・シルヴァーは弁解がましく言う。「まずフォレスト少佐に電話するべきだと思うの。彼が希望するのであれば、わたしは週末にウォーン・ハウスに行きます。フォレスト少佐が承認しなかったら、ミスター・ブレイディングの依頼はお終《しま》いになるから——わたしの出番はなくなりますね」

マーチは言った。「わかりました。いらっしゃる場合は、教えていただけませんか。ぜひ、お目にかかりたいですからね」

ミス・シルヴァーが電話をかけると、チャールズ・フォレストはウォーン・ハウスでルイスの書斎にいた。ミス・シルヴァーは、相手は自宅よりウォーン・ハウスにいそうだと考えたのだ。どちらにしても、ブレイディングの手帖《てちょう》に浮き彫りになっていた電話番号が正しいかどうか、確認する必要があった。

その番号にかけてみると、交換手は言った。「それはミスター・ブレイディングの番号です。電話はすべてクラブにおつなぎすることになっています」

ミス・シルヴァーは「ありがとう」と言って待った。

次に出たのがエドナ・スナッジだった。「フォレスト少佐ですか？　ええ、いらっしゃいます。おつなぎします」

チャールズ・フォレストは、書斎で受話器を取った。きちんとした好感の持てる声が、もの問いたげに自分の名前を口にしたので、「わたしですが」と答えた。

すると、前置きのような咳《せき》が聞こえた。「わたくし、ミス・モード・シルヴァーと申します。お聞きになったことがおありかどうか、存じませんけれど」

何の用だ、という調子だったチャールズの声が、少々変わった。

「ええ、聞き覚えがあります」

「どちらからか、お訊《き》きしてもよろしいでしょうか?」

「従兄弟が手紙を残しました――ご存知だと思いますが」

「朝刊を読みました」

「あなたを呼んでほしいという希望でした――何事か起こった時は。二週間前、あなたに会いに行ったそうですね」

「ええ」

「従兄弟は、あなたにおいで願いたいと思っていた。あなたは拒絶なさった。それが印象的だったようです。あなたから、危険なことをしていると警告されたと言っていました」

「でも、わたしの警告を聞き入れなかったのでしょうね」

「帰宅してからわたし宛《あ》ての手紙を書いたのです。今しがた見つけたところです。彼にとって掌握不可能な事態が生じた場合は、あなたをお呼びして相談するように、という内容でした」

ミス・シルヴァーは、「おやまあ!」と言ってから、「わたしは、朝の便でミスター・ブレイディングの手紙を受け取りました。ウォーンに来てほしい、と強い調子で書かれていました。部屋を取ってあるから、わたしの都合のいい時間の汽車に乗れば、駅まで迎えに行くとまで書いてありました」

「きょうですか?」

「はい、フォレスト少佐」

チャールズはますます怪訝《けげん》そうな表情になった。いったいルイスに何があったのか、そしてどういういきさつで、この時代遅れの女家庭教師みたいな女性がかかわるようになったのか?もちろんこの女性には会わなくてはならない。そしてルイスが部屋を予約しておいたのなら、泊まってもらうべきだ。この大混乱の状況では、年取ったご婦人が一人増えようと減ろうと、同じことだ。人々の注意を核心からそらす材料を提供してくれるかもしれない。この状況をさらに悪化させることができるとは思えない。あれこれ考えたあげく、チャールズは言った。「週末にはぜひこちらへお越しいただきたいのですが、ミス・シルヴァー。何時の汽車なら、ご都合がいいですか?」

18

ミス・シルヴァーは、三日前ステイシーを運んできたのと同時刻の汽車でレドストウに到着した。プラットフォームに来ていたチャールズ・フォレストは、信じられない思いで、彼女が降り立つようすを見た。客人はほかの人間ではありえなかったが、ミス・シルヴァーを見ると、こんなことはありえないと思う。つまり、この時代に、ルイス・ブレイディングの死を調査するために、レドストウのプラットフォームに降り立つのがこの女性だということが信じられないのだ。子ども時代に習った、「あらゆるものには、おさまるべき場所がある《ア・プレイス・フォー・エヴリシング・アンド・エブリシング・イン・イッツ・プレイス》」という格言が思い起こされた。ミス・シルヴァーのおさまるべき場所は、四十年前のアルバムだ。平べったい、つぶれたような帽子は、四十年前チャールズの母親が結婚式にかぶっていったものとそっくりだ。黒い麦藁《むぎわら》帽子で、うしろには蝶形《ちょうがた》リボンが、左側にはモクセイソウとパンジーの小さな花束がついている。骨の芯《しん》が入った高いカラーとレース飾りも当時と同じものだ。藤色と黒の模様がにじんだような灰色の人造絹糸のドレスは、ウエストがきつそうだし、裾《すそ》ももう十五センチ短くしたほうがよさそうだ。それでも、わずかにのぞく黒いライル糸のストッキングと黒の編み上げ靴は、流行にかなっている。首にかけているのは、黒いオークのビーズでできた、二連のネックレス。眼鏡は左胸に、ケシ珠（小粒真珠）をちりばめた金のブローチで留めてある。もう一つ着けているブローチは、バラをかたどった黒いオークのビーズ細工で、中心にはアイリッシュパールをあしらっている。

こういった個々の要素が、信じがたい全体像の部分として、チャールズに強い印象を与えた。家のアルバム以外のところで、このようないでたちの女性を見るとは信じがたいことだが、ミス・シルヴァーは現実に存在し、片手に使いこんだスーツケースを、もういっぽうの手にはハンドバッグと花模様の編み物バッグを持って、汽車から降りてきた。

この日は前日よりさらに暑かった。大通りを離れて田舎の道を行くとほっとする。道に出てはじめて、ミス・シルヴァーは前置きのように咳《せき》をして言った。「ミスター・ブレイディングの死について、何がわかっているのですか?」

チャールズは九十メートルほど運転してから、海から離れる小道に入り、大きなオークの木の下に車を停め、言った。

「冷静に話し合いましょう。あなたはルイスの死について知りたい。きのう昼の十二時半ごろルイスが電話してきて、ぼくに来てくれと言うのです——それしか言いませんでした。三時半に来てほしいということでした。ぼくは、早めに行きました。事務所の女性が、今はルイス一人だと言うので、行ってみると——」チャールズは言葉を切り、ミス・シルヴァーのほうを向いて言った。「あなたが、建物の配置をどの程度ご存知かわからないのですが」

「ミスター・ブレイディングが説明してくださいました。とてもわかりやすかったですわ」

「では、別館に出入りするにはクラブのホールと事務所を通り抜けなくてはならないことはご存知ですね――ビリヤード室か書斎の窓から侵入するという方法をのぞけば」

「それは可能でしょうか？」

「ええ、たぶん。とにかく、事務所の女性がルイスは一人だと言うので、ぼくは入っていきました。ガラス張りの通路の端には、がんじょうなスチール製のドアがあって、いつでも鍵《かぎ》がかかっています。コレクションのことは当然ご存知でしょうね」

「存じてますとも」

「まず驚いたのは、スチール製のドアが閉まっていなかったことです――すこしあいていました。なかに入ると、小さなロビーと二番目のがんじょうなドアがあります。二番目のドアは、大きくあいていました。ぼくはルイスがコレクションを見せびらかしている大きな部屋に入り、呼びかけました。誰も答えません。通路側の入口とは反対側に、もう一つドアがあります。そちら側には三部屋あるのです――ルイスの寝室、バスルーム、実験室です。もう一度呼んでみました。実験室のドアはあいていました」

ミス・シルヴァーはたずねる。「すこしですか――それとも大きく？」

「わき柱と直角にあいていました。なかに入って、ルイスを発見したのです。メモを書くための机があって——実験についてのメモですが。古い両袖机《りょうそでづくえ》です。入口から見て左側に、正面を向けて置いてありました。室内に入るとすぐ、ぼくはルイスに気がつきました。座った姿勢で、テーブルにうつぶせになっていました。近寄ってみると、右のこめかみのややうしろを撃ち抜かれているのがわかりました。右手は垂れ下がっていました。まるで彼の手から落ちたように、リボルバーが床にありました。右側の上から二番目の引き出しがあいていました。そこにリボルバーをしまっているのは、知っていました。自殺をはかったのだ、ぼくに発見してほしくてドアをあけっ放しにしておいて、ぼくを呼んだのだ、と思いました。遺言執行人のいやなつとめを果たさせるために！」

この時チャールズは、並はずれた強い意志を感じさせる凝視に気づいた。

「ミスター・ブレイディングは自殺をはかったと思った、とおっしゃいましたね」

チャールズは言った。「警察はちがう見解です」

「理由をお話しいただけますか？」

二人は、しばしたがいを凝視した。チャールズは眉《まゆ》をひそめながら、表情にふさわしい口調で答えた。「いいですよ。でも、なぜお話しすべきなのか、理由を教えていただけますか？」

男の顔つきも口ぶりも、嫌悪の情よりは集中力から来ているのだ、とミス・シルヴァーは受け取った。さもなければ、答える気にはならなかっただろう。

「あなたは、わたしをご存知ない」

「ええ」

「ですから、わたしを信用する理由がありませんね」

チャールズは間を置いた。「従兄弟は信用できると考えたようですよ。安易に人を信用できる立場ではなかったのに。手紙のなかで、ランダル・マーチもあなたを信用している、と書いていました」

ミス・シルヴァーは首をかしげた。「このことは申し上げなくてはなりません、フォレスト少佐。二週間前、わたしはミスター・ブレイディングの行動に感心できなかったので、依頼をお断りしたのです。あの方の行動は危険をはらんでいると思いましたし、道徳的に弁護できないと思いました」

チャールズは、黒い眉《まゆ》を片方上げた。「あわれなジェームズのことですか?」

「ミスター・ブレイディングは、秘書の方についてある情報をお漏らしになりました」

チャールズはすばやく応じた。「ジェームズはハエ一匹殺せない男です――それはぼくが保証します。彼は、少年時代あやしげな連中とつきあっていたのです――人相書きが出回ったことがあって、ルイスはそれをネタに何年も彼を拘束しています。彼は馬車馬のように働いているのに、まったく自由がありません。彼は反抗するということができません――そもそものきっかけは、その性格なんだろうと思いますよ――そして、暴力的なことができないのも、たしかです」

ミス・シルヴァーの口の端に、かすかなほほえみが浮かび、それからまた重々しい表情にもどった。「ミスター・ブレイディングは、このような不測の事態が生じた場合あなたにもたらされる情報を、わたしにお話しになりました。今のお話からすると、その情報があなたに届いたのだと理解してさしつかえありませんのね」

チャールズはすこし間を置いて、言った。

「彼はあまり人を信用できるような環境にいなかったことを、申し上げましたね。かわいそうなジェームズ——一件書類《ドシエ》のことでしょうね。まだ、ぼくの手元には届いていません。もし警察がかぎつけたら、どえらいことになるだろうな」

ミス・シルヴァーはとがめるような視線を向けた。

「でも、あなたは——」

「ルイスはヒント以上のことを漏らし、残りはジェームズが話してくれました。そこでぼくが知りたいのは、あなたが警察とどういう関係にあるかということです。警察がこれは自殺ではないという見解を捨てないならば、さまざまな疑念が飛びかうでしょう。自分の立場がどうなるかを知りたい。あなたにお話しすることは秘密になるのですか、それとも逐一公表されるのですか？　ぼくの立場を教えてください」

ミス・シルヴァーはチャールズを見た。「問題点を指摘してくださって、よかった。殺人事件においては、わたしは警察からいかなる物的証拠も隠すことができません。殺人事件が起きた場合、いかなる私的な利益のために働くこともできません。このような事件にはたびたびかかわりましたけれど、警察には協力してきました。それでも、警察のために働くのがわたしの役目ではありません。殺人事件でもほかの事件でも、目的はただ一つ、真実に光を当てることです。それを恐れるのは、罪のある者だけです。潔白ならば保護を受けるのですから」

チャールズは例によって片眉《かたまゆ》を上げ、言った。「ことがそれほど単純だとお考えですか？」

「基本的には、そうですわ。真実がおおい隠されているのは、多くの人間が隠し事を持っているからです。殺人事件の捜査は、最後の審判の日と同じように、すべての人間が胸に秘めたことが暴かれることになりがちです。そんなことになったらと思うと、平静でいられる人ばかりではありません。己の思考と行動をひた隠しにしようとするのは、殺人犯だけではないのです。ではフォレスト少佐、なぜ警察がこれは殺人事件かもしれないと考えているか、教えていただけますか？」

あいかわらず眉をひそめたまま、チャールズは言った。「ええ、お話ししましょう」

チャールズはくつろいで座り、片手をハンドルに載せていた。運転席とドアのあいだに寄りかかる。頭のなかで、何かが起こりつつある。家族のアルバムから抜け出てきたような野暮ったい小柄な女家庭教師が、自分の向かいに座っている。髪はきちんとまとめ、流行遅れの帽子は少々傾き、黒手袋をはめた手は、色あせた留め金つきの使い古したバッグの上で行儀よく組み合わせている。ミス・シルヴァーの見かけはそんなふうだ。それでいて、チャールズは敬意を払いたくなる知性をひしひしと感じていた。それだけでも、驚くべきことだと思っただろう。だが、それで全部ではなかった。高潔、親切、おだやかな威厳とでも言うべきものを感じたのだ。それ以上のことは、よくわからなかった。それ以上は言葉にならないが、何かがあるのだった。過去のミス・シルヴァーの依頼人たちも、同様の経験をしていた。だがチャールズは、すべてを経験していない。ただ、話をして考えをまとめ、他人の目を通して物事を見ることで、心が軽くなるのはわかった。

ミス・シルヴァーは励ますようなほほえみを浮かべ、チャールズの言葉を待った。

チャールズは言った。「ルイスには自殺する理由なんてありません――警察にはそう話しました。たいそうな金持ちで、病気でもないし、結婚を考えていた。それはご存知ありませんでしたか？」

「いいえ」

「彼も、二週間前は知りませんでしたよ。彼がそこまで女性に夢中になるとは信じがたいことですが、何が起こるかわかりません。彼女は美人で赤毛で二十五歳くらい、離婚歴があり、ソルティングズにあるわたしのフラットで暮らしています。自宅を区切って売りに出したのです――きょう日《び》、大きな家はそうするしかありません。彼女の名前はマイダ・ロビンソン。死の前日――おとといですが――ルイスは結婚を申し込みました」

ミス・シルヴァーは身構えた。「ミスター・ブレイディングが、あなたに話したのですか？」

「いいえ、マイダが言いました。ルイスはクラブの泊り客全員にコレクションを見せました。ぼくはあとで彼女を家まで送って、その時聞いたのです。ルイスが彼女に有利な遺言状を作った、とも言ってましたね」

ミス・シルヴァーは「おやまあ！」と言ってから、尋ねた。「その遺言状は見つかりましたか？」

「見つかっているとも、いないともいえます。ルイスはきのうレドリントンに行って、マイダが言ったような遺言状に署名しました。マイダによれば、遺言状用箋《ようせん》に書いてあったそうです。銀行の頭取と行員一人が立ち会い、近々お祝いを言ってもらうことになりそうだ、といった話が出たようです。しかし遺言状の内容については何も語られていません。それは見つかっていない遺言状のことで——灰皿の燃えかすを入れれば見つかっているともいえますがね。角の部分が一ヶ所燃え残っているのですが、そこには何も書いてありません。紙は、レドリントンの文房具店で売っている遺言状用箋と一致します。マイダが買ったもので——本人がそう言っています。マイダがルイスにアドバイスを求めに行ったら、かわりに彼がそれを使うことになったのです」

チャールズはまるで当たり障りのない話をしているような調子だったが、ミス・シルヴァーはその声からある印象を受けた。チャールズはますますのんきそうに続ける。「警察は遺言状の破棄は殺人の動機としてじゅうぶんだ、と考えているんじゃないでしょうか」

ミス・シルヴァーはぴしゃりと言う。「ミスター・ブレイディングは遺言状を破棄したのち自殺した、とも考えられますよ。計画していた結婚のことで失望したからという理由で」

チャールズは言った。「警察の注意を引く見解ではないと思います。率直に言って、ルイスが女性のことで自殺するなんて信じられません――彼を知る者なら誰だって同意見ですよ。見かけ通りの堅物じゃありませんでした。以前にも恋愛沙汰《ざた》はありましたし。マイダに夢中じゃなかった、とは言いませんが、それがもとで自殺するとは思えない。そして、あなたを信用するからこそ打ち明けますが、これが殺人となったら、ぼくは有力な容疑者になるのですよ。第一発見者だし、新しい遺言状を破棄する最強の動機がありますからね。前の遺言状では、ぼくが主要な遺産受取人でした。警察ってのはその手の動機が大好きです――見え透いた露骨な動機がね。連中はリボルバーについた指紋から、これは明らかに殺人だと確信しています。ルイスの指紋しか残っていないのですが、位置がおかしいのです。死んでからつけられたものだ、と連中は考えています。死人の手にリボルバーを握らせるのは昔からあるやり方ですが、殺人者にとっては厄介なんです。もし誰かを撃ったのなら、手はぶるぶる震えるし、一刻も早く逃げなくてはならない」そしてチャールズは、冷え冷えとした声を出す。「正しい場所に指紋をつけるのは、ひと仕事なんでしょう――滑りやすいし。警察は、問題の指紋の位置がずれていると言います。だから、これは殺人事件だ、というわけです」

19

当面語るべきことはすべて語ってしまった、というようにチャールズ・フォレストは向きを変え、車を始動させて小道から出た。残りの道中、彼は一言も口をきかなかった。ミス・シルヴァーも同様だ。考えるべきことが山ほどあったからだ。

二人がウォーン・ハウスのホールを抜けたところへ、ステイシーが階段を降りてきた。チャールズは階段下に近づき、当然のように立ち止まって話しかけた——気楽な知り合いなら誰でもそうするように。だがミス・シルヴァーは、空気が変わったことをすぐに察した。チャールズと女性が交わした言葉はわずかで、簡単なものだった。チャールズ・フォレストは白い衣装の若い女性に、一瞬深刻な目を向けた。女性の顔色は青い。裏地が緑色の日傘を持っていたが、チャールズにはマイラ・コンスタンチンのものだとわかった。

チャールズは言った。「出かけるのかい？」

ステイシーは、「ええ」と言ってから、「リリアスからお茶に呼ばれたの。来てほしいんですって」

なんでもない言葉だが、声や態度から、二人が親しいあいだ柄だとわかる。あまりに短い会話だったので、どちらもほとんど立ち止まらなかった。ステイシーはホールから出て行き、ポーチで日傘を差した。

ミス・シルヴァーは、ルイス・ブレイディングが予約してくれた部屋に上がった。

十分後ミス・シルヴァーが階下に降りて行くと、チャールズが待っていた。通路から書斎へと案内され、お茶が出された。一杯目と二杯目のあいだに、ミス・シルヴァーはステイシーについて尋ねた。「とても魅力的なお嬢さんですね——とてもしとやかで。ここにお泊りなのですか?」

チャールズは、なぜやかんが沸騰するのにこんなに時間がかかり、お茶が冷めるのにもこんなに時間がかかるのだろうと考えているところだった。ミス・シルヴァーにステイシーのことを訊《き》かれた瞬間、口に含んだばかりの紅茶は、がぜん熱くなったように感じられた。まあいい、ステイシーについて説明するぐらいがなんだ——チャールズは、冷静をよそおって話した。

「彼女はステイシー・マナリングといって、細密画家です。今は地元の名士マイラ・コンスタンチンを描いています。ぼくたちはかつて結婚し、今は別れています——義務の遺棄などという事態にはいたっていないのですが——そして、きわめていい友人同士です。マイラは描く値打ちのある人間ですよ。マイラの絵はステイシーの名誉になるでしょう」

ミス・シルヴァーがお茶を飲み終えるまでに、チャールズはマイラの身の上を語り、ほかのクラブの泊り客についても愉快な話をして聞かせた。それからミス・シルヴァーを別館へいざない、各部屋を見せて回った。

「警察はもうここを調べました。どこをご覧になり、何に触れ、どれだけ質問なさってもけっこうですよ」

ミス・シルヴァーは、チャールズがどうやって現場に入ったか、どこに立ったか、何を見たかなど、山のように質問した。

チャールズは、すでに何度も繰り返したように、すべての質問に答えた。これで完全な答えができないようなら、今後も無理だろう。同じ答えを繰り返すたびに、事件の現実感が薄れていく。

チャールズの説明が終わると、ミス・シルヴァーは言った。「あなたは三時半ちょっと前に、ここにいらしたのですね?」

「三時二十分ごろでした」

「まっすぐここにいらしたのですか?」

「ええ」

「そして、あなたが発見なさった時には、あの方は亡くなっていた。死後どれくらいたっていたのでしょう?」

「ぼくは医者じゃありません」

「戦争にいらしたではないですか。死後どれくらいたっていました？」

「わかりません」

「でも、見当はつくでしょう？」

チャールズは首を振った。「軽率にそんなことを言うほど、ぼくは愚かではありませんよ」

ミス・シルヴァーはチャールズから目を離さずに、ルイス・ブレイディングが死んでいたテーブルのわきに立ち、片手をテーブルに載せた。頭上の明かりが実験室とさまざまな設備を煌々《こうこう》と照らし、ガラスや金属から反射する光が、日の光のもとで見るよりも、すべてをくっきりと際立たせていた。ミス・シルヴァーは軽く咳払《せきばら》いをして言った。「警察が到着した時刻は？」

「三時四十五分だったと思います。でも、彼らも専門家じゃありません。電話した医者は留守で、警察医が来たのは四時でした。死後どれだけ経過していたか、警察医ははっきりしたことは言いませんでした。かなり暑い日でしたから」

「そうですね」

ミス・シルヴァーはテーブルを回って、その前面に立った。ルイス・ブレイディングの椅子《いす》はもとにもどされていた。テーブルの上はかたづいている——吸い取り紙、ペンのトレー、メモ用紙、便箋《びんせん》と封筒の入った棚、おおいに色あせた平たい大きな灰皿、マッチ箱がある。両側に引き出しのある両袖机《りょうそでづくえ》。深い緑色の革張りのテーブルの上面には、黒いしみがあった。ミス・シルヴァーは言った。「発見なさった時、ミスター・ブレイディングがどんなだったか見せていただけませんか?」

発見時の記憶がよみがえってきた。「ぞっとするなあ」チャールズの浅黒い顔の色が変わるのを、ミス・シルヴァーは見逃さなかった。チャールズは黙って言われた通りにした。椅子《いす》に座り、いまわしいしみに顔がつくまで前かがみになり、右手を床から三センチの所までだらんと下げた。それがすむと、ミス・シルヴァーの声が無言劇の沈黙を破った。「武器はどこにあったのですか?」

チャールズは即答した。「手のすぐ下でした。まるでルイスが落としたみたいに」

「ご本人のリボルバーでしたか?」

「それは――そうですが――」

チャールズが言いよどむようすを、ミス・シルヴァーはずばりと指摘する。

「はっきりしないようですね、フォレスト少佐」

チャールズは片手を上げ、また下げた。「さすがにするどいですね。こういうことです。ぼくは二丁――ペアで持っていました。そのうち一つをルイスに渡したのです」

「どのくらい前に?」

「去年です。ルイスはひどく古いものを持っていました。ルイスがあの引き出しをあけたことがあって、ぼくはそれを見てもっと新式のを持ったほうがいいと言ったんです。そういういきさつです」

「そしてミスター・ブレイディングは手元に置いておかれた――どの引き出しですか？」

チャールズは答える。「右側の上から二番目です」そこでミス・シルヴァーはあけてみたが、

「今はありませんよ。警察が持っていきました」とチャールズは言った。

「ミスター・ブレイディングがあの引き出しにリボルバーをしまっていることを、何人が知っていましたか？」

チャールズは短く笑った。「ぼくも知っていた、ジェームズも知っていた――誰でも知る機会はあったでしょう。ルイスはどちらかというと自慢にしていました――武器を持っていることを、誇示する傾向がありましたね。博物館に展示できるような宝石を、寝室にも置いていたので、自衛手段だぞというつもりだったんでしょう」

ミス・シルヴァーは引き出しをしまい、もう一度テーブルを見た。「あの金属の灰皿は――あそこで遺言状用箋《ようせん》が燃やされたのですか？」

チャールズはうなずいて、「ええ」と言った。

「ミスター・ブレイディングが亡くなっているのを発見なさった時、灰皿は正確にはどこにありましたか？」

チャールズは歩いてテーブルの向こう端まで回り、示した。「こちらの端です。角から五、六センチのところです」

「ミスター・ブレイディングの手が届かないところですか？」

「テーブルの前に座った位置からは届きません。身を乗り出せば届いたかもしれません。でも、そんなふうに紙を燃やしたりしないでしょう」

「そしてマッチは――どこにありましたか?」

「灰皿の外にありました」

「左側に? 右側に?」

チャールズはテーブルをはさんでミス・シルヴァーと向かい合っていた。「あなたから見て左側――ぼくから見て右側です」

ミス・シルヴァーは重々しく言った。「わざわざ念押しなさらなくてけっこうです。遺言状を燃やしたのが誰にせよ、今のあなたと同じようにテーブルの奥に立っていたのです。それがミスター・ブレイディングだったとしたら、理由がわかりません。明白なのは、ふつうの姿勢でミスター・ブレイディングが座っていたあいだは、自分で燃やしたのではない、ということです」

チャールズは「ええ」と答える。

やや間があった。それからミス・シルヴァーは椅子《いす》に座り、適切な位置まで椅子を寄せ、メモ用紙を引き寄せ、鉛筆を一本取った。そうして、明るいもの問いたげなまなざしをチャールズに注ぎ、落ち着いたようすで言った。

「あなたもおかけになりませんか、フォレスト少佐? 二、三メモを取りたいのです。ミスター・ブレイディングは昼食の席に現れ、それから別館にもどったとおっしゃいましたね。その後、彼の生前の姿を目撃した人はいますか？」

チャールズは背の高い木製のスツールのところに行った。腰かけるというより、長い脚を広げて寄りかかるかっこうになる。一連の仕草と同様に、くつろいだ姿勢だ。「おおぜいいますよ。エドナ・スナッジによれば——事務所の女性ですが——ルイスには訪問客がひっきりなしに来たそうです。さきほどお話ししたように、全員ホールを通らなければなりません」

「名前を教えていただけますか？　それから訪問の時刻も」

チャールズはポケットを探った。「ほら、これが一番たしかな情報ですよ——エドナはとても几帳面《きちょうめん》なんです。ルイスは一時半に昼食を終えてここに来ました。ジェームズ・モバリーがその二、三分後。ジェームズは、本を取りに来ただけだと言っています。書斎にすぐもどって、ずっと部屋から出なかったそうです。ルイスから午後は暇を出されていたのです。それは事実だと思いますね——食堂にいた人たちは、ルイスが彼にもう用はないと言ったのを聞いています。彼ってジェームズのことですが。それで、二時半にはマイダ・ロビンソン、というのはルイスの好きな赤毛の女性ですが、コンスタブルという男とやってきました。突撃部隊でぼくといっしょだったんですが、この前の週末ふらりと現れたのです。彼とマイダはテニスと水泳をする予定でした。マイダとしては、ほかのボーイフレンドと出かけることをルイスに報告しておきたかったんでしょう。それでも夕食はルイスと取るつもりだったし、彼女がほかの男を好きになったなんて心配する必要は、なかったはずです」チャールズは人を惹《ひ》きつける笑みを浮かべる。「マイダから聞いたことを、かいつまんでお話ししましょう。赤毛の女が言ったことを真に受けるのはどうかと思いますが、おおむねほんとうらしいのです。まあ、こういうことです。マイダは一人でルイスに会いに行って、そのあいだコンスタブルはホールで待たされていた。十分ほどでマイダはもどってきた。バッグを忘れたことに気づいて、コンスタブルに取りに行かせた。コンスタブルが行ってから、マイダは内線を使ってジャック・コンスタブルのことをルイスに話し、エドナにうるさい思いをさせた。エドナには二人が話しているのは聞こえたけれど、ルイスの発言の内容まではわからなかった、声だけは聞こえたということです。マイダが退出する時スチール製のドアを閉め忘れて、ジャック・コンスタブルが勝手になかに入れたので、ルイスは気を悪くしたらしい。これが重要な点です。誰かが忍び込めたかもしれないのですから——たとえばビリヤード室から。あまりありそうもないが、可能性はあります」

ミス・シルヴァーは咳《せき》をする。

「ビリヤード室からとおっしゃいますの？　書斎からではなく」

チャールズはミス・シルヴァーの目をしっかり見た。

「書斎にはジェームズ・モバリーがいました。彼は忍び込む必要なんかありません——鍵《かぎ》を持っていたのですから」

ミス・シルヴァーは首をかしげる。

「どうぞお続けになって」

「コンスタブルは五分もしないうちにもどってきました。バッグを取りもどし、マイダといっしょに出て行きました。暑すぎるから二人はテニスは止《や》めにして、浜まで降りて泳ぎました。これで、二時四十五分になります。三時ちょっと前にリリアス・グレイがルイスに会いにきました。両親にとっては養女である、ぼくの姉です。子どものいなかった父と母が、三歳の時に養女にしたのです。その後ぼくが生まれました——悪いタイミングというやつですよ。リリアスは独身でソルティングズにフラットを持っています。ルイスにはビジネスの話があったそうです。これが彼女の話で、どれだけ条件が絞られるかおわかりでしょう。別館に行ってみると、ジャック・コンスタブルと同じくスチール製のドアはあいていたと言っています。ジャックは閉めたと言い張っていますがね——マイダがあけっ放しにしたのを怒るルイスを見たあとなら、そうするのが当然でしょう。でも十分後、リリアスが見た時はあいていたのです。リリアスは、ルイスが自分のためにあけておいてくれたと思ったそうだし、ぼくも同意見です。リリアスが入った時には、何も言わなかったんですから。二人は十分ほどビジネスの話をしたそうです。母がリリアスに遺した証券が満期になったので、次は何に投資したらいいかルイスに相談したかった。ルイスは政府証券をすすめ、リリアスはそうしようと思って、部屋を出た。ドアを閉めたかどうかは、覚えていない——ぼんやりした性格ですからね。クラブを出たのが三時十分、ちょうどその時ヘスター・コンスタンチンが階段を降りてきて通路を進んで行った。ヘスターはマイラの独身の娘です。三十代後半の内気な女性で、ルイスを殺す動機なんて誰も思いつかないでしょう。ヘスターは書斎に行ったそうです。ジェームズは本人の言った通り書斎にいて、二人で話をしたらしい。そのおよそ十分後、ぼくがルイスの死体を発見したわけです」

ミス・シルヴァーは端正な字のならんだメモ帳を見下ろした。「お友だちは——コンスタブル少佐でしたっけ?」チャールズはうなずいた。

「彼とミセス・ロビンソンは二時四十五分にクラブを出ました。三時二十分、あなたは亡くなったミスター・ブレイディングを発見なさった。死後どれくらいたっていたか意見は述べられないけれど、見当はおありだったにちがいない。ミス・グレイは、退室する時ミスター・ブレイディングは生きていたと言う。それが真実なら、あなたが発見なさった時は、死後数分しかたっていないことになりますね。殺人犯は、銃火器を使用する危険を冒すより、無事にミス・グレイを行かせたでしょう。銃声を聞いた人はいますか?」

チャールズは首を振った。「誰も。防音処理がほどこされた建物です——特にこの部屋は、丘に埋まるように造られていますし」

ミス・シルヴァーは言った。「ではフォレスト少佐、次のような可能性がありますね。全員が真実を話している場合、ミスター・ブレイディングはミス・グレイの退室とあなたの到着のあいだに殺された——わずか十分のできごとです。そのあいだ、ミス・コンスタンチンをのぞけば誰もホールを通らなかった。彼女なら、この部屋まで来てミスター・ブレイディングを撃ち、書斎にもどる時間があったでしょう。この点に関してミスター・モバリーはどんな証言をしていますか？」

「彼女は三時十分に書斎に来て、ぼくが通報するまでそこにいたそうです」

ミス・シルヴァーは、まじまじとチャールズの顔を見た。「そして、彼女はなんと？」

「ええ、二人いっしょだったそうです。二人とも同じことを言っています」

ミス・シルヴァーは咳払《せきばら》いをする。「お二方は友人同士なのですか？」

チャールズはためらった。「ヘスターはあまり友だちづきあいの多いほうじゃありません。マイラの世話で忙しいので」

「やり手で切れ者の母親と抑圧された娘。そうめずらしい状況ではないし、危険性をはらんでいますね」

チャールズは短く笑った。「ヘスターがルイスに遺恨を抱く理由なんて、ぼくは想像つきませんね。誰だって同意見でしょう」

ミス・シルヴァーは手元のメモに目を走らせた。「ミス・コンスタンチンを除外し、誰もが真実を語っているとすると――殺人事件ではそんなことはめったにありませんが――もっとも驚くべき証言は、別館のドアに関するものです。ミスター・ブレイディングはドアをあけっ放しにする習慣ではなかったでしょうね」

「別館に入ったら、内側のドアはあけておいたかもしれません。外側のドアはけっしてあけっ放しにはしませんでした」

「一週間前の訪問のさい、ミスター・ブレイディングの話しぶりからも、そういう印象を受けました」

チャールズはうなずく。「鍵《かぎ》は二本しかありません。ルイスが一本、もう一本はジェームズが持っていました。ルイスの身に何か起こったら、疑われるのはジェームズですから、鍵をあずけられていたのです。ほかには誰もいません。ルイスはどんなに急いでいたって、ドアをあけっ放しにするはずがないというのが、ぼくの意見です」

「でも、あいていました」

「マイダのせいですよ。海水浴に行きたくて慌てていたのでしょう」

ミス・シルヴァーは咳払《せきばら》いをする。「それは、ドアがあいていたという最初の証言ですが、最後ではありません。ミセス・ロビンソンが出てくると、コンスタブル少佐がバッグを取りにもどりました。少佐は、二時四十五分にドアを閉めたと言いましたが、十分後ミス・グレイが見た時にはあいていました。三時十分に出てきた時、ミス・グレイが閉めたかどうか怪しいかもしれません、あなたが三時二十分にいらした時には、あいていたのですから。ということは、ドアはミセス・ロビンソンが別館を出てからコンスタブル少佐がバッグを取りに入るまでのあいだ、一分か二分はあいていたということになりますね。その間ホールを通り抜けたのは、コンスタブル少佐だけです。でも、誰かがビリヤード室から別館に入って隠れていることはできたかもしれません――ミスター・モバリーの部屋かバスルームか、あるいは別の部屋に。建物に隠れる可能性がより高いのは、わたしたちがドアがあいていたとわかっている、あとのほうの時間です。ミス・グレイは三時直前にドアがあいているのに気づき、あなたは三時二十分にお気づきになった。誰があけたか誰にもわからない、ということは、どれだけの時間あいていたかわからない、ということです。コンスタブル少佐が閉めた、というのは、ご本人の記憶違いかもしれません。あのドアはスプリングで閉まりますね。少佐は急いでいました。ミス・グレイが入るまで、まるまる十分あいていたのかもしれません。ミス・グレイが立ち去ってからあなたがお入りになるまで、さらに十分あいていたのかもしれません。知るてだてはありません。確実なのは、そのあいだ、ミス・コンスタンチンをのぞいては誰もホールを横切らなかったということです」

チャールズは眉《まゆ》をひそめた。「ビリヤード室に誰かいたかもしれない——」

「可能性がありますか、フォレスト少佐？　今さっきドアから入る時に試しましたけれど、鍵がかかっていましたよ」

しばしチャールズは無言だった。表情がけわしくなる。ほとんど目をつぶりそうになるほど、まぶたが下がる。と、ふいにチャールズは立ち上がり、ポケットに深く手を突っ込むと、唐突に言った。「万事休す、ですね」

ミス・シルヴァーは、ちょっとだけ首をかしげた。目立たないけれど賢い鳥が、虫に気づいた時のような表情を浮かべている。「きのうビリヤード室のドアには鍵がかかっていましたか？」

相手の顔は見ずに、チャールズは答えた。「部屋は修理中です。何か故障して——週末は使えないのです。職人たちが、荷物を置いていきました」

「では、きのうは窓は閉められ、ドアは鍵《かぎ》がかかっていたということですか?」

「だと思います」

「確認すべき点ですよ」ミス・シルヴァーはメモを書き留めていた用紙をはぎ取り、鉛筆をトレーに置き、メモ用紙を元の位置にもどし、立ち上がった。「ありがとうございました、フォレスト少佐」

20

ステイシーはソルティングズ・コーナー行きのバスに乗った。バス停から目的地までは目と鼻の先だったが、さえぎるもののない道に陽射しが強く、マイラ・コンスタンチンに押しつけられた日傘を持ってきてよかったと思った――大きな流行遅れのしろもので、表は鈍いとび色、裏はあざやかな緑色だ。

ソルティングズを囲む木々が見えてきた。ステイシーは門を入った。なんだか幽霊になってもどってきた気分だ。幽霊の物語は、いつだってまちがっている。すべてが、おばけが出るのがいかに怖いか、肌がむずむずし、髪が逆立って勇気がなえるかという、生きている人間から見た話ばかりだ。だが、かつて自分が愛し愛されていた場所にもどってきた、肉体のないあわれな幽霊は、どうなのだ？　ただ怖がったり、びっくりしたりする対象でいいのか？　大きな屋敷の正面の階段を上がるステイシーは幽霊の気分だった。

玄関のドアは大きくあいていた。ホールは分断され、改装されていた。床に敷かれていたじゅうたんも、炉胸（室内の炉の突き出た部分）に陳列してあった武器もなくなっていた。階段の吹き抜け部分に、たくみにはめられたようなエレベーターが上がっていた。古い肖像画はまだ数枚残り、建物を陰気にしている。

ステイシーはきょろきょろ見回した。チャールズは一階のフラットの一つを持っている。ステイシーはチャールズの名前に目を留め、慌ててもどって階段を昇った。エレベーターは自動式で、彼女はあまりそれが好きではない。そのうえ、すぐにリリアスに会いたくはない。三年の空白を埋めなくてはならない。ここはわたしの家になるはずだった――ではなくて、ステイシー・フォレストの家だ。そして自分はもう、ステイシー・フォレストではない。ステイシー・マナリングにもどったのだ。そう思うと、少しめまいがした――まるで同時に二つの場所にいるようだ――きょうがきょうでなく、奇妙な別の時間のようだ。

ステイシーは最上段に着き、リリアス・グレイと書かれたドアを見つけた。呼び鈴を鳴らそうと手を上げた瞬間、ドアがあいてリリアスが顔を出した。「遅かったのね。どうぞお入りになって。ひどい暑さじゃない?」

ステイシーは、ずっと何を言えばいいだろう、リリアスはなんと言うだろう、と気に病んできたが、じっさいにはなんでもなかった。何も言う必要がなかったのだ――のべつまくなしにしゃべっている相手が息継ぎをする時の、相づちをのぞけば。リリアスは、フラットを見せ、フラットについてしゃべり、チャールズがいかに賢明だったか、建築家がいかにたくみだったかをしゃべりたがった。「ねえ、ここが母の寝室だったの――寝室と居間に分かれているわ。じゆうぶん広いのよ。広すぎる部屋は好きじゃないわ――あなたはどう？　かつてはものすごく広い部屋だったわ――もちろん、覚えているわよね。どちらの窓からも、海が見えるの。ここは、ドレッシングルームだった部屋が簡易台所《キチネット》とバスルームになっているの。全然わからないでしょう？」

そう、ちっともわからなかった。リリアスの居間になった部屋で、かつてはステイシーとチャールズが眠ったのだ。ドレッシングルームは切り刻まれて、チャールズのビューローがあった場所に台所の流しがある。あの晩、チャールズがダマリス・フォレストのネックレスを手にして立っている姿を、ステイシーは見たのだ。耐えがたい嫌悪感に襲われた。そんな場所に流しがあるという悲劇！

「すてきでしょ？」リリアス・グレイは言う。

この手の会話を延々と続けながら、リリアスはお茶をいれ、きゅうりのサンドイッチをすすめ、魅力的なホステスを演じていた。ステイシーは、みずから招いたことなのだ、と言い聞かせるしかなかった。自分が悪いのだ、ここには来るべきでなかった、だが来てしまった以上は、愛想のよいお客になるしかない。自分の役割をつとめながら、なぜリリアスは自分を招いたのか、この熱にうかされたような止めどもないおしゃべりの背後には何があるのだろう、と思った。おしゃべりはくどかった――神経症的なエネルギーに満ちている。やりすぎだ、化粧と同じだ。青い目はきらきら輝き、頰《ほほ》には紅をはたき、口紅はたくみに引いていたが、すべてがいささかくどく、それでいて歳はごまかせなかった。

ステイシーが考えたのは、まずそのことだった。それから、ここに来て三十分にもなるのに、ルイス・ブレイディングの話が出ないことに気がついた。「お茶をもう一杯いかが?」という申し出に、カップを置いて「いいえ、けっこうよ」と答えてから、ステイシーみずからその名を出した。このまま座って、リリアスが何も起きなかったようなふりをするのにつきあうつもりはない。一瞬の間を置いて、「ルイスの事件は恐ろしいわね」と言った。

リリアスは真っ青になった。突然蒼白《そうはく》になった顔の上で、頬紅《ほおべに》がどぎつく見える。「その話は止《や》めましょうよ。あなたには想像もつかないわよ――警察が来て――供述しなければいけなかったのよ!」

リリアスは「その話は止《や》めましょうよ」と言っておきながら、ぴりぴりしたエネルギーを別の方向に注ぎはじめた。リリアスは膝《ひざ》の上で両手をよじっている。髪は光輪のように輝いている。「わたしはいつも、何か恐ろしいことが起こるだろうって言っていたわ。あの宝石類は高価すぎるもの」

「でも、何か盗られたの?」ステイシーは意外だという声を出した。

「さあ、わからないわ。警察は何も言わないから。ただ、くどくどばかげた質問をするだけ。わたしはほとんどあの場にいなかったのよ。部屋に入ったら――ドアがあいていた。母が遺してくれたお金をどんなふうに投資したらいいか、訊《き》くつもりだったの。満期になった抵当証券をどうしたらいいか、彼ならわかりそうだから。でも、ルイスは『政府証券に投資すればいい』と言っただけ。そんな人なのよ。すごくいやな態度だったから、わたしは来なきゃよかったと思って、長居なんかしなかった」また手をよじる。「死んだからって、彼がいい人だったなんて言うのは無意味よ。わたし、すっかり動転して帰ってきたんだから」

いったいなんだってリリアスはルイス・ブレイディングに相談を持ちかけようとしたのだろう、とステイシーは思った。ルイスはそんなことを歓迎する性格ではない。好きでもない養子の親戚からの相談なら、なおさらだ。あからさまには口にしなかったものの、ステイシーはそれに近いことを言った。「なぜチャールズに相談しなかったの？」

リリアスはぎこちない身振りをして、すばやく答える。「あら、そんなことできないわ――お金のことを訊くなんて」

ステイシーは顔が赤くなり、頰がほてるのを感じた。不注意に足を踏み外し、地表の裂け目から焦げ臭いにおいが上がってくるようだ。そんなつもりではなかった――ふたたびあの件に触れるつもりはなかったのだ。ステイシーは顔中熱くなる。

リリアスは身をかがめ、低いおびえたような声で言った。「怖いの――」

ステイシーの爪《つめ》が手のひらに食い込む。「なぜ？」

リリアスは震え出す。

ステイシーはもう一度「なぜ？」と訊いた。二杯紅茶を飲んだのに、唇はからからに乾いている。

マスカラを塗ったまつげのあいだの大きな青い目が、こちらをのぞき込んでいる。リリアスは言った。「チャールズのことよ」

「なぜ?」ステイシーはそれ以上の言葉が口に出せない。

青い目はおびえていた。恐怖が今にもあふれ出そうとしているのがわかる。ささやくような声が返って来る。「チャールズがやったのなら――」

ステイシーのなかの何かが、「ばかばかしい!」と言わせた。おかげで元気が出てきた。大きな声で言ったらどうだろう。今度は大きく力強く「ばかばかしい!」と言ってみた。気持ちよかった。

リリアスはがたがた震えた。愚劣で不気味なひそひそ話を続ける。「ねえ、ステイシー、わたし怖いの。だからあなたに会わなくてはならなかったの――あなたが来た時は、こんなこと話せるとは思わなかった。でも、誰かに話さずにはいられないの。そうしなかったら、気が狂いそうだわ」

ステイシーは自分の感情に驚いていた。「ばかばかしい!」という声が、頭のなかで止まらない。リリアスを見ていると、三年前よりもはるかに自分が歳を取り、有能になったと感じた。ひどく冷めた気持ちで、冷たい水がたっぷり入った旧式の寝室用水差しを、金髪とまつげと化粧にぶちまけたら、気持ちいいだろうなと思った。リリアスは寒気がしているだろう――たぶん。もはや、リリアスのほうでステイシーに寒気を起こさせることはできない。三年前ならそうだったかもしれないが、きょうはちがうのだ。以前とは変わったのだ。ステイシーはしゃんと身を起こして、できるかぎり冷静な声で言った。「あなたの言うことは、ほんとうにばかばかしいわよ、リリアス。もうよしなさいよ」

リリアスは目をつぶった。長く黒いまつげが濡《ぬ》れている。リリアスは疲れ果てた声を出す。

「あなたにだけよ——誰かに話さなくちゃ——あなたにしか話さないんだから、かまわないでしょう」

ぶちまけるべき水の入った水差しがないのなら、人の頭上で水差しをひっくり返すことを考えてもしようがない。ステイシーはつとめて冷静な声を出した。「いったいなんなの？　言いたいことがあるなら、言ってしまいなさいよ！」

リリアスのまつげがぱっと上がる。「まあ、ステイシー——そんなつもりは——」

「言ったほうがいいわ。話したからって実害はないから——相手が誰でもね」

「ほかの人には言えないわよ。ただ——チャールズが。チャールズはわたしのすべてなの、知っているでしょ——ずっとそうだった。彼が何をしてもいいの、わたしのすべてなんだから」

ステイシーは言った。「リリアス——」

「誰かに話さなくてはならないの——だったら、あなたに話すべきだと思わない？　今だって——今だって彼を傷つけるようなことはしたくないでしょう？」

ステイシーは言う。「ええ――彼を傷つけたりしたくないわ」

「なら、話をさせてちょうだい。ゆうべは眠れなかった。『もしチャールズだったら――みんながそうだと思っていたら』。それが頭から離れなくて」

「なぜ?」

まるで神経の発作が起こったように、リリアスは説明した。「わからないの? あなたはばかじゃないでしょう――わたしが三時十分に出た時は、ルイスは生きていたわ。テーブルの前に座って生きていたのよ。チャールズはたった十分後に来て、ルイスが死んでいるのを発見したと言った。ルイスが自殺したんでなければ、誰が殺したというの? チャールズは、警察は自殺と考えていないと言ったわ。わたしには理由がわからないけれど、とにかく自殺だと思われていないの。なら、誰が殺したの? それに理由は? 盗まれたものはないし、金庫室に入ろうとした跡もない――だいたい真昼間、人が出入りしている時間に誰が盗みに入る? わたしが出たのは三時十分、チャールズが来たのは二十分――時間はなかった。そして、ルイスがあのいやなコレクションのために殺されたんじゃなかったら、なぜ殺されたの?」

ステイシーは手を上げた。そうしながら、なぜこんなに手が冷たいのだろうと思った。「リリアス、もう――止《や》めなさい! 両方はありえないのよ。最初は何か恐ろしいことが起こるだろうと思ってたって言う――コレクションのせいで。それが今度は、誰も何も盗らなかった、真昼間そんなことするわけない、なんて。あげくの果てに、『ルイスがあのいやなコレクションのために殺されたんじゃなかったら、なぜ殺されたの?』とはね。正反対のことを考えて、真ん中で正面衝突しているじゃないの。どちらの可能性を信じるか決めて、その立場を守ったほうがいいんじゃない?」

リリアスは両手を打ち合わせた。「そんなことじゃないのよ! わたしたち、それを言わなくてはならないでしょう――その、コレクションのこともすこしは。誰かが隠れていて、ドアがあいたら忍び込んだって、みんなでそう言って、意見を変えちゃいけないのよ。マイダとジャック・コンスタブルがあけっ放しにしたの――そうに決まってるわ。それで、泥棒が入ってきて隠れて、ルイスを撃って、チャールズが来たからまた隠れたのよ」リリアスは目を大きく見開いて、ステイシーを見つめる。「おお――そんなふうだったんじゃないかしら? もし、わたしたちがずっとそう言いつづけたら――がんばれば――」

「なら、なぜそうしないの? はじめはそう言っていたのに、急に気が変わったみたいに、昼日中にコレクションを盗る人間なんていないって言い出す。なぜそうなの?」

リリアスの目に涙があふれる。「だって、それがほんとうだからよ――さっき話した通りだからよ。最初はただ――ただ、チャールズのことを思って言ったことよ。ルイスはコレクションのために殺されたんじゃないわ」

「あなたは、殺された理由を知っているの?」

「ちょっと考えてみれば、誰でもわかるわよ。彼はマイダと結婚するつもりだった。彼女の有利になる遺言状を作った——あのばかげた遺言状用箋《ようせん》でね。あの部屋で、わたしは見たのよ——テーブルに載っていたの。わたしが見ているのに気づくと、ルイスはすごくいやな声で言ったわ。『興味があるんだね。ぼくの新しい遺言状だよ。チャールズは気に入らんだろうがね』って」

「ルイスは、マイダと結婚するつもりだということと、遺言状の内容をあなたに話したの？」

「もちろんよ——とっても意地悪な調子で言ったわ！　だからすぐに出てきたの。何が起きたかわからない？　チャールズに向かってあんなふうに言ったら——言うでしょうけど——それで、引き出しにはリボルバーが入っていたのよ」

「どこに入っているか知っていたの？」

「誰でも知っていたわ。ルイスがみんなに見せたがったから——いつも、わざと引き出しをあけておいたの。それで、どういうことが起こるかわからないの？　チャールズが遺言状を見たら——リボルバーもあったら——」

ステイシーは、「あなたの言うことは筋が通らないわ」と言った。

リリアスはもう顔色がもとにもどっていた。頬《ほほ》に赤みがさして、頬紅の色も目立たなくなっている。目はきらきらしている。リリアスははっきりと、高い声で言った。「では、遺言状を燃やしたのは誰？　ほかの人には関係ないけれど、チャールズにはあったのよ。ほかの誰が燃やしたりする？」

「燃やされたの？」

「当たりまえじゃない！　チャールズから聞かなかったの？」

「会っていないもの。彼からは何も聞いていないわ」

「あなたには話さないでしょうよ——誰にも話さないわ。わたし、警察から聞いたのよ。遺言状は、金属製の灰皿の上で燃え尽きていたんですって。警察にそれを見たかと訊《き》かれたわ——わたしが行った時、すでに燃やされていたかって。でも、燃えていなかった——まだ燃えていなかったのよ！　なら、誰が燃やしたの？」

ステイシーは冷静に答える。「わたしには、わからないわ。でも、あなたがつまらないことを言っているのは、わかる。チャールズのことが心配なら、止《や》めることね。ほかの人たちの頭に、へんな考えを吹き込みたくないでしょう？」

リリアスはすっかりしょげて、青ざめた。ぴくっと身を震わせるとうしろ向きになり、椅子《いす》の背に手をかけてうなだれた。肩が上下し、ぐずぐずとすすり泣きが始まる。

日陰でもすでに三十度近くなっていたかもしれないが、ステイシーはこれほど寒気を感じたことはなかった。寒気は恐怖からも来ていた。恐怖に通じるドアを、ステイシーは「ばかばかしい！」というありがたい言葉でばたんと閉めた。寒気は怒りからも来ていた——熱い怒りよりも強い、冷たい怒りだ。そして、このヒステリー状態に対する身震いするような嫌悪も感じていた。ひと呼吸置いてから、ステイシーは言った。「後生だから、しっかりしなさい！　チャールズのことをほんとうに思っているなら、しゃんとできるでしょ」

リリアスはすすり泣きを止《や》めなかったが、なんとか口がきけるようになった。今やリリアスの言葉の洪水を止めるのは不可能だった。「チャールズのためなら、なんでもするわ――わかっているはずよ。彼を傷つけることなんて絶対できない。何年ものあいだ、すべてをかばってきたのはわたしでしょ？　それがどれだけたいへんだったか、あなたには想像もつかないわ。だからそんなに冷たいことが言えるのよ！」

　延々と続く愚痴。変奏曲のある主旋律――際限がない変奏曲だ。我慢の限界に達したステイシーは、バスルームから乾いたタオルと濡《ぬ》れたフェイスタオルを持ってきた。リリアスは立たされると、気乗りしないようすでお上品に目をぬぐった。痛手はそうひどくなく、なおかつじゅうぶんだった。すすり泣きが止《や》み、ひと息つくと、ろれつが回らなかったリリアスの繰り言は、ため息混じりの言葉になった。「まあ、ごめんなさいね――でもわかってくれるでしょう？　一人では、あれ以上もちこたえられなかったの。それに、あなたは安全だから。行かなくちゃ、行ってきちんとしなくちゃ」

　ステイシーは必然的に待つことになった。「もう帰るわ」と言ったのに、リリアスに「そんなに待たせないから」と引き止められてしまったのだ。

　何分も待たせたリリアスは、いささか青白く悲しげだったが、すっかり落ち着いたようすでもどってきた。そしてステイシーに、おかげで気が晴れたと言った。「一人で座ったまま、何もしないでただ考えていると、なんでもおおげさになるの。誰にも話さないわよね――チャールズにも言わないでしょ？」

「彼には会いそうもないもの」リリアスは上品に吐息をついた。

「会うかもしれないわよ。彼、よくクラブに行くから」ステイシーのなかの冷たい怒りが、閉めたはずのドアのほうを向いた。「そして、彼のところに行って、『たった今リリアスから、あなたがルイスを撃って遺言状を燃やしたって聞いたところよ』って言うかもしれないわね！」

青い目が涙でいっぱいになる。「おお、ステイシー！」

ステイシーは怒りを引っ込め、ふたたびドアを閉めた。愁嘆場はもうたくさん。残された道はただ一つ、立ち去ることだけだ。ステイシーは言った。「悪いけど、リリアス、あなたが仕向けたことよ。しゃべりつづけていたのは、わたしじゃないわ。じゃ、さよなら」

21

ステイシーはホールまで降りてきた。なんとか終わった。そもそも、ここに来たのは自分の失敗だったのだ。来る必要などなかった。まるで磁石のように、ソルティングズに引き寄せられてしまった。そして、さんざんな目に遭ったのは、すべて自分のせいだった。でももう終わった。もう考える必要はない。恐ろしい厄介なささやき声がする。「たっぷり考えることになるわよ」

玄関の階段まで出ると、陽の光を感じた。あいかわらず、ひどく暑い。マイラ・コンスタンチンの傘を差そうかどうか迷った。ぎらぎらした光を浴びたくないけれど、体のなかはまだ冷え切っている。ぐずぐずしていると、門から車が入ってきて木々のあいだに停まった。ステイシーはぎょっとした。チャールズは今一番会いたくない人間だ。そうではないか?

ステイシーが心を決める前に、チャールズは車から降りて階段を駆け上がってきた。笑顔も挨拶も抜きで、ステイシーの腕に手をかけ、いきなり「きみに会いたかったんだ」と言う。

「わたし、帰るところなんだけど」

「帰さないよ。話があるんだ。おいで――まだぼくのフラットを見てないだろう。ビリヤード室と食器室と、不動産屋が『事務所』って言いそうな部屋もあるよ――みんな、広々してるんだ。アダムズはすごくいい仕事をしたと思うよ。おいでよ！」

ステイシーはまたしてもホールに通された。チャールズがドアをあけ、二人でなかに入ると、ドアは閉まった。ステイシーには、アダムズ氏の有能さを考える時間がなかった。フラットには、ロビーのようなもの、短い通路、もう一つのドア、庭側に窓が二つあるビリヤード室があった。そこまで行ってからやっと、ステイシーは口をきくことができた。「ほんとうに、帰らなくちゃならないのよ」

チャールズは「だめだ」と言い、窓の前まで行って外を見た。自分に背中を向けて立っているチャールズを見たステイシーは、体のなかを電流と激情が走るのを感じた。狼狽《ろうばい》のあまり逃げ出したいと思ったが、脚が動かない。舌も動かない。ただ立ちすくんでいた。

一瞬の間を置いて、チャールズは振り向いた。「とんだ騒ぎだね。巻き込まれてしまって気の毒だが、しかたがない」

脚と舌がいつも通りになった。ステイシーはおおいに安堵《あんど》した。「わたしにできることがあれば――」

チャールズは眉《まゆ》をひそめている。怒っている時の表情ではなく、何かを考えている表情だ。チャールズは答えた。「うん、あるよ。きみが出て行きかけた時、ぼくといっしょにクラブに入った女性を見ただろう?」

「小柄な家庭教師みたいな人?」

「そうだ。笑うなよ。彼女、私立探偵なんだ。座りたまえ、説明するから。二週間前、ルイスは彼女に会いに行ったんだ」

チャールズといっしょにソファーに腰を下ろしながら、ステイシーはもう一分だって立っていられないことに気づいた。頭がからっぽになった気分だ。

ステイシーは、「ルイスが――」と言ったきり、何もいえなくなった。

チャールズは言った。「わかるよ――驚くべきことだ、彼女も驚くべき人だ。でも、ほんとうなんだ――彼女、実在の人物なんだ。ルイスは、不安だから彼女に会いに行ったんだ。彼女に来てほしいと願った。彼女のほうでは、ルイスが気に入らず、来る気にならなかった。今朝彼女は、事態が進展したから考え直して来てほしいという内容の手紙をルイスから受け取った。手紙を置き、朝刊を取り上げると、見出しを読んだわけだ。そのころぼくも、ルイスの書いた手紙を読んでいた。彼の書き物机の一番上の引き出しに入っていたんだ。手紙には、何事か起きた場合は、ミス・シルヴァーが呼ばれることになっている、と書いてあった」

「チャールズ!」

チャールズはうなずいた。

「ルイスは不安だった――虫の知らせがあったんだろうか? ぼくにはわからない、きみもわからない、誰にもわからないよ。ここの州警察本部長ランダル・マーチからミス・シルヴァーのことを聞いたそうだ。ミス・シルヴァーは、かつてランダルの家庭教師だった」

「いかにもそれらしいわね」

「そうさ。だが彼女はルイスに感銘を与えた。彼女は人に感銘を与えるんだ——なぜだか知らんがね。彼女はぼくにルイスの手紙を見せた。信じられないかもしれないけど、感服したルイスは料金を言い値で払うとまで言ったんだよ。どう思う？」

ステイシーは予想を裏切らない驚愕《きょうがく》の表情を浮かべた。「ルイスがそう言ったの？」

「そうだ」

ルイス・ブレイディングはそれまで、コレクションにかかわりのないものには、びた一文出さなかったという事実が、二人のあいだに立ちふさがる。二人はルイスの申し出について考え、一瞬沈黙が流れた。そしてチャールズが言った。「そこでだ！　彼女には何かがあるんだ。お茶を出してから別館に案内したんだけど、なんだか服従している気分だよ。結論はこうさ。ぼくに話した通りのことをミス・シルヴァーに話してほしい——夜間目がさめて、物音を聞いた話だよ」

ステイシーはおびえた表情になった。「チャールズ、そんなことできないわ！」

「なぜ？」

「ルイスが撃たれたことと、関係あるはずないもの」

「なぜ関係ないんだい？　これこそ、ルイスがミス・シルヴァーをたずねていって話したことじゃないか。ルイスは眠って――眠りが深すぎて――めざめた時には、別館に誰かいるような気がした――あいまいだけど、薬を飲まされたと思ったそうだ。きみの話と符合するじゃないか」

ステイシーのおびえた表情は、嘆くような表情に変わった。ステイシーは言った。「そうね、でも――チャールズ、わたしは別のことを考えているの。あなたに話せないことがあるのよ。それは公平じゃないわ」

「わかったよ、ダーリン、完璧《かんぺき》にご立派に公平にやればいい。結果《ファ・セ・ク・ドワ・アドヴィエンヌ・ク・プーラ》はどうなろうとも、あとは野となれ山となれ、か。殺人犯はその秘密とともに消えるんだ。きみが隠していることを話さなかったばっかりにな！　死刑囚監房に入ったぼくに会いに来てくれるんだろ？　それとも別れた妻の面会は許可されないのかな？　調べてみなくちゃ」

「やめて！」

チャールズは眉毛《まゆげ》を片方上げる。「そんな目には遭いたくないよ。それでも――ぼくが当然のごとく当面の第一級殺人容疑者だってことに、きみが気がつかないとしても、警察は見逃していない。まだ捜査が初期の段階だから、しごく礼儀正しいけれど、ぼくがやったと思い込んでいるんだ。だからもし何か知っているのなら、そしてぜひともぼくを足蹴《あしげ》にしたいと思ってるんじゃなかったら……」

ステイシーは動揺した声で、「チャールズ――」と言った。

チャールズの態度が変わった。「ミス・シルヴァーはこう言ってたよ。ぼくは感動したね。彼女は、たいてい誰にでも隠し事があるって言うんだ。殺人事件なんかが起きたら、隠そうとするのは犯人だけじゃないって。どれだけことがめんどうになるか、わかるだろう？　何か知っているのなら——ぼくに言わなかったことでも——」

「では、何もなかったのよ。ねえ、何があったか話すから、そうしたらルイスが撃たれたことと関係ないのがわかるでしょう」

「うん、ぼくに話してくれ」

ステイシーは、膝《ひざ》の上に両手を載せて、ソファーの端できちんと座り直した。その手に指輪はない。結婚指輪ははずしてしまった。チャールズは、何もはめていない中指をちらと見た。

ステイシーはすばやく低い声で言う。「ええ、話すわ。まったく別の話なのよ。あなたに話したあとで、どういうことかわかったの。また音を聞いたんだけど——怖い夢を見て目がさめて——音のせいで目がさめたんだと思う。起き上がって窓の外を見たの。ガラス張りの通路に明かりがついたわ。起きた時にはついていなかったのに、明るくなって——突然ついたの。わたし、誰かが——チャールズ、ばかみたいに聞こえるでしょうけど、どちらの時にも、誰かが別館からハウスに入ったのかと思ったのよ」

チャールズは首を振った。「明かりは別館でないと、つけるのも消すのも無理だ」

「わかってるわ。それをどうこう言ってるんじゃないの。ただ、あの時に思ったことを話しているだけ。だから階段まで見に行ったの」

「それで？」

「ヘスター・コンスタンチンを見たわ――」

「かわいそうに！　まだ夢を見ていたんだね！　怖い夢だったって、当たりまえだな！」

「チャールズ、わたし真剣なのよ」

「本気で、ヘスター・コンスタンチンが別館から出てくるのを見たなんて言うのかい？」

「別館から出てきたかどうか自信はないわよ、ジェームズ・モバリーが――二人とも書斎にいたのかもしれない。明かりをつけたのも消したのも、ジェームズかもしれない――ルイスだと考えないかぎりは」

「いやなことは考えたくない《オニ・ソワ・キ・マリ・パンス》――考えられないね。ヘスター・コンスタンチンとは！　まさか！」

「ではジェームズ・モバリーね。彼女、いつもと全然ちがってたわ――とっても生き生きして幸せそうだった。それにマイラのショールをはおっていたの。明るい刺繍《ししゅう》入りのものよ。彼女――チャールズ、あんなようすの人を見まちがえるはずないわ。とても――とても気の毒よね、あの人たち。ルイスはいつもジェームズをゴミ扱いして、完全に支配してるって、マイラが言ってたわ。ヘスターを同じ目に遭わせてるんだってことが、わからないのね。あの二人が肩寄せ合って小さな幸せをつかもうとしているのだったら――」ステイシーは手を差し出した。「チャールズ、わからないの？　――二人を警察に突き出すなんてむごい仕打ちだわ」

チャールズは言う。「あわれなジェームズ！」そして、「できることなら、彼を警察に突き出したりしたくないよ。でも、現実から目をそらしちゃいけない。ことはそれだけじゃないんだよ。もし明かりをぱちぱちやって、夜間別館に人を通していたのがジェームズだったら――雇い主に薬を飲ませていたとしたら、なおさらだが――彼は、一連の行動の意味を説明しなくちゃならないし、まずはミス・シルヴァーとぼくだけに話すのがいい」

ステイシーは言った。「怖いわ」

チャールズはステイシーの手を取り、そっと握るとまた離した。「優しい、女らしい心情だね、ダーリン。けどぼくは、ジェームズに単刀直入に質問をするのをためらうほど繊細じゃないから。手錠をかけられて連行されるつもりはないよ」

ステイシーの心は数時間さかのぼった。彼女はリリアスに「ばかばかしい！」と言ったのだ。もう一度「ばかばかしい！」と言いたくなったが、冷たい恐怖の風が吹いてきた。チャールズがどこまで真剣なのかわからないが、もし真剣だとすれば――。

チャールズは、「できれば、殺人の罪で逮捕されるのはご免こうむりたいね」と言い、ステイシーが言葉を返す間もなく、「ぼくたち、なんだか陰気くさいね？　リリアスのところはどうだった？」と続けた。

「だいじょうぶだったわ」

「ひどかったんだろ！　かわいそうにきみ、へとへとに見えたぜ！」

22

チャールズとステイシーがソルティングズで語り合っていたちょうどそのころ、ランダル・マーチは車を降りてウォーン・ハウスのホールに足を踏み入れ、ミス・モード・シルヴァーへの面会を申し込んでいた。エドナ・スナッジは、なんとハンサムな男だろうと思った。チャールズ・フォレストには色黒の醜男の魅力があるが、ランダル・マーチの濃い金髪、まっすぐ見つめるブルーの瞳《ひとみ》、健康的な容姿にはまたちがった魅力を感じるのだった。こんな魅力的な男性たちの訪問をあいついで受け、しかも自分の知る限り彼らに与えるものは何もないミス・シルヴァーは、とほうもなく幸運な女性だ。エドナはミス・シルヴァーのもとへ行き、丁寧な説明を受けた。「ミスター・マーチ？　ああ——お待ちしていたんですよ。かつての教え子なんです。たずねてきてくれるなんて、親切だこと」

エドナは言った。「第二書斎にお通ししました。お二人だけになれますから」

ミス・シルヴァーはにっこり笑った。

第二書斎は、陽の当たらない側にある。寒い曇天の日には、暗い穴倉のようだと思われた。

今のような暑い晩なら取り柄もあったが、誰も好んで出入りしたことはない。ミス・シルヴァーはここでなら話のじゃまはされないだろう、と考えた。

部屋に入ると、黒大理石でできた陰気くさいマントルピースに背を向け、警察本部長が待っていた。時計はマントルピースに合っているが、小さな金色の小塔《タレット》がそぐわない印象だ。おそらくは有名な戦闘場面をあらわした黒っぽい銅版刷りは、周囲の壁紙と見分けがつかない。

親愛の情に満ちた挨拶《あいさつ》が交わされ、ランダルの母親の安否を尋ねる言葉が続いた――「お風邪を召されたとうかがって、心配していたのですよ」――それから、妹マーガレットとイゾベルについてたずねる。

ランダル・マーチがかつてはきゃしゃで小柄な男の子だったなんて、今の姿からは想像もつかない。小柄であるゆえに、彼は姉たちと同じ勉強部屋をあてがわれていたのだ。そしてランダル少年は、ひどく甘やかされていた。女家庭教師を二人立て続けに追い払ったあと、ミス・シルヴァーが登場した時も、次なる大砲の餌食《えじき》が来たとたかをくくっていた。近所の医者は、この少年を脅かすのは体によくないという意見だった。ミセス・マーチの話を同情をこめて聞いていたミス・シルヴァーは、話が終わるとさっさと忘れ、快活な規律を作ることに決めた。教室内でこの規律を保つのは、ミス・シルヴァーの得意とするところだった。ランダルは、いたずらよりもっとおもしろいことにエネルギーを発散させるようになった。この教師に高い尊敬の念を抱き、その思いは今日までまったく変わることがない。ミス・シルヴァーのほうでは、けっしてひいきをしないようつとめ、姉妹にも公平に接するよう細心の注意を払っていた。それでも、ランダルにだけは自然に愛情が湧《わ》いてくるというのが、いつわらざる心情だった。

前置きがすむと、ミス・シルヴァーは腰を下ろし、編み物の準備をした。編みかけの赤ん坊のベストらしき、三センチ幅のペールピンクのウールを取り出す。

マーチは彼女の向かいに座り、「それで?」と言った。

ミス・シルヴァーは小さな咳《せき》をする。「それで、とは、ランダル?」

マーチは笑ってしまう。「わかりました、ぼくから切り出しましょう。ブレイディングの手紙を拝見できますか?」

ミス・シルヴァーは――編み物バッグからそれを出した。いかにも先生らしい、とマーチは思った。

身を乗り出して手紙を受け取り、数行に目を走らせる。

「拝啓

お考え直しをお願いできないかとお便りしました。事態の展開がありました。秘密にすべきことですので、警察には行きたくありません――当面は。ここは快適なカントリークラブです。お部屋を取りましたので、至急お越し願いたいのです。報酬は、そちらの言い値をお支払いします。何時の汽車でお越しになるかお電話いただければ、レドストウまでお迎えにあがります。

敬具
ルイス・ブレイディング」

マーチは顔を上げて言った。「展開とはどういう意味でしょう？」

「見当つかないわね」

マーチは眉《まゆ》をひそめて手紙を見つめた。それから、「彼に会ったのは一度だけですか？」と訊《き》いた。

「それだけよ」

「彼の言葉を教えていただけますか？」

ミス・シルヴァーはたいへんなスピードで編んでいた。ペールピンクのウールがみるみる広がっていく。ミス・シルヴァーが答えるのに、一瞬の間があった。「ええ、そうしなければいけないでしょうね」

マーチが信用している正確な言葉遣いをもって、ミス・シルヴァーはルイス・ブレイディングと自分の発言内容を教えた。聞き終わると、マーチは冷静に言った。

「では、彼は自分でこの事態を招いたようなものですね。モバリーの立場はたいへん苦しいですな。事件と符合するし。ほら、これをメモなさりたいでしょう。射殺までの出来事が時刻順に一覧になっています」マーチは横に手を伸ばして、わきの小さな書き物机から鉛筆と紙を取った。

編み物は置かれ、鉛筆の用意ができた。彼はうしろのケースから紙の束を出し、一枚破って言った。「こうです。ブレイディングは九時半発レドリントン行きのバスに乗った。十時十五分、サザン銀行に入って頭取に会いたいと言い、ちゃんと頭取と行員が見ている前で遺言状に署名した。近いうちに、おめでとうと言ってもらえることがある、というような話をした。マイダ・ロビンソンという女性は、前の晩ルイスから結婚を申し込まれたと言っている」

ミス・シルヴァーは首をかしげた。「フォレスト少佐がミセス・ロビンソンのことを話してくれました。午後のミスター・ブレイディングの来客についても、時刻の一覧を見せてくれたわ」

「では、やるべきことは——朝の行動に関する情報だけお伝えすればいいんですね。ブレイディングがもどってきたのは十一時三十分。それから書斎に行って——書斎はすでにご覧になったのでしょうね？」

「見ましたよ」

「書斎にいたのが三十分ほど。ジェームズ・モバリーがいっしょでした。ウェイターが偶然二人の会話を聞いています。ちょっと粉飾してますがね——第二便で来た郵便物をブレイディングのところへ持っていこうとしたけれど、言い争いが聞こえてきたので、部屋に入るべきかどうかためらったとか。高ぶった声を聞いて、中身も立ち聞きしたに決まってます。聞いたことをちょっとは、周囲に漏らしたかもしれない——この手の噂《うわさ》が広まるのは速いですからね。とにかく、ウェイターは『これ以上がまんできないし、がまんするつもりもありません』とモバリーが言ったと誓ってもいいそうですよ。するとブレイディングはいやな笑い方をして、『おまえは、耐えなきゃならんのさ』と答えると、モバリーが『金輪際いやです!』。ブレイディングがまたしてもあざ笑い、これからどうするつもりだと訊くと、モバリーは『見ていればわかります』と言った。ウェイターはオーウェンというのですが、もうじゅうぶん待ったと考えて、ノックをして室内に入りました。ウェイターはオーウェンによれば、ブレイディングは書き物机につき、モバリーは窓から外を見ていたそうです。モバリーは、意見の不一致があったことを認めていますーマーチは読み上げていた紙を置き、別の紙を取った。「ここに彼の供述がありますーーかなりきれい事になっていますがね。こうです」

「十一時三十分、ミスター・ブレイディングが入ってきた時、わたしは書斎にいました。この機会をとらえて、もう仕事を辞めたいと申し出ました。個人的な不和があったとか、不満があったという理由ではなく、ミスター・ブレイディングが必要と考えている不自然な環境で暮らしてきたため、健康を害していたからです。わたしは仕事の大半を別館でしなければなりません。寝るのも別館です。新鮮な空気や日光が不足していて、健康によくないのです。ミスター・ブレイディングは怒って、行かせるものかと言いました。オーウェンが漏れ聞いたと言っている内容は、おおむね正しいです。でもわたしたちは、けんかをしていたのではありません。ミスター・ブレイディングは、わたしが辞めると言い出したことに気を悪くしたし、わたしはゆずりませんでした。十一時五十五分、ミスター・ブレイディングは別館に行ってしまいました。わたしは一分か二分たってから、行きました。自分の鍵《かぎ》を持っていますから、入れるのです。別館に入ると、ミスター・ブレイディングの寝室から声が聞こえてきました。電話しているようでしたので、わたしはそのまま待ちました——つまり、寝室と実験室のドアがある通路です。通路の端にいたので、何を言っていたかまではわかりません。ミスター・ブレイディングが電話を切ったので、わたしは行こうとしましたが、また別の番号を頼んでいました。何番かまでは聞き取れず、声の調子だけわかりました。怒っているみたいだと思いました。最後に『そうしたほうがいい』と言ったのだけ、聞こえました。ひどく強い調子でした。それからミスター・ブレイディングが電話を切り、わたしは行って、辞表を撤回するつもりはない、でももちろんかわりが見つかるまではいる、と言いました。それから書斎にもどり、書斎から昼食に出かけました。ミスター・ブレイディングは自分の食事がすむと、わたしのテーブルに来て、午後は用がないから非番にしていいと言いました」

マーチは一瞬顔を上げた。「彼らは、食事は毎度クラブですませるようです。モバリーにいつも別々のテーブルで食べるのかと訊いたところ、そうだ、食べる時間もちがうし、一人で食べたいから、という答えでした。スタッフが裏づけをするでしょう。まあ、次に移りましょう。もうすぐ終わりです」

マーチはモバリーの供述にもどる。「すこしして、わたしも食堂を出て、別館の自室に本を取りに行きました。スチール製のドアはいつも通り鍵がかかっていましたから、自分の鍵であけました。二、三分後クラブにもどる時には、ふだんと同じくしっかり閉めました。ドアが閉まると、自動的に鍵がかかります。鍵がかかったことには確信があります。書斎に行って午後いっぱい読書をしました。時計が三時を打つのが聞こえました。十分くらいすると、ミス・コンスタンチンがドアをあけました。わたしが一人だけなのを見て、部屋に入ってきました。フォレスト少佐が事件が起きたと言うまで、二人で座って話していました。ずっといっしょでした。どちらも部屋から出ていません」

ミス・シルヴァーは言った。「書斎の窓は別館に向いていますね。ミスター・モバリーがガラス張りの通路の見える側に座っていたかどうか、それからミスター・ブレイディングを訪問してきた人を一人でも見たかどうか、調べましたか？」

「ええ。本人に訊《き》きましたが、進展はありませんでした。お客が出たり入ったりしていたと言うのですが、読書をしていたので、とくに誰が来たか注意していなかったようです。はっきり見たのは、コンスタブル少佐だけでした。誰かが走ってくる音を聞いて顔を上げたら、ガラス張りの通路にコンスタブル少佐がいたそうです。別館から駆け出してきて、何か白いものを持っていたそうです」

ミス・シルヴァーはきびきびと編み続ける。「ミセス・ロビンソンのバッグは白でしたか？」

「はい――大きな白いビニールでした。水着を入れていたのです。モバリーが見たのが、コンスタブルがバッグを取ってもどってくるところだったのは、はっきりしています。フォレストから、人の出入りについてはお聞きになったのですよね」

「ええ、たいへん協力的でした」

「で、モバリーは、ミス・コンスタンチンが来るまで誰にも会わなかったし、そのあとはずっと話をしていたと供述しています」

「ミス・コンスタンチンはなんと?」

「三時まで母親といっしょにいた、それから自室を片づけ、リリアス・グレイがクラブを出たころ一階に降り、書斎に行き、モバリーと話をした。彼の供述とまったく同じですよ」

ミス・シルヴァーの編み針がかちりと音を立てる。「フォレスト少佐に、二人は友人なのかとたずねたら、ミス・コンスタンチンはあまり友だちづきあいのない人だと答えましたよ。書斎はミスター・ブレイディングの部屋です。事前に知っていなければ、ミスター・モバリーがそこに一人でいるなんて、わからないはず。彼女は、ミスター・モバリーが一人で書斎にいると知っていたのでしょうか？　最初からミスター・モバリーに会うつもりだったのでしょうか、それともミスター・ブレイディングを探していたのでしょうか？　ミスター・ブレイディングの部屋なんですよ」

マーチはいらいらしたそぶりを見せた。「それが問題ですか?」

ミス・シルヴァーはおだやかにマーチを見た。「かもしれませんよ、ランダル」

「両人とも、三時十分から三時三十分までいっしょにいたと言っています。一人あるいは二人とも嘘《うそ》をついている可能性だってあります。じっさい、状況はモバリーにとってあまり都合がよくないと言っていいでしょう。彼をかばってミス・コンスタンチンが嘘をついたのかもしれないし、たんに時間について混乱しているのかもしれません。彼女はぼんやりしたタイプに見えますからね」

ミス・シルヴァーは考え深げな声を出す。「そんなに簡単ではないかもしれませんよ。ミス・グレイが出かけた時間は、事務所にいたミス・スナッジの発言によるものです。フォレスト少佐が十分後に来たというのも、彼女が確認したことでしょう。ミス・コンスタンチンが、自分が書斎に行ってからの十分、ミスター・モバリーがいたかどうか、まちがえるはずがありません。あなたとしては、その時間にミスター・モバリーが別館まで行ってミスター・ブレイディングを撃つ機会があった、ということに注意を引きたいのでしょう?」

マーチはうなずいた。「ミス・グレイによれば、ブレイディングは三時十分には生きていました。フォレストによれば、三時二十分には死んでいた。ミス・コンスタンチンとジェームズ・モバリーは、その間十分は書斎にいっしょにいたと言う。エドナ・スナッジはホールを通った者はいないと言う。あなたはなんでもご存知だから、あの短い通路に面したほかの唯一の部屋がビリヤード室で、終日鍵《かぎ》がかかっていたことは、ご存知でしょうね」

ミス・シルヴァーは答えた。「ええ——フォレスト少佐が親切に確認してくれたわ」

「女支配人のミス・ピートが、鍵《かぎ》は一つしかないし、それは自分が持っていると言っています。部屋の鍵はどれも互換性がありません。ぼくは全部試してみましたが、ビリヤード室のドアはあきませんでした。そこで、次のようなことがわかります。ルイス・ブレイディングは三時十分には生きていたが、二十分には死んでいた。そのあいだに、六人のうち誰か一人が彼を殺した——ミス・グレイ、ジェームズ・モバリー、ミス・コンスタンチン、チャールズ・フォレスト、エドナ・スナッジもしくはブレイディング本人です。うち何人かは、問題外。まず、ブレイディング本人の線はないでしょう。自殺のように見せかけてありますが、クリスプは最初から疑っていました——レドリントン署のクリスプ警部です——キャサリン・ホイール事件を担当したのを覚えておいででしょう。彼は、ねずみを追うテリアのごとく俊敏です。リボルバーの指紋が検出されたとたん、どれもへんだと言いましてね。死人の手から自然な指紋をつけるのは、ひどくむずかしいのです。殺人犯は死人がリボルバーを握っていたように見せかけましたが、うまくはいかなかったわけです」

ミス・シルヴァーは、「おやまあ!」と言った。

マーチはちょっと笑う。「『おやまあ』ですよ。だからルイス・ブレイディングは除外されます。そこでもう一人の問題外、エドナ・スナッジです。時刻はすべて彼女の観察と供述にもとづいています。彼女は通路を渡ることができたはずだし、ミス・グレイがスチール製のドアをあけっ放しにしていたなら、別館に入り、実験室まで行ってルイス・ブレイディングを撃つこともできたはずです。ただ、彼女がそんなことをする理由はまったくない。スナッジは除外していいでしょう。申し分なくいい娘さんで、申し分なく立派な若い男と婚約しようとしています。ブレイディングの遺言状で遺産受取人になっていないし、事件現場ではブレイディングに対してほかの人間以上のかかわりはありません。動機は見当たらないし、物理的に犯罪が可能だったから名前を挙げただけです」

ミス・シルヴァーは編み針をかちかちいわせる。「なるほどね」

「次にミス・グレイがいます。彼女もまた動機はなさそうです。我々はブレイディングの事務弁護士と接触しましたが、彼女は遺言状とはなんの利害関係もありませんでした。チャールズ・フォレストの母親が、まだ子どものいない時分にミス・グレイを養女にしたそうです。ブレイディングの母親はフォレスト家の人間です。ミス・グレイは従妹にあたるわけですが、それがどういうことか、おわかりでしょう。彼女とブレイディングはかれこれ三十年も近くに住んで、つかず離れずのあいだ柄だったんです。親密でもなければ、不仲でもない――おそらくは、けんかするほど近しくなったことはないでしょう。よくある話です。ずっと知り合いだったけれど、けんかするほど相手を気にかけたこともない」

ミス・シルヴァーは言った。「じょうずな描写ですね」

マーチはほほえんだ。「おほめにあずかり光栄です！　ミス・グレイに関しては、そんなところです」マーチは身を乗り出し、それまでと若干ことなる意気込みを見せた。「さて、フォレストです。クリスプは、フォレストが怪しいとにらんでいます。クリスプはたいへん熱心な男です。フォレストにはもっとも明白な動機があると指摘しました。フォレスト家の経済状態は、ほかの地主連中同様、苦しくなっています。チャールズは、家をフラットにして切り売りすることで、なんとか税金を払ってきました。ブレイディングの父親は商売でひと財産築いています。その一部はコレクションになっていますが、その残りは膨大なもので、元の遺言状では、チャールズ・フォレストがその分け前にあずかることになっていました。ブレイディングがもくろんだ結婚も、新しい遺言状も、いさかいの種になったはずです。クリスプは絶大な自信をもって彼を犯人だと考えています——ブレイディングは婚約を決め、遺言状を変更したとたんに射殺されたのです。そして新しい遺言状は破棄されました。クリスプはそれが決め手だと考えています。ぼくはそこまで断定しませんが——疑わしい状況ではあります。そしていきなり、モバリーの過去が出てくる。それも、動機になります。クリスプは気に入らんでしょう——金がからんだ動機くらいわかりやすい理由はありませんからね」

ミス・シルヴァーはお気に入りの詩人、テニソン卿《きょう》（十九世紀の英国の詩人）の言葉を引用する。「『カイン（旧約聖書の登場人物。弟をねたんで殺した）の心に、欲望が芽ばえた』ということね、ランダル」

「その通りです。だが、我々みんながカインというわけじゃない。正常な男は、従兄弟が結婚を考えたからといって、平常心を失って人殺しをしたりしません。ぼくから見れば、モバリーのほうがはるかに強い動機がありますね。事実上、ブレイディングはモバリーを脅迫していました。モバリーは何年ものあいだ、逃げ出したいと思いながら、引き止められていた。過去にしばられ、すべてを知っていて平気で暴露しかねない人間に監視されているなんて、不幸なことです。立派な動機になります。どこまで強力な動機かというのは、モバリーの気質と、どんな誘因があれば、ブレイディングと縁を切って新規まき直しをする気になるかにかかってきます。率直に申し上げて、犯人はモバリーかフォレストでしょう。可能性は五分五分といったところですかな」

ミス・シルヴァーは言う。「フォレスト少佐は思いやりをこめて、ミスター・モバリーは『ハエ一匹殺せない』と言っています――彼の言葉よ。ミスター・ブレイディングがミスター・モバリーの秘密を握っていることには感づいていたのでしょう。秘密が何かも知っていたでしょう。けれど、わたしのほうからミスター・ブレイディングの発言を教えなかったら、フォレスト少佐はひと言もその内容に触れなかったと思うわ。本心から、ミスター・モバリーは従兄弟の死と無関係だと信じているのよ」

マーチは短い笑いをもらした。「自分が撃ったのなら、そう信じるでしょう。従兄弟を殺したものの、無実の人間が絞首刑になるのは望まないのかもしれない。ぼくはまだ、二人の可能性は五分五分だと思いますね。だが、フォレストの不利になる点が一つある」

ミス・シルヴァーは編み物の手を休めず、マーチを見る。「遺言状の破棄ということ?」

マーチはうなずいた。「フォレストが、利害関係が一番強い――唯一の明白な利害関係者です。

でも細かい点を考慮すれば、モバリーにも遺言状を燃やすような理由があった可能性はあります。たとえば、親切にしてくれたフォレストからなんらかの助けか分け前を期待していたのかもしれません。いっぽう、マイダ・ロビンソンからでは何も期待できないでしょう。憶測にすぎませんが、裕福なチャールズ・フォレストは、これまでにもモバリーに何かしてやったのかもしれないし」

「そうですね」

「これで、六人中五人が終わりました。最後がミス・コンスタンチンです。彼女が主犯だなとはおよそ考えられません。モバリーをかばっていた可能性はあります。今のところ、彼女にかばう動機があるようには見えませんが、真相はわかりませんからね。もし彼女が言った通り、ミス・グレイの退出とフォレストの到着のあいだの重要な十分間、ずっと書斎でモバリーといっしょだったのであれば、モバリーは除外され、残るはチャールズ・フォレストただ一人になります。捜査を続けて、真相を突き止めるしかありませんよ」

「コレクションからは、何もなくなっていないのね?」

「ないですね。すべてブレイディングみずからカタログに載せています。我々は、モバリーもフォレストも調べました。なくなったものは、ありません」マーチは一瞬口をつぐみ、それからゆっくりした口調で続けた。「書き物机の鍵《かぎ》のかかっていない二番目の引き出しに、ダイヤモンドのブローチが入っていました――みごとな品です――五粒の大きなダイヤモンドが並んでいます。どうお考えになりますか?」

「指紋はなかったの?」

「ええ。指紋がつくような平面自体、あまりないですから」

ミス・シルヴァーは考え込むようすになる。「もしミスター・ブレイディングがミセス・ロビンソンと婚約したばかりだとしたら、プレゼントするつもりだったかもしれないわね」

マーチは嫌悪の念を見せる。「妙な話ですが、ブレイディングは変な男でしたからね。そのブローチは値打ちものですが、不愉快な逸話があるのですよ。ふつうならそんな考えは――」そう言って、ちょっと肩をすくめる。「カタログには、こんなふうに載っていました。『マルツィアリのブローチ――各粒ともブリリアント・カットで四カラット』それから、『ジュリア・マルツィアリは、一八二〇年八月八日、夫が彼女とその愛人を刺した時、これを身に着けていた』」

ミス・シルヴァーは言った。「ミスター・ブレイディングは、極端に陰気な趣味でしたね」編み針が音を立てる。ピンクの縞《しま》はかなり長くなっている。「指紋に関する報告書は読んだのでしょうね。興味を引く記述はありましたか?」

「あると思いますか?」

「正直言って思わないわね、ランダル」

マーチは笑った。「ええ、おっしゃる通りですよ。ブレイディングは前の晩、コレクションを見せるためにパーティーを開きました。出席者は、マイラ・コンスタンチンと二人の娘、チャールズ・フォレスト、リリアス・グレイ、コンスタブル少佐、マイダ・ロビンソン、ブラウン夫妻――この夫婦はブレイディングとなんの関係もない無害な人間で、事件の時刻には完璧《かんぺき》なアリバイがあります。それからブレイディング本人、モバリー、そしてチャールズ・フォレストの前妻で今はステイシー・マナリングと名乗っている女性です。彼女のことはお聞きだと思いますが?」

「会いましたよ」

「いいお嬢さんのように見えます。離婚はスキャンダルがらみではなかったようです――ただ別れて、今はいい友達のようで」

「フォレスト少佐もそう言っていたわ」

「彼女もパーティーに出ていたようです。もちろん、いたるところに全員の指紋が残っています」

「実験室にはないのでしょう?」

「ええ。でも、大半の人間が出入りする時にスチール製のドアをさわっています。大広間のテーブルにも椅子《いす》にも、全員の指紋があります。誰がどの椅子に座ったかわかりますよ。それはすでに、わかっていたことですがね。ブレイディングは自分の宝石を全部持ち出して、テーブルに広げたそうです。見せびらかすところを、お客は眺めたわけです」

「ほかの部屋はどうなの?　実験室は?」

マーチは先に最初の質問に答えた。「どの部屋にも、ブレイディングとモバリーと、掃除に来る女の指紋以外はありませんでした。実験室には、ブレイディングとモバリーの指紋がそこら中にあり、マイダ・ロビンソンが座っていたという椅子の背には、コンスタブルの指紋がありました。ブレイディングがいた位置の向かい側で、ロビンソンが座るにはごく当然の場所です。彼女自身バッグをそこに置き忘れたと言っていますから、コンスタブルがバッグを取ろうと身をかがめた時、椅子をつかむのは自然なことです。それがコンスタブルの唯一の指紋です。ロビンソンの指紋は一つもなく、リリアス・グレイの指紋も同様です。フォレストの右手の指紋が、机の奥の面に残っています。部屋に入ってまず、机を回って死体に触れる前に、ほんとうにブレイディングが死んでいるかたしかめるために、そこに立って奥をのぞき込んだ、と本人は言っています。ブレイディングの椅子の背には、フォレストの左手の指紋が残っています。ブレイディングの頭が載っていた机の角のそばには、右手の指紋のあとがあります。以上ですべてです」

「ドアには指紋がなかったの?」

「ブレイディングとモバリーのだけです」

「ミセス・ロビンソンのはないのね?」

「ないです」

「では、彼女が入ってきた時、ドアはあいていたのね」

「そう考えてかまわないでしょう。彼女が来ることはわかっていたのです。エドナ・スナッジが事務所から内線で、ロビンソンの到着を告げていました。ブレイディングが彼女のためにドアをあけて、実験室に通したのです」

「わかりました。遺言状が燃やされていた灰皿には、指紋が残っていなかったの？」

「フォレストが話したのですか？　ええ、まったく残っていませんでした」

「ブレイディングがリボルバーをしまっていた引き出しの取っ手はどうだった？」

「本人の指紋だけです」

「リボルバーに残っていた指紋は？」

「死後つけられたものですよ」

23

ランダル・マーチが立ち去ってからほどなく、チャールズ・フォレストの車がウォーン・ハウスの正面に停まった。フォレストが降り、そしてステイシー・マナリングも降りた。エドナ・スナッジはその直前に帰っていたが、まだいたら好奇心のかたまりになっていただろう。彼女は、誰かと結婚してその男のもとを去り、それからまたやってきて何事もなかったかのように顔を合わせるのは、どんな感じだろうと思っていたのだ。

チャールズはステイシーを書斎に通し、それからミス・シルヴァーを呼びに行った。ミス・シルヴァーは第二書斎で窓辺に座って涼風を楽しみ、さきほどの警察本部長との会話について考えていた。チャールズが入ってきて言った。「ステイシーがお目にかかりたいそうです。ぜひ、というほどでもないのですが――あなたにお話ししなければならないことがあるようです」

チャールズは、ミス・シルヴァーが何も訊《き》かず、ただこう言ったことに打たれた。「ミス・マナリングが話さなければならないことでしたら、なんでも喜んでうかがいますよ」それだけ言うと、ミス・シルヴァーはチャールズのあとについて書斎まで行った。

ステイシーは、女学生時代の女校長との面接を思い出した。あの時と同じように、手のひらが汗でべっとりする。頭のなかががらっぽになった気分だ。それなのに、ミス・シルヴァーがにっこり笑いかけてくると、すべてがまったくちがって感じられた。チャールズはすでに部屋から出ており、いくぶん話しやすくなった。二人そろって腰を下ろすころには、ミス・シルヴァーは編み物を出し、書斎は居心地のいい場所と化していた。ステイシーは言った。「わたしは──チャールズは、わたしがお話しすべきだと思っています──でもほんとうにそれが──」

ミス・シルヴァーはペールピンクの毛糸玉を取り出し、編み棒が引っ張られないようすこし繰り出した。「誰かを傷つけることを恐れているのですね?」

ステイシーは感謝のまなざしを向ける。「そうなのです」それから間を置いて、「傷つけるかもしれません──とてもひどく」

ミス・シルヴァーは咳《せき》をする。「お話しなさりたいのは、ミスター・ブレイディングの死と関係あることですか?」

「わかりません──関係あるかもしれないし──チャールズの考えでは──」

ミス・シルヴァーはステイシーを優しく見る。

「殺人事件が起きたら、個人的な感情や隠したいという感情は、抑えなければなりません。言わせていただければ、あなたは話すべきですよ。殺人と無関係なことは、そっとしておくべきです。でも、あなたはおそらく、何が重要な証拠なのか判断する立場にはいらっしゃいません

——そして、証拠隠しは無実の人を巻き込むことになります」

ステイシーは、「チャールズ」と言ったきり、あとを続けられなかった。かちかちいう編み針からミス・シルヴァーの顔に、視線を移す。と、安堵《あんど》感がどっと押し寄せてきた。ステイシーは、ガラス張りの通路に明かりがついたのを見たことから、ドアがかちりというのを聞いたこと、ヘスター・コンスタンチンが母親のあざやかなショールをまとってホールを通り抜けてきたことまで話した。

ミス・シルヴァーは、編みながら耳を傾けていたが、最後に、こう言った。「フォレスト少佐の判断は正しかったですね。あなたは、それを隠し通すことはできなかったでしょう」

ステイシーは答えた。「あの人たちには申し訳ないと思います。事件には何も関係ないでしょうに」

ミス・シルヴァーは励ますように咳払いした。「自分を責めてはいけませんよ。ご覧になった場面とミスター・ブレイディングの死になんの関係もなかった場合は、その人たちのプライバシーとして伏せておけばいいのです。あなたはもう、こっそり逃げたいでしょう。フォレスト少佐は、二、三分したらミスター・モバリーを連れてくると言っていました。あなたとしては——」

ステイシーは、「まあ、そんな」と言ってそそくさと立ち去った。

ほどなくジェームズ・モバリーが、チャールズ・フォレストについてやってきた。ミス・シルヴァーの立場については説明を受けていたので、本人を見ても驚きは示さなかった。何もかもが不安をかきたて、込み入って不愉快な可能性をはらんでいたので、もはや慰めや保証は期待していなかった。警察、またはモバリーにかみついてくるクリスプ警部、またはペールピンクの毛糸で編み物をしている老婦人――もはやどうでもかまわないように思えた。行く手には破滅しか見えないのだ。

チャールズは言った。「座れよ、ジェームズ。ミス・シルヴァーにはもう会っているね」モバリーは立っていたい気分だったが、座った。一同腰を下ろしたものの、誰もまだ何も言わない――重要な話は出ていない。ほどなく話が始まるだろう。またしても、同じ話が蒸し返されるのだ。モバリーはみじめな気持ちで座って待っていた。

チャールズが眉《まゆ》をひそめてモバリーを見る。「なあジェームズ、気を悪くしないでもらいたいんだが――真相を突き止めるために何ができるか、我々はぜひとも知らなければならない。さっき話した通り、ミス・シルヴァーは私立探偵としてここにいらっしゃるのだ。ルイスが二週間前、訪問している」

「そうか」

ジェームズ・モバリーは「知りませんでした」と言った。

「なぜ、ミスター・ブレイディングは私立探偵のところへ行ったのですか?」

ミス・シルヴァーは几帳面《きちょうめん》に答える。「不安だったのですよ。一度ならず、不自然に深く眠ったうえ、めざめた時には、別館に誰かいるというぬぐいがたい印象を持ったそうです」

ジェームズ・モバリーは、これ以上はないくらい青ざめ、やつれていた。今の発言には顔色を変えなかった。

チャールズが、「どういうことかわかるかい?」と訊《き》く。

モバリーはわずかに、お手上げだという調子で肩をすくめる。「わたしが薬を飲ませたということですか? けっこう。では、なぜわたしがそんなことをしたと思われたのでしょう?」

「それには触れませんでした。ミスター・ブレイディングは不安だったのです。わたしに、調べに来ることを望んでいました。わたしはお断りしました。今朝、ぜひとも考え直してくれという手紙をいただきました。消印は、レドストウ二時三十分収集となっています。その手紙を読んだ直後、朝刊で亡くなったことを知ったのです。その後フォレスト少佐から、来るようにとの電話をいただきました」

間があいた。チャールズが言った。「まったく不愉快きわまりないですな。さっさとかたづけちまいましょう」

チャールズはミス・シルヴァーから、ちょっとにらまれた。ミス・シルヴァーは言った。「ミスター・ブレイディングは、誰かが夜間別館に招じ入れられたと疑っておられました。これは、ある事実にもとづいた疑惑なのだと申し上げなければなりません。ガラス張りの通路の明かりが、夜通しついているはずなのに、二回ほど消されたのです。窓から外を見ていた人が、通路が暗かったのにまた明かりがついたことに気づいています。この人物は、鍵《かぎ》のかちりという音で目が覚めたのです。二度目は、ミスター・ブレイディングの死の前夜です。ミス・ヘスター・コンスタンチンが通路の方角から出てくるところが目撃されています」

ジェームズ・モバリーは黙ったまま、前方をにらんでいる。

ミス・シルヴァーは言った。「ミス・コンスタンチンを目撃した人は、彼女の身なりの細かい点まで説明することができました。お母様の刺繍《ししゅう》入りショールをまとって――」

「止《や》めてくれ！」ジェームズ・モバリーが言った。だが沈黙が降りても、ミス・シルヴァーに呼びかけられるまで何も言わなかった。

「ミスター・モバリー――」

そこでモバリーは話し出した。「何が言いたいんですか？　これはなんの騒ぎです？　わたしとミス・コンスタンチンとなんの関係があるんですか？」

「それはあなたが言うべきことです。言いたいことは、明瞭《めいりょう》そのものです。ミス・コンスタンチンもお呼びしたほうがいいでしょうね」

「ちがう！」モバリーが恐ろしい声を出した。それから、「そんなんじゃない！」

モバリーはミス・シルヴァーをにらみつけるのを止《や》め、チャールズに視線を移した。「フォレスト――」

「ジェームズ、もうここまで来てしまったんだ。すっかり白状したほうが身のためだと思わんか？　はっきりしているのは、我々にはもう私事などないということだ。きみとミス・コンスタンチンがこの部屋や別館で会っていたのなら――まあ、ふだんならぼくの知ったことではないのだが――もし、もしもだよ、彼女を別館に入れるほど無分別だったとしたら――」

ジェームズ・モバリーは頭を上げた。

「彼女はわたしの妻です」

「なんとまあ！」とミス・シルヴァー。

モバリーは、傲然《ごうぜん》とさっきの言葉を繰り返す。「彼女はわたしの妻です。口にしてしまえば、これほどすっきりするものだとは夢にも思わなかった。一月《ひとつき》前、レドリントンで結婚しました。会える方法はありませんでした。ろくに顔を見ることすらできなかったのです。どういうことか、わかるでしょう、フォレスト。ミスター・ブレイディングはわたしを放そうとしなかった。だからといって、わたしが一服盛ったなどと言わないでください――そんなことはしません。ミスター・ブレイディングには自分の睡眠薬がありました。わたしは薬を飲ませたりしません」

チャールズは笑った。「なんだって、ジェームズ！　彼の睡眠薬を、たぶん一日の終わりに飲むあのぞっとする飲み物に――モルトウィスキーとココアの混ぜ物に入れるのは、きみの仕事だろう。それでいて、彼に薬を飲ませたことにならないとは！」

モバリーは、あいかわらず強情で疲れたような視線を返す。「ミスター・ブレイディングが常用している薬ですよ。わたしが薬を飲ませたのではない」

チャールズは片手を上げ、また下ろして言った。

「おいおい――」それから「誰もがそう都合のいい区別はしないよ。マーチはそうは考えないだろうよ」

モバリーは疲労の色を濃くする。「話すつもりですか――警察に？」

「ああジェームズ、ぼくたちは――きみ――ぼく――ほかの人間も、どうしたらいいんだろう？　ぼくらがこのことを隠しても、警察はかぎつけるだろう。なんといっても、結婚しておいて、少数の人間のあいだで伏せておくのは無理だ。きみはどうしたんだ？　……レドリントンの登録所に届けたのか？　そういうことか。事件さえ起きなければ、ほかの人間にはかかわりのないことだったが――もう、表沙汰《おもてざた》になるのは目に見えているし、自分から事情を説明すれば事態はずっとよくなるのじゃないか。遅かれ早かれ、このことは漏れるだろうし」

モバリーは言った。「あなたは、わかっていない。ヘスターとわたしが結婚したと知ったら、警察は両方を疑いますよ。わたしたちは、ミス・グレイがクラブを出てからあなたがここに来るまで、この書斎で二人いっしょだったと言ったんです。ほんとうなのです。わたしたちは、この部屋にいました。昼食前、自分がミスター・ブレイディングに言ったこと、そして彼がなんと答えたかを、彼女に話しました。彼女は、わたしがなんとかミスター・ブレイディングから解放してもらおうと必死になっていることは、知っていました。それがうまくいかなかったことを、わたしは話さなければなりませんでした。ほんとうです。でも、警察は信じないでしょう。わたしたちが夫婦だから、わたしが別館に入り込んでミスター・ブレイディングを撃ち、ヘスターがそれを隠していると考えるに決まってます。もしかしたら、彼女まで――」モバリーはうめき声を出し、突然言葉を切った。

ミス・シルヴァーは、興味深げに一部始終を観察していた。編み物の手は動かしつつ、あらゆる表情の変化を見逃さなかった。「そうですねミスター・モバリー、殺人が行なわれた時間のアリバイは、ミス・コンスタンチンがあなたの奥様だと知れたら、あまり強くありませんね。でも、次のようなことも言えますよ。フォレスト少佐もおっしゃった通り、このことは早晩人に知れてしまいます。これ以上隠そうとしたら、まちがいなく不利な状況を招きます。ありのままをお話しになれば、説得力があると思いますよ」

モバリーは首を振り、ミス・シルヴァーの顔を見ずに答えた。「あなたには、わからないんだ――」

チャールズ・フォレストが言う。「いや、彼女にはわかっている。ルイスが二週間前に話している。すべてを話したそうだ――きみの過去について、それから彼に万一のことがあった場合はぼくが遺言執行人として一件書類《ドシエ》を警察に提出することも」

ジェームズ・モバリーは両手に頭をうずめた。「もう、お終《しま》いだ」一瞬ののち、モバリーは言った。「もう提出したのですか?」

「まだぼくのところにも届いていないんだ。彼は、そのへんに放っておいたわけじゃない。事務弁護士の金庫に保管してあるのだ。月曜には誰かが届けてくれることになっている。警察の手に渡すどうかについては、ぼくとしてはそうするべきじゃないと考えていた。だがもう、少々ぼくの手を離れているのだ――ミス・シルヴァーに会いに行った時、ルイスが一部を話したから」

モバリーは顔を上げた。憔悴《しょうすい》しきっている。「ミス・シルヴァー――あなたに話したのですか？」

「そうです、ミスター・モバリー」

「何を？　ミスター・ブレイディングは何を話しましたか？」

「あなたを支配している、と。どんな性質の支配か、わたしに話しました」

「ほかには誰が――知っていますか？」

「警察本部長です」

ジェームズ・モバリーは、ふたたび両手に頭を沈める。膝《ひざ》までかがみこみ、細長い指を髪に埋め、そのままの姿勢でいた――黒い髪がこめかみにかぶさり、指はルイス・ブレイディングが死んだ実験室での作業で汚れている。と、何の前触れもなく、いらついたような声を発し、髪をうしろになでつけると、立ち上がった。そしてチャールズを見る。「考えたいのです。時間がほしい――ほんの一分でそんなことを決められやしない――わたしの妻にもかかわることです。これまで彼女は疑われていなかったけれど、これからはそうもいきません。誰も失望させるつもりはありません。考える時間がほしいのです。わかってください」

チャールズは興味ありげにモバリーを見た。「誰も、きみをせきたててはいないよ」

モバリーの耳には入らなかったようだ。モバリーは前よりはげしく、同じことを言った。「時間がほしい！　自分だけの問題じゃないんだ。あなたはずっと友だちだった。自分だけの問題だったら――だけどそうじゃない――そんなことじゃないんだ。ヘスターのことも考えなくちゃならない。立ち向かわないまま、彼女に恥をかかせることはできないんだ。わかるでしょう」

チャールズはうなずいた。「好きなだけ考えるといい」と言って、戸口まで行ってぐいとドアをあけるモバリーを見た。

モバリーはすこしのあいだ、立っていた。まだ何か言いたいように振り向きかけたが、何も言わず、ドアをあけたまま出て行った。チャールズはドアを閉め、もどってくると書き物机の角に座った。「別館に行きましたよ。ガラス張りの通路に通じるドアが、ステイシーの言った通りかちっと音を立てた。気がつきましたか？」

「はい、フォレスト少佐」とミス・シルヴァーは答える。

チャールズはいらだたしげに指先で机をたたき、言った。「かわいそうなやつだ！　警察はジェームズの罪をでっちあげますよ。彼には過去がある。動機もある。雇い主に薬を飲ませる役目だ――フランスの憲兵隊なら『薬物混入《ドラッギング》』と言うかもしれない。そして彼はひどく秘密めいたやり方で結婚している。アリバイはもはや脆弱《ぜいじゃく》と言える。にもかかわらず、彼はルイスを殺していないのですよ」

ミス・シルヴァーは、おだやかにもの問いたげな表情を浮かべる。「なぜそうおっしゃいますの、フォレスト少佐？」

チャールズは魅力的な笑顔を返す。「なぜって、ジェームズはぼくがやったと思ってますからね」

24

翌日は日曜だったので、ミス・シルヴァーはウォーン村の真ん中に建つ小さな教会の礼拝に出た。ひどく小さく屋根が低い古い教会で、墓地に囲まれている。七百年も前に建てられたもので、礎石はあまりに古く、苔《こけ》むしていなかったら、とうの昔にくずれていただろう。教会のなかでは小さな少女が旧式のオルガンに送風器で風を送っており、やや年かさの少女が聴衆の前でとちりながら詠唱と賛美歌の伴奏をしている。聴衆はこの少女を赤ん坊のころから見ており、この日は休暇中の女教師の代理をつとめていることも知っていた。少女はぽっちゃりして、神経質そうで、十七歳を越えてはいなかった。一瞬ごとに体が熱くなり、顔が赤くなっていく。礼拝者の目からそれを都合よくさえぎってくれるカーテンはない。だがドリスはおおむねよくやっている、と評価できるだろう。

平安に満ちた礼拝だ、とミス・シルヴァーは思った。古風な建築物の内部で、敬愛するテニソン卿《きょう》がかの有名な詩（『レディー・クララ・ヴェル・ド・ヴェル』）で詠《うた》った「ノルマン人の血」と「素朴な信仰」が幸福な結びつきを見せている。ウォーンの村に美声の持ち主はいなかったけれど、誰もが心をこめて歌っていた。年老いた牧師は、優しいまなざしで聴衆を見下ろしながら、会話する時のような小声で説教するうえ、ときおり空想にでもふけっているような長い間を置くので、少なからぬ礼拝者が優しい安息日のまどろみに落ちていた。殺人からはかけ離れた世界だ。だが一同が八月の太陽のもとに出てくると、ブレイディング事件は議論され、非難され、ひそひそ話の種になった。「みんな言ってる」――「アニーが言うにはね」――「ロンドンから探偵が来てるそうだ」――「わしは、ミスター・ブレイディングは嫌いじゃないね」――「いつだって、彼のコレクションは〈恐怖の部屋（ロンドン、タッソー蠟人形館の、犯罪者を集めた部屋）〉くらい怖いと思ってたわ」……。

ミス・シルヴァーは一言一句聞き漏らさなかった。村の通りに面した屋根つき墓地門へと玉石を敷きつめた道を歩きながら、似たりよったりの会話に耳を傾けていた。と、誰かが足早に近づいてきたかと思うと、きびきび話しかけてきたので、ミス・シルヴァーはぎょっとした。

「チャールズ・フォレストの探偵さん？」

ミス・シルヴァーはある種の威厳をもって振り向いた。背は高くないけれど、権威を感じさせるのだ――ミス・シルヴァーは人に感銘を与えることができた。

だがシオドシア・デイルは感銘を受けることはなかった。体を溶かしそうな太陽の下で編み上げ紐《ひも》だらけの靴を履き、いつもの鉄灰色のツイードに黒いフェルト帽といういでたちで、質問を繰り返した。「あなた、チャールズ・フォレストの探偵さんなの？」

「モード・シルヴァーと申します。私立探偵をしております」

シオドシアはうなずいた。「そう思ったわ。ウォーン・ハウスに泊まっていらっしゃるでしょ。いっしょに歩いて行きましょ。わたし、あそこでお昼にするから」

二人は通りに出た。すさまじい暑さにもかかわらず、ミス・デイルはひと粒の汗もかいていない。ルイス・ブレイディングが殺されたことにも、なんら影響を受けていない模様だ。好奇心をもって彼女を見たとしても、なんの変化も見出せないだろう。彼女はミス・デイルであり、冬だろうと夏だろうと、何も変わらないのだ。現に今も、ふだん通りだった。ミス・シルヴァーとならんで歩きながら、言った。「ルイス・ブレイディングが死んだ件を調べていらっしゃるの？ そんなことは、警察でもできると思うけれど。それでも——警察は無能ですものね——男ってたいてい無能よ。自殺じゃなかったんですってね。彼が自殺なんかするわけないわ。ルイスはそういう人じゃなかった。何かがほしいとなったら、手に入るまであきらめないし、いったん自分のものにしたらけっして手放さなかったわ。彼がみずから命を捨てるなんてありえない。あなたは、どんなご意見？」

ミス・シルヴァーは控えめに咳《せき》をした。「なんとも申し上げられません」とおだやかに答える。

シオドシアはうなずく。「わたしはデイル——ミス・デイル——シオドシア。友だちはドシーと呼ぶわ。ずっとここで暮らしてきた、詮索《せんさく》好きのオールド・ミスよ。あなたのお役に立てると思います。わたしたち、ルイスとわたし、一度は結婚を約束した仲なの。わたしが言わなくても、誰かが言うでしょうけど。だから、わたしには意見があるの」

ミス・シルヴァーは「そうですね――」と言った。考え深げな調子だった。ミス・デイルにはおおいに興味を持った。役に立つ――ひょっとしたら逆かもしれないが――情報を知っているにちがいない。クラブまで同行するなら、しゃべらせておいても害はないだろう。しゃべらせないようにするのは、かなり困難だと思われる。

ミス・デイルには確固とした意見があるようだった。「ルイスにはいつも、コレクションは命取りになるだろうって言っていたのよ――陰気くさい発想だし、恥ずべきものだって。勘が働いて婚約を破棄したから、わたしは幸運にも逃げ出すことができたわ。みんながわたしをばかだって言ったけど、自分が何をしているかわかっていたつもり。誰が殺したの?」

「あなたは、誰が殺したとお考えですか、ミス・デイル? きっとご意見がおありでしょう」

シオドシアは、我慢がならないというように首を振った。「あったらと思うけど、意見はないの。誰が殺さなかったかなら言えるわよ――それは、チャールズ・フォレスト」

「なぜそうおっしゃいますの?」

「およそ彼がやりそうもないことだもの。チャールズのことは、生まれた時から知っています。気性のいい人よ。ほかにもあるわ。一族を大切にするの――家族意識が強いのね。チャールズはルイスが好きじゃなかったけれど、同族意識は持っていたわ。ルイスが困った時には、いつでも助けに駆けつけていた。それはリリアス・グレイに対しても同じ。とてつもなく退屈な女だけど、彼のお母さんが養女にしたんだからって、フラットに暮らせるようにして、ちゃんと収入があるように、ほんとの姉みたいに世話をしているわ——そこまでする兄弟はなかなかいませんよ。あのしいたげられたルイスの秘書——チャールズがいなかったら、誰もあの秘書を気にかけたり、人間扱いしたりするもんですか。どういうことか、おわかりでしょ——ああいうたぐいの人間は、人殺しにはならないってこと。でも、あのいやらしいレドリントンの警部が彼の罪状をでっちあげても、驚かないわね。あの警部なら、やりかねないもの。警部とチャールズは、スピード違反のことでやりあったことがあるの。チャールズは連行されて、罰金を払わされたのよ。ひどい話でしょ。クリスプは、ありきたりのもったいぶった小役人ね。そうそう、話していただきたいわ——リボルバーのことよ。ルイスはリボルバーで撃ち殺されたんでしょ？　それって、チャールズがあげたものかしら？」

「そう思います」

「じゃあ、はっきりしたわね。あなたに話したかったの。リボルバーがチャールズのものだからって、彼を犯人に仕立てようなんて考えは起こせないわよ。チャールズは二丁持っていて、半年前その一つをルイスにあげた時、イニシャルを彫ったの——L・Bってね。ルイスが見せてくれたの——誓ってもいいですよ。だから警察は、リボルバーの件でチャールズをしょっぴくことはできないわよ」

ミス・シルヴァーは言った。「ありがとうございます、ミス・デイル。たいへんおもしろいお話でした」

二人はウォーン・ハウスの門をくぐった。

25

ミス・デイルは、マイラ・コンスタンチンとその令嬢たちと昼食の予定があるようだった。淑女としてのミス・シルヴァーの性格からすると、招待客にすぎない女性からすすめられて食事に同席するのは好まなかった。だが、私立探偵としてのミス・シルヴァーは、シオドシアからマイラ、レディー・ミンストレル、ヘスター・コンスタンチンに紹介され、「お昼をごいっしょにってすすめてくださいな、マイラ。あんな事件のあとで一人で食べたりしたら、気がめいってしまうわ」という言葉を聞くと、一も二もなく従った。

ミス・シルヴァーは、ミセス・コンスタンチンとヘスターのあいだに座らされた。でっぷり太った母親はヒナギクとヤグルマソウをあしらった色あざやかなドレスを身にまとい、顔色の冴《さ》えない内気そうな娘は、びくびくした馬が後ずさりする時のような一瞥《いちべつ》をくれると、自分の皿に視線を落とした。

ジェームズ・モバリーはいつも通り、一人でドアのわきのテーブルについていた。ヘスターとは一度も視線を交わさない。たがいに相手のみじめさを、恐怖を感じていた。食堂にはほかには誰もいない。ブラウン夫妻は大急ぎで荷物をまとめて出て行った。ゴルフをしに来た男連中は、終日外にいる。週末に泊まるはずだった客は皆、予約をキャンセルしている。

ミス・シルヴァーは出されたコールド・サーモンを食べ、マイラ・コンスタンチンの話術に魅了されていた。「ショッキングよね。クラブがつぶれる前に、誰が犯人か突き止めてくださいな。ルイスはここの株主だったんです、そしてあたしもね。みんな、ここを避けるなんて、ばかみたい。クラブであんなことがあったなんて、信じられないですよ。ルイスにはつねづね言ってたんですよ、あなたのコレクションは博物館に置くべきだって。それなのに聞く耳持たなくて――」急に話を止《や》めると、ウェイターを呼んだ。「アンドレ――あのマヨネーズ・ソースちょうだい！」

「かしこまりました、マダム――」

銀製の舟形ソース入れが運ばれてきた。マイラはしゃべりつづける。「ねえ、これっぽっちじゃたりないでしょ？　いい加減、わかってもよさそうなのに。ソースがたっぷりかかってなかったら、サーモンなんて何がおいしいのよ？」ソースをたっぷりかけると、ミス・シルヴァーのほうに向いた。「なんにでも言えると思いませんこと？　サーモンでも人生でも、なんでも同じ――大事なのは刺激《ソース》よ、あたしはたくさんほしいの」それから、テーブル越しに話しかける。「ねえ、ミス・マナリング、好きなだけおかわりしてちょうだい！　フォークで突っつきまわすだけじゃだめよ。あなたを連れてきてひもじい思いをさせたなんて、チャールズに言われたくないもの。ちゃんと食べなかったら、何事もうまく行きませんよ、あたしがミス・マナリングに言ったのは――あらやだ、いつまでもミスって呼んだりして、ステイシーでなくちゃね、それに決めた。ヘスター、あんたもそうだよ――ハエだってもうちょっと食べるのに。腹ぺこで元気のない人間を見るほど、いやなものはないわね。何があろうと、あたしたちは食べなくちゃいけないんです、それからヘット、魚が嫌いなら、コールド・ハムとサラダがあるじゃないの。いい加減、何か食べなくちゃだめ！　アンドレ――ミス・コンスタンチンにハムを持ってきなさい！」

ヘスター・コンスタンチンは無言のままだ。顔に少々鈍い赤みがさし、それからまた消えた。ハムが来ると、ちまちまと切り分け、サラダの下に押し込んだ。

ミス・シルヴァーは打ち解けた声で、こんな暑い日には食欲のないのが当然ですわと言った。マイラはきゅうりにフォークを突き刺し、さらにレタスとジャガイモとクレソンも刺し、全部大ぶりのサーモンの切り身の上に載せ、たくみに口に運んだ。

「おかげさまで、あたしはいつでもなんとか食べ物にありつくことができましたよ」マイラは言う。「それは大きなちがいですよ。育ち盛りの娘時分は、満足に食べられなかった。あたしがどれだけお腹をすかせていたか、ほかの娘たちが若い男と食事に出かけるのを見てどんな気持ちだったか、あなたは想像もできませんよ。誰もあたしのことなんか見なかった――あんまり不細工だったんでね。それから――」マイラは、シャンディーガフ（ビールとジンジャーエールのカクテル）の入ったグラスを持ち上げると、がぶがぶ飲んだ――「それからずっと不細工だったけど、みんながあたしを見るようになって、そのうち最高の男と食事に出かけるようになったんですよ」

　レディー・ミンストレルはシオドシア・デイルとの会話を打ち切って、「ママったら！」と言った。

　マイラはくすくす笑う。「あんたは、自分のおしゃべりを続ければいいよ、ミリー。お上品ないいお話をさ。あたしは自分の話を続けるから。あたしは上品じゃないし、これからもそうなるつもりはないんだ。そんなの嫌いだからね。さもなきゃロティ・ロリングみたいにしてたさ。ロティったらお高く止まっちゃって、売り出したころの仲間とはいっしょに歩くのもいやだって調子なんだ。アンドレ――シャンディーおかわり！」

　マイラはミス・シルヴァーを見る。「自分のやり方ってものがあるのに、別人のふりなんかしたら、性格がねじれちまいますよ――何かが変わってしまう――曲芸師みたいにね。わかってるんです、自分もやったことがあるから。かわいそうなシド――元の亭主ですがね――上品な人でしたよ。あたしと恋するつもりじゃなかったのに、恋に落ちちゃって、どういうことかおわかりでしょ。結婚してみたら、あたしがアルファベットのHを抜かす（下町イースト・エンドの住民のしゃべり方）のにも身震いしてましたよ。だから、あたしやってみたのよ。ミリーが生まれた時、シドは上品ないい名前をつけたがって、それでミリセントにしたんです――いい名前だし言いやすいし、それにごたいそうな気分じゃない時は、縮めてミリーにすればいい。お次がヘスター《Hester》。あたしが

Hの音をたくさん練習できるように、シドはHのつく名前にしたがったわけ。彼の思いつきなのよ。年がら年中Hを発音するようにしてれば、柄がよくなるだろうってことでね。あたしは座って考えましたよ。シドは最初ハーマイオニ《Hermione》にしたかったんです。でも、言ってやりました。『だめよ、シド・コンスタンチン——とんでもない！　自分の子を呼ぶたびに芝居がかったまねするのは、真っ平！　あんたが考えることないですよ。Hを入れたいんなら、入れたっていい。だけど、あたしでも我慢できるのを選びますからね。ヘスター《Hester》にすればいい。Hを発音しそこなったって、まあ、エスター《Esther》だっていい名前じゃないかって思えるからね——聖書にも出てくる（エスターのヘブライ語読みエステルはペルシャ王の妃となった女性）しさ、よくある名前でしょ。これなら言いまちがえることもないし』」

マイラは野太い声で笑う。「シドは気にさわったみたいだったけど、何も言えませんでしたよ——あたしが決めたんだ。おまけに、あたしにとってもいい練習になりました。安定してHを発音できるようになったもんで、娘が二歳になる前に、あたしはヘットって呼べるようになりました。ま、そのころにはシドも死んでたから、どうでもよかったんだけど」マイラはトライフル（スポンジケーキにゼリー、ホイップクリームを載せたデザート）を山盛りおかわりして、テーブル越しにステイシーに呼びかけた。「チャールズが昼間来たんですって？」

ステイシーは「わかりません」と言った。シオドシア・デイルの目の前で、顔が赤くなるのが業腹だ。

「じゃあ、彼はあのコンスタブル少佐とどこかでお昼を食べてるんでしょ。こちらに来て、友だちに混じったってよかったのに――ソルティングズでリリアスといっしょなら無理ですね。それとも、ミセス・ロビンソンといっしょかな。彼女だって、いやな事件があったのに、一人きりにはなりたくないでしょう。人が困っているからって、放っておくなんて、おかしな考え方だからね」

ミス・シルヴァーは控えめに咳《せき》をする。「一人が好きな人もいるものですよ、ミセス・コンスタンチン」

マイラは首を振る。「あたしは理解できない。困った時には、友だちを欲するもんですよ。そういう時こそ、頼りがいのある人間かどうかわかるんです。かわいそうなシドが死んで、二人の子どもと取り残されて満足な葬式を出すお金もなかった時、友だちにいてほしくなかったなんて、お思い？　それとも、誰がほんとうの友だちで、誰がそうじゃないかわかったと思いますか？　こっちじゃ全然気にかけてない男の人がいました――気取り屋の紳士ってとこでね――それが二十ポンド送ってきて、なんの見返りも求めなかったんです。なかなかできないことですよ」

このおしゃべりを聞いてほどなく、ミス・シルヴァーは電話口に呼び出された。ランダル・マーチの声がする。「おじゃまして申し訳ありませんが――」

「じゃまなんてことはありませんよ、ランダル」

「それならよかった。フォレストはクラブにいますか？」

「いないと思うわ」

受話器の向こう側から、不本意そうな声が聞こえ、それから、「彼に会いたいのですが、ソルティングズにいないのです」

「あそこでは食事しないのではないかしら。設備がないもの。きょうは、こちらに来てみんなに会いたくはないでしょう。なんだか大がかりな親戚のパーティーみたいだから」

「まったくですな」

ミス・シルヴァーは言った。「そのうち来るんじゃないかしら。そういえば、ミスター・ブレイディングの書類を見るのに忙しいと言っていたわ」

「ありがとうございます。折を見て、彼のところに立ち寄ってみますよ。ちょっとしたことですが、訊《き》きたいことがありますので」と答えてマーチは電話を切った。

チャールズ・フォレストは、三時ごろクラブにやってきた。書斎に直行して、書き物机の前に腰を下ろした。

そうして五分もたたないうちに、ミス・シルヴァーが書斎に入ってきた。灰色の地に黒い水玉模様と小さな藤色の花模様のついた人造絹糸のドレスを着たミス・シルヴァーは、冷静そのものに見えた。バラの形の黒色オークに、同じ色の小さな黒ビーズをあしらったブローチをしている。こんな陽気なので、ストッキングはウールではなく黒いライル糸だ。つや出しのキッドの靴は新品で、平たいピーターシャム（厚いウール地）のボウがついている。

「フォレスト少佐、おじゃまでなければいいのですけれど」

チャールズは、「ええ、とってもじゃまです」という調子の声で、「そんなことはありませんよ」と答えた。

「長くはかかりません」

チャールズは礼儀正しく立ち上がり、ミス・シルヴァーが座りましょうと言うのを聞いてがっかりした。ミス・シルヴァーが腰を下ろしても、チャールズは前と同じ椅子《いす》に座ることはせず、机に寄りかかるだけにした。長話はご免こうむるというジェスチャーだ。ミス・シルヴァーは編み物バッグを腕にさげている。袋がそのままなのを見て、チャールズは一縷《いちる》の望みにすがる。ミス・シルヴァーは編み針もピンクの毛糸も取り出さず、こう言った。「わたしはただ、警察本部長さんから昼食後電話があったと申し上げにきただけですの。あなたがクラブにいらっしゃるか、と訊《き》かれました。そのうちいらっしゃるだろうと申しましたら、折を見てあなたに会うと言っていました」

チャールズは眉《まゆ》をひそめた。「何の用だろう?」

「ちょっとしたことが持ち上がったと言っていましたね。ソルティングズに探しに行ったそうですよ」

チャールズは、さらに眉をひそめる。

「ぼくは、ジャック・コンスタブルをレドベリーに連れて行ったのです。気の毒に、彼にとっちゃ最悪の週末でしたからね。ええ、それで——」その声には、「これで全部ですか？」という含みがあった。

ミス・シルヴァーはその含みに答えた。「どうしてもお話ししたいことがありますの。教会からの帰り、ミス・デイルと——シオドシア・デイルとごいっしょしました」

「やれやれドシーですか！　なら、ぼくがお話しすべきことはもう何もないと思いますが。彼女はなんにでも答えられますからね」

ミス・シルヴァーはにっこりした。「ミス・デイルはなんでもよくご存知ですし、あなたのいいお友だちなんでしょう。あの方は、あなたに疑いが向けられるなどばかばかしいという、数々の理由を挙げて説明してくださいましたよ」

チャールズのまぶたが降りていき、虹彩《こうさい》と瞳孔《どうこう》をおおい、見えるのはまつげの隙間《すきま》だけになった。「ぼくがルイスを殺してないと考えるのは、とてもよい友人でなければいけないのですか？」

ミス・シルヴァーは重々しく答える。「それはたいへん失礼な申されようですね。ミス・デイルはほんとうにいいお友だちだと思いますよ。またいっぽう、あの方がひじょうに軽率だという事実は、ああいう話し方に慣れてしまったお友だちには、何を言っても気にせず大目に見られてきた結果なのでしょう」

チャールズの表情がゆるみ、皮肉な笑いが浮かんだ。「そりゃ希望が持てるな。彼女は事実上、ここらのイエロー・ジャーナリズム（低俗、扇情的で不正確なジャーナリズム）ですよ。そこら中で、ぼくはルイスを殺してないって吹聴して歩かれたら、二十四時間以内に、村中の人間がぼくが犯人だと思い込みますよ。彼女が言ったのは、それだけですか？」

「まさか。凶器についてもご意見をお持ちでした。というより、わたしに凶器についての質問をされた、と申すべきでしょうか」

「それで？」

「ミスター・ブレイディングの死体わきで発見されたリボルバーが、あなたがあげたものかどうか、知りたがっていましたよ」

「ぼくのですよ。あなたにお話ししたし――クリスプにも――警察本部長にも言いました。あなたは、ドシーに話したんでしょう。すると、ドシーは世間にそれを触れ回るわけだ！」

ミス・シルヴァーは、かすかにとがめるような咳をする。「ミス・デイルは、あなたに嫌疑がかかるかもしれないと考えたようでした。あなたがミスター・ブレイディングにあげた、という証人になってもいいということでしたよ。さらに、あなたはその時L・Bというイニシャルを彫ったという証拠もあるそうですね」

チャールズはうなずいた。「それがなんの証拠になります？　ぼくが彼にリボルバーをあげたことは、みんなが知っています――みんなが、ルイスが引き出しにしまっていたことを知っています。ぼくが発見した時、引き出しはあいていて、リボルバーは彼のそばに落ちていました。

半年前、彼にリボルバーをあげたことがなんの証拠になるのか、わかりませんね」

ミス・シルヴァーは答える。「ミス・デイルが明晰《めいせき》にものを考える方だとは思えません」

その時、ドアがあいてランダル・マーチが入ってきた。マーチは言った。「こんにちは、ミス・シルヴァー」それから、「やあ、フォレスト！　探していたんだよ。じゃましていないと思うが」

チャールズは、「そんなことはありません」と言い、すでに立ち上がっていた。マーチが座ると、チャールズはさきほどの無頓着《むとんちゃく》な姿勢にもどった。

窓は外に向かって大きく開かれていたが、潮風は入ってこない。本がびっしりならんだ壁は部屋を暗くしていたが、こんな暑い日には、それも不快ではない。古い紙、古い革特有のにおいがかすかに漂っている。部屋に入った時にはすぐわかるけれど、やがて気にならなくなる。ブレイディングは陰気きわまりない環境に淫《いん》していたのではないか、とマーチは思った。自分ならうんと明るく通気のいいほうがいい。マーチはまっすぐチャールズを見て、言った。「リボルバーについて問題があります——あなたから答えをうかがえるかどうか、わかりませんが。彼にあげたと言いましたね。彼がライセンスを持っていたかどうか、ご存知ですか？」

チャールズは肩をすくめ、またもとにもどした。

「見当つきません。あなた同様。でも考えろと言うなら、およそありそうもない、と言えますね」

「理由を言えますか？」

「彼の考えそうもないことだからですよ。法律のささいな点にうるさい人もいますがね。ルイスはその反対でした。規則というやつに我慢がならない質《たち》で――抜け穴を探すのが好きでしたよ。彼なら、自分の個人財産を守るために、私有地内で私有のリボルバーをしまう完璧《かんぺき》な権利がある、と言い張ったでしょう」

「つまり、ライセンスはなかったとお考えですね？」

「いや、そこまではっきり言いませんけど」

「我々は、見つけられないのです。ライセンスがあったなら、武器をはっきり識別できます。なにか特徴となる印でもありませんでしたか？」

ミス・シルヴァーは、膝《ひざ》の上でおとなしく手を組み合わせていた。編み物バッグは開かない。二人の男の顔をじっと見ていた。ランダルがこの日曜の午後やって来たのは、従兄弟がリボルバーのライセンスを取得したかどうか、チャールズに訊《き》くためではない。ミス・デイルが例の話をした相手は、自分だけではないのだ、とミス・シルヴァーは考えた。チャールズはやや身構えたように見えた。

「特徴となる印とは、どういう意味です？」

「言った通りですよ。たとえば、イニシャルとか」

チャールズは気軽に答える。「ああ、あります」

「なんのイニシャルですか？」

「彼のですよ——L・Bです」

「深く彫り込まれているのですか？」

「いいえ。彼にあげる時、ぼくが床尾に引っかいてつけました」

「たしかですか？」

「たしかです」

「誰か知っている人は？」

「わかりません。誰でも知る機会はあるし。誰とは言えない——ただし——」

「ただし誰なら知っている？」

「ジェームズ・モバリーのことを考えました——でも、ほんの思いつきです。いったい、それが何とつながるのか訊きたいんですが」

「すぐわかりますよ。あなたは、ブレイディングのイニシャルを、自分があげたリボルバーにつけた、とおっしゃる。それは一対の片方でした。もう一方には、ご自分のイニシャルをつけましたか？」

「いいえ。それがいったいなんだっていうんですか？」

「あげた方のリボルバーにブレイディングのイニシャルをつけた、というのはたしかですか？」

チャールズは立ち上がる。「弁護士のいないところでは、これ以上質問に答えないと言う潮時ですかね？」

マーチは重々しく言う。「答える義務はありませんよ」

チャールズは窓辺に歩み寄り、向きを変えるとまたもどってきた。「いや、答えますよ。もちろん、たしかですとも。リボルバーを見せてくれれば、イニシャルをつけた箇所を示すことができます」

マーチはまったく感情を交えない声で言った。「ブレイディングを撃ったリボルバーには、イニシャルはありませんでした」

「おやまあ！」ミス・シルヴァーは言った。

26

ステイシーはホールで待っていた。チャールズに会いたい――どうしても彼に会いたい。何かが起きているのに、ステイシーにはそれがなんなのかわからない。誰も何も話してくれないけれど、皆が考えていることは感じ取れた。一時間たつごとに、それはどんどん恐ろしいものになっていくようだ。嵐《あらし》に襲われた船の船倉にいる気分だ――何も見えない、何が起こっているのかわからない、けれど波の衝撃は伝わってくるし、吹きすさぶ風の轟音《ごうおん》は聞こえてくる。何事か起きているのだ。閉じられたドアの向こうでマイラの声がどんどん高くなり、それから突然静かになった。ヘスターは、踏み潰《つぶ》された幽霊のようなようすで部屋から出て行った。それからレディー・ミンストレルが入室すると、ふたたび声が聞こえてきてしまいには壁が反響で揺れるほどになった。二つのドアと通路をへだてた部屋にいるステイシーは、強風にあおられる葉っぱになった気分だった。そして昼食を告げる銅鑼《どら》が鳴ると、マイラが現れた。嵐も地震もなかったような顔つきで、髪を猛烈にカールさせ、目には生命力がみなぎり、上機嫌で、愛情のこもった声でステイシーに呼びかけた。

「ちょっとばかり、思いがけないことが起きましてね。あんたも聞いたでしょう。あたしの声はよく通るからね。そういえば、モスクロップがあたしならアルバート・ホールを満席にできるって言ってたけど、あいにくチャンスがなかったですよ。でも、まあ――おかげでお腹がすきましたね。誰も、あたしを打ちのめそうなんて思わないほうがいいんだ。ヘット――部屋にもどって、ちょっと明るい色の服に着替えてきなさい！　あんたは死体じゃないんだ、死体みたいな身なりをすることはない。ミリー――めんどう見てやんなさい！　きょうは調子よく歩けるんだ、必要な時はミス・マナリングが手を貸してくれるから。あたしは最後まで見届けるつもりさ。あたしをやっつけられると思ってる連中は――前にもそんなことを考えたやつがいたけど、考え直すはめになったのさ！」

昼食の間中、マイラはずっとこの調子だった。その合間に、レディー・ミンストレルやおとなしいヘスター、二人のウェイター、支配人のミス・ピート、ミス・シルヴァー、そしてステイシーに向かって、チャールズ・フォレストはクラブに来ることになっているのか、そうでなかったらなぜなのか、いったい彼は何をしているのか、と質問した。電話でソルティングズのようすを問い合わせたが、失敗に終わった。三時ごろになってチャールズがクラブに来ると、彼がミス・シルヴァーや警察本部長と書斎にこもっていたことを知り、マイラは激怒した。

一番居心地の悪い思いをしていたステイシーは、チャンス到来とばかりに部屋から逃げ出した。「ミセス・コンスタンチン、わたしホールに行って、三人が書斎から出てきたらすぐにチャールズをつかまえてきますわ」

こういうわけで、彼女はホールにいた。あまり待たせると、マイラが堪忍袋の緒を切らしてやってくるのではないか？　マイラなら、書斎にずかずか乗り込んでいって、警察が居並ぶ現場からチャールズを略奪するくらいのことは平気でやりかねない。

ホールには、椅子《いす》が二、三脚と明るい色の小テーブルが置いてあった。ステイシーは、書斎のドアが見える位置に腰を下ろした。短い通路が目の前にある。左側がビリヤード室、右側が書斎、まっすぐ行けばガラス張りの通路に通じるフレンチドア（観音開きの格子のガラス扉）だ。チャールズが出てきたらすぐに見えるし、ほかの二人が出てきたのにチャールズだけ居残った場合も、すぐ彼のところへ行くことができる。通路を走っていって書斎のドアをあけ、なかに入る自分の姿が浮かぶ。だが、それ以上のことは想像できなかった。

一瞬一瞬がまるで窓ガラスについた雨粒のように、ぐずぐずと過ぎてゆく。見た目にはわからないくらい、のろのろ動き、ほかの雨粒と混ざってガラスを滑り落ち、二度と上がってくることはない。

ステイシーがとてつもなく長いあいだ座ったと思ったころ、事務所の若い女性が呼びかけてきた。きょうはエドナ・スナッジは非番で、青白い小太りの女性が受付だった。ステイシーは相手の名前を知らなかったが、向こうはステイシーを知っていた。女性はカウンター越しに話しかけてくる。「ミス・マナリング、お電話ですよ。ボックスの場所はご存知でしょう――ホールの奥にあります」

ステイシーは椅子《いす》から立ち上がり、電話ボックスに行った。ボックスに入ると、もう書斎のドアは見えない。チャールズが通路から出てきたら、見えるけれど、もし別館に入ってしまったら、それは視界に入らない。ステイシーは受話器を取り上げ、息を殺して言った。「もしもし！」

受話器の向こうの女性の声は、友好的とは言いがたかった。そのトーンは、〝ボンバジーン〟（羊毛と絹などで織った綾織物）とか〝バックラム〟（にかわ、のりなどで固めたあらい布地）といった単語を思わせる。ステイシーはボンバジーンがなんだか知らなかったけれど、非友好的な響きを感じるのだ。声は言った。

「ミス・コールズフットです。そちらは、ミス・マナリング？」

まだ少々息を殺したまま、ステイシーは「はい」と言った。一瞬、うわの空になる。それから、ぴんときた。トニーはトニー・コールズフット。ミス・コールズフットは、トニーの伯母だ――木曜の晩、インフルエンザにかかったトニーを託した相手だ。

相手の声は、あいかわらず堅苦しい。

「アンソニーの代理でお電話しました。熱が三十七度まで下がったとお聞きになったら、安心なさるでしょう」

「まあ、安心しましたわ」

「お医者様は、もうだいじょうぶだとおっしゃっています。わたくしとしましては、はしゃぎすぎなければいいと思いますの。お医者様によれば、静かな見舞い客ならお迎えしてもいいそうです。お茶の時間のあとお越しになれるなら——」

ステイシーの血は、煮えたぎりはじめた。トニーはどこか別の時代の人間のように思えたし、ミス・コールズフットなど今ではまったくあずかり知らない人間だ。「申し訳ありませんが、うかがうのは——」ステイシーはそこまで言ってから、良心がとがめてきた。トニーは指が痛むだけでも死ぬと思い込む質《たち》なのだ。ステイシーは、あわてて「あしたなら、うかがえるかもしれません。その時お電話してよろしいでしょうか?」とつけたし、電話を切った。

ミス・シルヴァーと警察本部長が、ちょうど通路から出てきたようだ。もし今の物音を聞かなかったら——ミス・コールズフットの電話のせいで、チャールズに会いそこなったら——そう考えただけでひどく息苦しくなってきて、ステイシーはいったいわたしはどうしたんだろう、と思った。ほんの四日前までは、ステイシーは全身よろいで固め、自分にも他人にも何が起ころうと、気にかけなかった。それが今や、身を守るものがまったくないのだ。すべてが辛く身にこたえる。

ステイシーは通路を走っていき、書斎のドアをあけた。チャールズは窓辺に立って外を眺めていた。頭部をうしろから見ただけで、チャールズが眉《まゆ》をひそめているのがわかる。別館とルイス・ブレイディングのコレクションに呪いをかけているのかしら? そんなようすをしている。

ステイシーはうしろ手にそっとドアを閉め、チャールズのかたわらにやってくると、片方の腕を相手の腕にからめた。ステイシーが入ってきたのが、チャールズには聞こえていなかった。

一人ぼっちでいる時の表情をしている。彼に触れる前から、ステイシーにはそれがわかった。眉《まゆ》をひそめている、というのは勘違いだった。チャールズは眉をひそめているのではない。まるで警戒していないように、若々しくくつろいで見える。ステイシーが触れると、チャールズの顔が間近になった。ステイシーを見下ろして言った。「やあ、なんだい？」

ステイシーは、心臓がはげしく打つのがしゃくにさわる。こういうことを言う時、チャールズは特に何か言いたいわけではないのだ。自分は、マイラの用件を伝えるべきなのだ。そのかわり、ステイシーは震える声で言った。「どうしたの？」

「きみにはどうもできないんだよ、ダーリン」

「チャールズ――いったいなんなのよ？」

チャールズは片手をステイシーに回す。「よくあることさ」

「話して」

「ルイスは、自分のリボルバーで撃たれたのではなかった」

ステイシーはうろたえた声を出す。「どうしてわかったの？」

「ぼくは、ルイスにあげる時、彼のイニシャルを引っかいてつけたんだ。ドシーがそれを触れ回った。それで、ぼくの疑いが晴れると思ったらしいが――なぜだか理解できないな。ともかく、それで警察がイニシャルを調べることになって――イニシャルはなかった」

「それは――悪いことなの？」

「かもしれない。警察の連中は、自分の書き物机に向かっている男のわきに立って、リボルバーのしまってある引き出しをあけ、即座に撃ち殺すなんて、簡単なことじゃないと思い込んでいるんだ。ぼくだってそう思うさ。ルイスほど猜疑心《さいぎしん》の強い男はいなかった。犯行はそう簡単じゃなかったはずだ」

「どんなだったの——犯行は?」

「誰かがリボルバーを持ち込んで、彼を撃ち、彼のリボルバーを持ち去ったんだ」

「チャールズ——自殺ということはないの?」

「いいや、それはありえないんだ。指紋のつき方がまったくちがう。それに——」

ステイシーは、そうすれば二人とも見えなくなって、会話が漏れる心配がなくなるかのように、ぴったりとチャールズに寄り添った。じっさい、誰にも聞こえなかっただろう。ステイシーはひどく低い声で言った。「チャールズ——知っていたの——ルイスを発見した時に?」

「彼のリボルバーじゃないってことかい? 知っていたよ」

「では、誰のもの?」

「ぼくのだ」

「あなたは、どうしたの?」

「何もできなかった。マーチはクリスプを呼びに行った。これから、皆でソルティングズに行ってもう一丁のリボルバーを探さなければならない。あるかどうか、わからないが」

ステイシーはひどくショックを受けてかすれ声を出した。

「ルイスは――あなたのリボルバーで――あなたが持っていたリボルバーで撃たれたのね？」

「そうだ」

「あなたのリボルバーだって、警察は知っているの？」

「すごくいい考えがあるんだろうよ」

「チャールズ――誰がやったの？」

「ぼくがやったのかって、訊《き》かないのかい？」

「チャールズ――」

「さあ、訊いてみろよ」

「いや――いや――いやよ！」

「訊きたくないの？」

「いやよ！」

チャールズは、「さあさあ――」と言った。腕がステイシーの肩から落ちる。通路の足音を聞いたのかもしれない、ドアの取っ手が回る音を聞いたのかもしれない。ステイシーには、自分の心臓の鼓動しか聞こえなかった。だがチャールズが動くとステイシーも動き、ドアがあくのを見た。レディー・ミンストレルが部屋に一歩足を踏み入れて言った。「まあフォレスト少佐、すみません、母のところに来ていただけます？　お話ししたいことがあるそうです」

27

チャールズ・フォレストが居間に入っていくと、マイラ・コンスタンチンは大きな詰め物をした椅子《いす》の上にはいなかった。自分の足で立ち、部屋をのしのし歩き回っていた。行く先々で家具をつかんではしばし体重を支え、それからまた体を揺すって進む。制御できなくなったバスさながらである――それも、原色に塗られたバスだ。チャールズがドアをあけたのと、マイラが窓辺に行き着いたのは、同時だった。マイラは部屋の中央まで突進してきて、椅子の背に激突し、背をむんずとつかみ、怒れる銅鑼《どら》のような声を出した。「いったい何してたの？　どこにいたの？　呼んだ時、なぜすぐ来なかったの？」

マイラの怒りっぷりというのは、有名だった。チャールズは以前にも一度見たことがある。おとなしく答えたりしたら、怒りをかわすどころか、ますます激怒して踏み潰《つぶ》されてしまうだろう――娘たちを見るがいい。ヘスターはぺちゃんこに潰されているし、ミリーは果てしなく「まあ、ママ――」と言いつづけているではないか。

チャールズは即座ににらみ返し、無礼に大声で反撃した。「あなたはいったい、どうしちまったんですか？　だいたい、誰に向かってものを言ってるつもりなんだ？」続いて爆笑し、無造作にマイラに腕を回して言った。「さあ、お座んなさい！　そして穏便に願いますよ——ぼくはヘスターじゃないんだ」

一瞬チャールズは、マイラにひっぱたかれるかと思った。だがマイラはぱっと顔を輝かせ、目じりにはしわを寄せ、大きな口をあけて、さきほどまでの咆哮《ほうこう》と同じくらい大きな声でからからと笑った。だがチャールズが椅子《いす》に座らせると、ふさぎ込んでしまった。暗く重苦しい顔つきになる。

「ヘスター」マイラは言った——「話がしたかったんですよ——ヘスターのことで。滅茶苦茶だと思いませんかね？」

チャールズが答えあぐねていると、マイラはたたみかけた。

「ねえ、チャールズ——あたしは知ってるし、あんただって知らないふりしてもだめですよ。ゲームは始まってるし、こちらからカードを見せたってかまわない。ヘスターはジェームズ・モバリーと結婚しちまった。あんたはそれを知っていて、教えてくれなかった——ひどいもんだ！　それが友だちのやることですかね？」

チャールズは、垂直な背もたれがついた椅子にまたがっていた。背もたれを両手で抱きかかえ、マイラを見返している。「ぼくには関係ないことですから」

怒りはすでにマイラから消えている。重苦しい声が返ってきた。「関係おおありですよ——話してくれたってよかったのに――」

「なぜぼくが？」

マイラの黒い瞳《ひとみ》が閃光《せんこう》を放つ。「あの子を見りゃ、わかりましたよ。あたしは、ばかじゃない――鼻先で何が起こってるかぐらい、わかりますよ。この一月《ひとつき》ってもの、あの子は恋の病にかかった兎《うさぎ》みたいに、ぼーっとしてましたからね。打ち明けちまいますが、相手はあんただと思ってたんですよ」

恐怖の戦慄《せんりつ》が安堵《あんど》の念に変わった。チャールズは混乱に巻き込まれていたが、それほどひどい混乱ではないのかもしれない。ヘスター・コンスタンチンの運命の恋の対象と勘違いされていただけなら、この混乱もすぐ終わりそうだ。

マイラの大きな口がゆがんだ。「さあ――言い分があるなら、言ってみなさい！　あの子は分別ってものを持ち合わせてないんです。分別があったら、あんたを好きになったはずだ。三、四十年前だったら、あたしがあんたに恋してましたよ。なのにヘスターときたら――ジェームズ・モバリーなんかにのぼせちゃって。あの男も自力で立ち上がって戦うことができない点じゃあ、ヘスターといい勝負ですよ。だけど、あの二人のために戦う人間がいないってわけじゃあない。あたしは兎じゃないんだ！」

チャールズはにやっと皮肉に笑う。「むしろ突進する犀《さい》ですね」

マイラはげらげら笑い出す。「こりゃいいや。あたしなら、あんたに惚《ほ》れたかもしれないのに」

マイラはけばけばしいハンカチを取り出し、目をぬぐった。「あたしを本気で笑わせることはできませんよ。これは、真剣な話なんだ。よく聞きなさいよ。あんたに言いたいことがあるから――気に入らないだろうけど、言っちまわなきゃならないし、聞くべきことなんですよ」

「わかりましたよ――さっさと話しちまってください！」

マイラは大きな黒い目でチャールズを見た。圧倒するようなまなざしだ。「ヘスターには、肝っ玉ってもんがないんですよ。モバリーだって同じだ。けど、あたしにはあります。モバリーはヘスターの亭主で、あたしの義理の息子なんだから、ルイス殺しの濡《ぬ》れ衣《ぎぬ》を着せられるなんてのは、許しません。モバリーはそんなことやってないし、やるだけの根性があるわけないんだ。無実の男が吊《つ》るし首になるなんて、あたしゃ我慢できませんね。おまけに無実の男が義理の息子ときた日には、ひと騒ぎしてやる。わかりましたかね？」

「あっぱれなわかりやすさですな」

「本気ですよ」

「そうでしょうとも。いったい、どうするつもりですか？」

マイラは深々と椅子《いす》に座り、手を片方ずつ膝《ひざ》に置いて言った。「一つ、言っときますよ」

「なんです？」

マイラはうなずいた。「あたしは、ばかじゃない。ルイスはモバリーを押さえつけていた――いつも、そんなふうにほのめかしてましたよ。そしてジェームズは逃げ出したがってた。ヘスターとの結婚を望んだ——なぜだか見当もつかないけど、望んだんです。ルイスはいやなやつで、弱い者いじめが好きだった。性根の腐った男でした。誰だって、ジェームズにはルイスを殺す動機がおおありだって言うでしょうよ。殺す機会もあった。リリアスが帰ってからあんたが来るまでの十分間にね。ずっといっしょで書斎から出なかったと証言するのはヘットだけ。いいですか、ヘットはほんとうのことを言っているんですよ。あの子のことはよくわかってる。問いただしたんですよ。あたしがぎゅうぎゅう締め上げたら、嘘《うそ》をつきとおすことなんてできやしません。あの子の言うことは、ほんとうですよ。ヘットとジェームズは、あの十分のあいだ書斎にいて、あたし同様ルイス殺しにはいっさいかかわりがないんだ。けどヘスターはジェームズの女房だ——誰が女房の言うことなんか信じます？　殺人事件で亭主の疑いを晴らすとなったら、どんな女房だって亭主はずっといっしょだったって言いますよ。あたしは、きのう生まれた赤ん坊じゃない。傍目にどう映るかってことは、わかりますよ」

チャールズは言った。「それは、まったく当たってますよ。でもちょっとでもお慰めになるとすれば、ぼくは強力な対抗馬なんです。ルイスは、ぼくのリボルバーで撃たれました。ぼくは、誰よりも殺す機会に恵まれ、マイダ・ロビンソンの有利になる遺言状を破棄して得する、唯一の容疑者なんです」

「それで、あたしがあんたに嫌疑を押しつけると思ってるんですね！　ドシーは男はみんなばかだって言うけど、ときどきドシーも正しいんじゃないかと思う時がありますよ。まったく、かわいそうに、あんたよりはジェームズが吊《つ》るされたほうがまだましだ――ヘスターの亭主でさえなけりゃね。あんたが好きですよ――とんと気がつかなかったみたいだけど――断然、あんたが好きですよ。世間の人が、なんで娘をほしがるのか知りませんが――とりわけ、おとなしくて臆病《おくびょう》な娘なんか。あたしは息子がほしかった、しかも、あんたみたいな息子がね」

チャールズはこもごもの感情を交えてマイラを見つめた。心を打たれていたが、いくぶん超然とした気持ちもあった――涙からほど遠からぬある種のユーモアをもって、この光景を観察した。マイラはいつだって、この調子で観客を感動させることができた。チャールズは自分の役割を演ずるべくマイラの舞台に参加し、ほんものの感情をこめることができた。「ありがとうございます。あなたは賢明だから、ぼくが好意には報いることをご存知なんだ」

大きな目が輝いた。マイラはきびきびと言う。「さ、肝心要の話ですよ。木曜の晩、ルイスが撃たれる前の晩、ルイスはあたしたち全員を集めて、ろくでもないコレクションを見せたんです。あたしは何度も見てたから、ショーケースの宝石なんかより、人間を見るほうがおもしろかった。あんたのことも見ましたがね、マイダって女に見ほれてて、ほかの人間は眼中にないみたいでしたね」

チャールズは笑った。「眺める値打ちのある女性ですよ」

マイラは頭をつんとうしろにそらした。十八歳のころも、そんなふうにしたにちがいない。「まあ、きれいだからね――それは認めますよ。おまけに豪胆だ――ものに動じない質《たち》ですね」

「返答は正しいと判決を下す！」

マイラは眉《まゆ》をひそめた。「あんたはマイダ、ほかの人間は宝石、そしてあたしは、あんたのリリアス・グレイを見ていたんです」

チャールズは目を細める。「それで、何を見たんです？」

「マイダに見ほれているあんたを見つめるリリアスを見ましたよ。憎悪をたぎらせてたね」

「ぼく、マイダのことは、なんとも思ってないですよ」

マイラはくすくす笑う。「眺めるのが好きってだけね」

チャールズは笑った。「誰だってそうでしょう！」

「で、あんたのリリアス・グレイはそれが全然気に入らなかった。それで、ダイヤモンドに方向転換した。それからマイダが、フォレストのネックレスをして見せびらかしながら鏡のところまで行った。ちょっとしてマイダがもどってくると、あたしたちは、みんな立ち上がって動きはじめた。その時ですよ、リリアスがブローチをくすねる現場を見たのは」

チャールズは身をこわばらせた。木製の背をかかえる腕に――さらに力をこめる。眉を上げて訊《き》いた。「もう一度言ってもらえますか？」

マイラは椅子の上で身をよじる。「止《や》めてくださいよ！　聞こえたくせに。あんたのリリアス・グレイが、ルイスがマルツィアリのブローチって呼んでたものをくすねたんですよ――浮気相手ともども亭主に刺された時、その女が身に着けていた大きな五粒のダイヤつきブローチですよ」

「あのねえ、ぼくのリリアス・グレイってのは、止《や》めていただけるとありがたいんですがね。彼女は、養子として来た姉ですよ」

「わかった、わかった——かっかしなさんな！　別にお婆さんだっていいし、オールド・ミスの伯母さんでも、ガールフレンドでも、好きなように呼ばせてもらいますよ。あたしは、彼女がマルツィアリのブローチをくすねて、バッグに押し込むとこを見たんですよ」

チャールズは蒼白《そうはく》になり、こわばった声を出す。「なぜ、その場で言わなかったんですか？」

マイラは、笑いともあざけりともつかない声を出した。「そしたら、さぞかしあたしのことを気に入ったでしょうよ！　舞台上はキャストが勢ぞろい、ミス・グレイの正体は泥棒だと暴かれる！　すばやく幕が下りる！」ふたたび軽蔑《けいべつ》をこめた笑いをもらす。「信じないかもしれませんがね、あたしはレディーのようにふるまうことができるんです——その気になれば。ふだんは、そんなことに気を使いませんよ——それは認めます——でも、その気になれば、できるんです。だから、ほかの人間がいなくなってから、こっそりルイスに話したんですよ」

恐ろしい沈黙。チャールズの脳裏をよぎったのは、考えるのも耐えがたいことだったが、ラジオ番組を消すように思考を中断することはできない。チャールズはすばやく言った。「ルイスに話したのですか？」

マイラはぱっと手を広げる。「もちろんですよ。もし黙ってたら、いわゆる——事後従犯になるんでしょ?」

「彼の反応はどうでした?」

「ああ、平静でしたよ——平静そのもの」マイラはくすくす笑う。「驚きはしないって言ってました。もう何も言わなくていい、自分が処理するからってね」

そう、いかにもルイスらしい。どんな口ぶりだったか、聞こえてくるようだ——乾いた、砂利のように不快感をもよおさせるいやな声だ。皮膚をこすり、目に入り、痛いところに当たる砂利だ。チャールズは椅子《いす》の背に回した腕にあごを載せる。ルイスは、自分が処理すると言った。処理したのだろうか、だとしたらどんなふうに? 誰かが彼と取引したのだ。

「何をするつもりだったか、見当つきますか?」

「あたしは、さっさと引き上げたんですよ——もうたくさんだった。人が鬱憤《うっぷん》を晴らそうとどうしようと、気にしませんよ。人がどれだけ家具を壊そうと、あたしの知ったこっちゃない。あたしが嫌いなのは、見かけだけおとなしい人間ですよ。鳥を狙《ねら》う猫は大嫌い——そうっと、滑るように近づくでしょ。あたしの手近に何かあったら、投げつけてやる。ルイスが誰かに腹を立てたら、鳥を狙う猫になりますよ。言っときますがね——リリアスを好きだったことはないし、今後も好きになるわけない。でも、ルイスに言いつけちゃってから、いささか彼女が気の毒になりましたよ。あたしが直接叱《しか》りつけることだってできたはずなんだ。だけど、ルイスはねじくれてるから——ね、わかるでしょ——リリアスの立場にはなりたくないって思いましたよ」

「どうするつもりか、ルイスは言いましたか？」

「いや、言わなかったですね。彼のやり口なんて見え透いてるんだ。リリアスに電話して金曜午後三時に来い、そっちにあるものを持って来いって言うに決まってる。で、リリアスはそうしたんでしょう」マイラは暗い目で、チャールズをひたと見すえた。「リリアスは三時にやってきました。ブローチ持参だったかどうかは、知りません。別のものを持ってきたんじゃないですかね。自分が帰る時、ルイスは生きていたって言ってますね。そうじゃなかったとしたら？」

「その手のことは憶測しないほうがいいのでは？」

「なら、警察がしますよ。あたしがこのまま口をつぐんで、ジェームズとかあんたが殺人犯にされるのを放っておくとお思いですかね？　そんなまねはさせない、それだけははっきりしてるんだ！　リリアスには動機があったでしょ、ちがいますか？　あのブローチを盗んで、ルイスはその件で意地の悪いことをしようとしていた。ああ、そうに決まってる。ルイスがどんな人間か知ってますからね。リリアスの立場になるなんて、真っ平だ。ルイスが起訴してやると脅した、としましょう。ほんとに起訴する気はないとしても、リリアスにはわからない。で、追い詰められたとしましょう」

チャールズが言った。「遺言状は燃やされました。リリアスには、燃やす動機はありません」

マイラは身を震わせて笑った。「マイダって女が金をもらうのを、喜ぶわけですかね！　ルイスの新しい遺言状のおかげで、マイダに大金が転がり込むことをみんなが知らないからって、彼女が悪いわけじゃない。その遺言状は、机に載っていた。それにマッチで火をつけなかったら、リリアスはお人よしってもんじゃないですか？　もし金があんたのとこに行くなら、リリアスも分け前にあずかれるわけでしょ？」

チャールズは言った。「憶測は証拠になりません。もうじゅうぶん、うかがいましたよ」そして立ち上がった。「マーチとクリスプがそろそろ呼びに来るでしょう」

マイラの顔色が変わった。「逮捕しに？」

「まだです。いっしょにソルティングズを見に行くだけですよ」

マイラは目を見張った。「なんのために？」

「もう一つリボルバーがあるんですよ。うちにあるのかどうか、ぼくにはわかりません。何が自分にとって一番危険なのか、判断できないですよ」

「いったい、何を言ってるのか、わからないんだけど」

「しごく単純なことですよ。ぼくは、リボルバーを二丁持っていました。うち一丁をルイスにあげた時、ぼくは彼のイニシャルを彫ったんです。ルイスが引き出しにしまっていたことは、みんなが知っています。死後発見された時、誰もがそのリボルバーで殺されたという結論に飛びつきました。でも、そうじゃなかった。もう片方で殺されたんです――ぼくが持っていたほうで。そして我らがあっぱれなドシーのおかげで、警察はその説につまずいた。マーチとクリスプとぼくは、もう一丁を探しにソルティングズに行くわけです――ルイスの引き出しにあったはずのやつです」

マイラは肘《ひじ》かけをしっかとつかみ、重い体を持ち上げた。どすどすと前進し、チャールズの体をつかむ。「チャールズ――なんの値打ちもないあばずれのために、身を犠牲にするつもりじゃないでしょうね！」

チャールズは、「止《や》めてくださいよ」と言った。

「黙れってことかい。黙るもんか！　リリアスにそんな価値はないんだ、あたしが黙って見過ごすなんて思わないほうがいいね、見過ごすつもりはないんだから！　自分に不利な証拠を積み上げて、警察に突き出すなんて――あんたは、まったくばかですよ！　ああ、言わなくってけっこう――あの娘はまともだったためしがないね。あたしは悪いやつを見れば、ぴんと来ますのさ。リリアスって娘は悪いやつです。あんたの結婚を滅茶苦茶にしたし。あたしは聞いたって驚きませんよ――」

チャールズは、なんとかマイラを元の椅子《いす》にもどそうとしていた。「マイラ、ぼくは行かなくちゃなりません」

マイラはチャールズをひっつかむ。「でも、ステイシーはいい娘ですよ――卑しいところは、これっぽっちもない。それが、ああいう子ほど、悪いやつにだまされやすいんです。彼女のことは、好きなんでしょ？」

チャールズは口元をゆがめた。「まあ、そこそこは」

マイラは爆笑し、自分の椅子にどすんと腰を下ろした。「嘘《うそ》も休み休み言いなさいよ！　わかった。許可しますよ――行ってよろしい。でも、あたしが話したことも覚えときなさいよ、黙って見過ごすつもりはないんだから」

チャールズはドアノブを持ってあけようとしたところだったが、振り向いた。「マイラ、頼むから黙っていてくださいよ！」

マイラは投げキッスをして言った。「やーだよっ！」

28

ランダル・マーチは、横の席で小さなケースを膝《ひざ》に載せているクリスプ警部をともない、レドリントンから帰ってきた。マーチは、クリスプとテリアを比べていた。テリアは好きではないが、それなりに役に立つ犬だ。類似点はいやでも目に入る。針金のような髪、ぴんと立った耳、つねに警戒して有能そうな容貌《ようぼう》。このテリアはやり手だ。マーチは民間人とのへだたりを意識する質《たち》ではないが、警部のほうは、一般市民は自分をたたきのめそうと構えており、ちょっとでも油断したら、ひどい目に遭うのだと確信していた。チャールズ・フォレストがウォーン・ハウスからのらくら出てくるようすを見て、クリスプはいきり立った。「あつかましいやつだ」と、いつでも怒っているように聞こえる声で言うと、マーチもうなずいて「ああ、そうだな」と言った。

それからチャールズが車の後部座席に乗り込み、三人は出発した。

ソルティングズの建物は、太陽にぎらぎら照らされて建っていた。一行は車を降りてなかに入り、チャールズのフラットに向かった。チャールズの態度は、友だちを招いた気楽な主《あるじ》のようだ。「寝室、居間、簡易台所《キチネット》、バスルーム。以前はビリヤード室と食料品貯蔵庫や事務所でした。建築家がなかなかよくやってくれましてね。アダムズは優秀ですよ。ま、すべてお見せします——どうぞご勝手に」

マーチはあまりいい気分がしなかった。警察官をしていると、自分の性向にさからわなくてはならない時がある。マーチは眉《まゆ》をひそめて言った。

「あのリボルバーをどこにしまっていたのですか?」

三人は居間にいた。チャールズは、いい感じに使い込んだクルミ材のビューローを指差した。前ぶたがあき、分類棚が見えている。ガラス戸がはまった上の棚には、絵つけした陶器の鳥と人形が載っている——オウム、カナリア、アオカワラヒワ、チャーミングな人形〈勤　勉《インダストリー》〉の横では、もっとチャーミングな人形〈怠　惰《インドレンス》〉が長い巻き毛をくしゃくしゃにして、陶器の椅《い》子《す》に伸びて眠り、片方のスリッパを落としている。〈怠　惰《インドレンス》〉の手から落ちた毛糸玉に、子猫がじゃれついている。クリスプは見かけ倒しの贋物《にせもの》とにらんだ。こんなものを持っているので、フォレスト少佐の印象はますます悪くなった。

「この引き出しのどれかに入ってたんですか?」クリスプは訊《き》いた。

中央の棚は、優雅な細工のパネルで仕切られていた。チャールズは棚の奥に手を滑らせ、留め金をはずすと、パネルをしまい、細長い縦型の引き出しを持ち上げた。「ここにあったのですが」

クリスプはその引き出しをひったくった。「何もないじゃないか」とうなる。チャールズは愛想よく笑顔を浮かべた。

「おっしゃる通りですよ」

「反対側も同じようにあくのかね？」

チャールズは反対側もあけた。書類が数枚と鍵《かぎ》が一束あったが、リボルバーは出てこない。

「ないな」

「ええ。あると思ったんですか？」とチャールズは訊いた。

「あなたは、思わなかったのですか？」

「ええ。ぼくは几帳面《きちょうめん》でしてね――いつでも、反対側の引き出しにしまってました」

「弾薬は？」

「弾薬なんか持ってません」

「なぜ？」

「戦争が終わってから、使ったことがないからです」

「それは、充塡《じゅうてん》されていましたか？」

答えの前に一瞬の間があった。「わかりません」

クリスプはいらいらした身ぶりをし、声を荒げた。「いい加減にしてくださいよ、フォレスト少佐！」

チャールズは、静かな落ち着き払った声で言う。「いやあ、わからないんですよ。充塡されていたかもしれない。ぼくは、負傷してフランスから帰還しました。退院したころには、戦争は終わっていたんです。装具がここに送られてきました。例のリボルバーともう一丁を、パネルの奥に押し込みました。両方取り出してルイスに一丁あげるまで、見ようともしなかったんです。お話しできることは、それだけです」

「あなたは一丁をミスター・ブレイディングにあげて、もう一丁を手元に置いた。もう一丁はどこなんです?」

「あなた同様、見当つきませんね」

チャールズの黒い瞳《ひとみ》が、かすかに光った。ランダル・マーチはそれを見逃さなかった。

「最後に見たのは、いつですかな?」

チャールズは眉《まゆ》をひそめる。「わからないなあ」

「ミスター・ブレイディングの死体を発見した時、見ましたか?」とクリスプは言った。

「ぼくのリボルバーで撃たれたかってことですか?　ぼくにどう答えろって言うんです?」

「あなたの供述によれば、実験室に入ってミスター・ブレイディングが死んでいるのを発見したそうだが、その時、死体のそばにあった武器に気がついたか、と訊《き》いてるんです」

チャールズは短く笑った。「それにさわるほど、ぼくがばかだと思うんですか?　さわったとしたら、ぼくをどうします?　ぼくは、ほかにすることがありました。誰でもそうでしょうが、それは当然ルイスのリボルバーで、ルイスは自分自身を撃ったんだ、と考えましたよ」

クリスプがするどくやり返す。「自殺だと考えたわけですか？」

「それが第一印象だったと思います」

「考えが変わったということですか？」

「証拠の指紋に対する警察の見解を聞いて、考えを変えました。従兄弟について知っていることに、従ったのです。ルイスは、およそ自殺するタイプではありませんでした」

ビューローには、三つの長い引き出しがついていた。質問と応答が行きかっているあいだ、クリスプは一番上の引き出しを出し、中身を分類した。手際のいい仕事ぶりだった。中身をすべて出し、すべてもとにもどした。次に二番目の引き出しに取りかかった。途中でクリスプは言った。

「ミスター・ブレイディングが撃たれたリボルバーには、イニシャルがなかった」

「わかってます」

「でも、それには特徴がある――イニシャルよりもっと目立つ特徴ですよ。なくなっているあなたのリボルバーには、何か特徴がありませんか？」

「何をもって特徴とおっしゃっているのか、わかりませんな。床尾にこすったあとがありますよ」

「どうしてそうなりました？」

「ドイツ軍の弾丸ですよ」

「危うく難をまぬがれたわけですか？」

「ぼくの父が、です。最初の大戦で。リボルバーは父のものでした」

「ミスター・ブレイディングの死体のそばで発見されたリボルバーには、あなたの言うような疵《きず》があったと聞いたら、驚きますか？」

「ルイスがぼくのリボルバーで撃たれたという意味ですか？」

「ほんとうにご存知なかったのかな、フォレスト少佐？　もしリボルバーがミスター・ブレイディングのかたわらにあるのを見たら、疵に気がつくはずじゃないんですか？」

「気がついたかもしれません。どちら側に落ちていたかにもよります」

「疵を表にして落ちていたんですよ——わたしは、ひと目でわかりました。だが、ミスター・ブレイディングのリボルバーにはイニシャルがあるという情報を得るまでは、疵は重要ではなかった。あなたは、彼にあげたリボルバーにはイニシャルがあり、手元に置いたリボルバーには疵があると認めるんですね？」

「どちらも、認めざるをえないじゃないですか。どちらも事実で、自分の供述通りなんだから」

クリスプは二番目の引き出しの探索を終え、ぐいと押してしまった。マーチが言った。「どうやってあなたのリボルバーが今回の犯罪に使われたか、見当はつきますか？」

「さっぱりわかりませんな」

クリスプは三番目の引き出しに取りかかっている。マーチは言った。「机には鍵《かぎ》がかかってないんですね？」

「ないですよ」

「そしてフラットは？　我々が入る時、あなたは鍵《かぎ》を使いませんでしたね。たいてい、ドアに鍵をかけずにおくのですか？」

「自分が出入りする時は――ああ、そうです。一日中家をあける時や、暗くなってからは、かけるべきでしょうけど。今週は、いつも以上にあけておきましたよ。友だちが泊まりに来ているんですよ、コンスタブル少佐です。上のあいたフラットに泊めてます――ここじゃ、寝室は一つきりですからね――でも、彼にはここを自由に出入りしてほしいから、ぼくだってドアの鍵はかけませんよ」

「なるほど」

クリスプがするどい驚きの声を出した。最下段の引き出しの奥から、くしゃくしゃにまるまった紙を取り出した。持ってみると、重く、なかに固いものが入っていることがわかる。紙を開くと、リボルバーが転がり落ちた。三人はそれを見つめた。

紙はティッシュペーパーだった。クリスプはそのたたんだ部分を使ってリボルバーを持ち上げた。そうっと銃口を持ち、床尾をたしかめる。それから、警察本部長に突き出した。「ありましたよ、本部長――〝L・B〟と印刷したみたいにはっきりしてます。フォレスト少佐は、なぜ自分の引き出しに隠しているのか、説明しなくちゃならんですよ」

マーチは言った。「フォレスト、何か説明したいことはあるかな？　あなたの言ったことは、すべて記録され、証拠とされる場合があることを警告する」

逮捕の準備だ。ついにその時が来た。チャールズは安堵《あんど》といってもいい感覚を味わった。逮捕されたら、リリアスと話し合わなくてすむのだ。安堵の大半はそこから来ていた。ことのなりゆきについて考える暇ができる。弁護士に会えばいい。さしあたりは――。

チャールズはマーチを見て言った。「どうやって、これが引き出しに入ったのかわかりませんな。これは、従兄弟にあげたリボルバーです。ぼくがしまったんじゃない」

クリスプは床に膝《ひざ》をつき、運んできたケースをあけた。指紋検出器を取り出し、リボルバーに粉末を吹きつけた。チャールズは興味をもって眺めた。粉が散り、空中に舞い、下りていく。金属の表面に均一な薄い膜ができた。クリスプはその膜に息を吹きかける。膜は飛び散った。表面にはなんの跡も残らない。クリスプはリボルバーを裏返し、同じ作業を繰り返す。結果は同じだった。クリスプは吐き捨てるように言う。「完璧《かんぺき》にぬぐわれている」

マーチは、「充塡《じゅうてん》されているか?」と訊《き》く。

クリスプはふたたび同じ手順を踏む。「どの薬室にも弾が入っています。何か言いたいことは、フォレスト少佐?」

チャールズは首を振った。「それは、従兄弟のリボルバーです。彼が充塡したんでしょう」

電話が鳴った。チャールズは肩をすくめて電話に向き、受話器を取った。前置きのような軽い咳《せき》が聞こえてくる。「ミス・シルヴァーです。フォレスト少佐でしょうか?」

チャールズは、「はい」と言った。

「警察本部長はいらっしゃいますか?」

「いますよ」

「では、お話ししたいのですが」

チャールズは、受話器を手に、マーチのほうを見た。「ミス・シルヴァーからです。お話があるそうです」

29

マイラ・コンスタンチンは黙っていろと厳命されたものの、言いつけを守る気はさらさらなかった。チャールズが部屋を出るやいなや、事務所に電話をかけ、ミス・シルヴァーを探し出して、ミセス・コンスタンチンが用があると伝えるように、と要求した。ミス・シルヴァーは散歩に出ると言い残してクラブを出たとわかり、すこしは待たなければならなかった——だが、それもそう長くはなかった。ミス・シルヴァーは、大きな手入れの行き届いた庭園の、すみの木陰までしか行かなかった。それでも、かくべつ気が長いとはいえないミス・シルヴァーは、飽き飽きしてしまった。

伝言を聞いたミス・シルヴァーは、喜んでうかがうと答え、編み物バッグを手に、自分の到着が待たれる居間におもむいた。「ミセス・コンスタンチン、なんてご親切なんでしょう」

マイラは大きな詰め物をした椅子《いす》におさまっていた。双眸《そうぼう》は闘争心に燃えている。マイラは陰気な声を出した。「チャールズ・フォレストはそう思わないですよ。彼には黙ってろと言われたばっかりですがね、言われた通りにしたら、あたしゃくそったれですよ」

ミス・シルヴァーは咳払《せきばら》いをした。悪い言葉遣いをとがめたのだ。用件にこれほど関心を持っていなかったら、もっとはっきり意思をあらわしただろう。だが状況を考え、言葉遣いへの不快の念は押さえ、事件への関心だけを表明した。

マイラは勢いよくうなずく。「誰かが自殺しようとしてるのを見たら、止めようとしませんか？　止めなかったら、自分が殺したも同然ですよ――あたしはそう思います。あんなどうでもいい娘のために、チャールズが真相をもみ消して、とんだ窮地に陥るくらい分別をなくしてるんなら――」

「あなたはたいそう興味深いお方ですね」

マイラはさっきよりも、はげしくうなずいた。「あたしは、そうすべきだと思ったんですよ。ついでに言うと、チャールズ・フォレストがばかげたまねをするのを誰かが止める頃合を見計らってたんです。飢え死にしそうな馬に乗って槍《やり》で風車をやっつけようとしたのは、誰でしたっけ？」

編み物をバッグから出しかけていたミス・シルヴァーは、ミセス・コンスタンチンのおっしゃるのはドン・キホーテ《ドン・クイックサット》だろう、と英語風の発音で示唆した。

「それよ！　かわいそうなジミー・ダウンズがその男と槍の絵を描いたんだ。すごく長いあいだ友だちでね――ジミーがですよ、クイックサットって男じゃなくて。いい人でね。酒びたりで死にましたよ。あたしから見れば、絵はたいしたことなかったけど、ジミーは絵の話をするのが好きで、そのドン・クイックサットのことはいつもいろいろ言ってましたよ。チャールズに似てるかもしれない、ずっと年寄りでひもじそうだったけど——クイックサットって男がですよ、ジミーじゃなくて」マイラは話を中断し、くすくす笑い、弁解するように手を振った。「ちょっと混乱しちまいました。でもジミーの口ぶりじゃあ、その男は人を助けるんだと思い込んで、次から次へとへまをやらかしたそうですね。いつも勘違いばかりして——あたしは突っ立ってチャールズがそんなまねをするのを放っておくつもりはないんだ。やりたいことをやるんなら、結果には責任を負わなくちゃいけない。ほかの人間に身代わりになってもらったりしたら、徹底的にだめな人間になり下がるんじゃありませんかね。あたしゃべつに、リリアス・グレイがルイス・ブレイディングを撃ったなんて言うつもりはないですよ。ルイスがコレクションを披露した木曜の晩、ダイヤモンドのブローチをくすねたって言ってるんです。この目で、たしかに見たんですよ。リリアスはブローチをくすねて、バッグに入れて持ち去ったんだ。それをこっそりルイスに言ったら、彼、自分がなんとかするから任せとけって言ったんですよ」

ミス・シルヴァーは「おやまあ!」と言った。

ミス・シルヴァーは、マイラの話にすっかり惹《ひ》きつけられてしまい、今や編み針を動かすのも忘れ、両手を正しく構え、ピンクの毛糸を左手の人差し指にかけたまま静止していた。「おやまあ!」と言ったあとで、息を吸ってから発言した。「五粒の大きなダイヤモンドがならんだ、たいそう立派なブローチでしょう」

マイラは目をむいた。「こりゃまた！　なんで知ってるんです？」

ミス・シルヴァーは、ペールピンクのかがり目に右手の編み針を差し込んで、編みはじめた。

「そのお話に対応するブローチが、ミスター・ブレイディングの机で見つかったのです――正確には、あいた引き出しのなかですわ。マルツィアリのブローチとして有名なはずですけれど」

「では、彼女は返したんだ！」マイラは握りこぶしで肘《ひじ》かけを打った。「ルイスが電話で彼女を呼び出したんだ。ルイスが電話してたのをモバリーが聞いた、とヘットが言ってましたっけ」

「いつのことですか？」

「二人で書斎で話したあとですよ。金曜日の昼食のすぐ前だ――ルイスが殺された日ですね」

ミス・シルヴァーは首をかしげた。「そうですね。ミスター・ブレイディングは別館に入って、二回電話をかけました。ミスター・モバリーは、もめた件をなんとかするためにルイスのあとを追ったと言っています。ミスター・ブレイディングは寝室から電話をかけていて、ミスター・モバリーによれば実験室寄りの、通路の端で待ったそうです。最初の電話が終わって、次にまた電話しているのが聞こえたそうです。その二回の電話について、ミスター・モバリーとお話ししたかったのですが。わたしには、両方ともとても重要に思えますし、ミスター・モバリーとしても供述にくわえたいのではないかと思います。ミスター・ブレイディングの話しぶりについて、怒ったような口調と形容し、『そうしたほうがいい』という言葉を聞いたと認めています」

マイラはまたしても猛烈に椅子《いす》をたたいた。「その通り！　彼はリリアスに話をしたはずです――昼食のあと、ブローチを持って来いってね。『そうしたほうがいい』とは！」マイラは笑った。「モバリーは正しかったと言わせてもらいますよ！　ルイスは呼びつけたんですよ――リリアスがブローチを盗ったと話した時、そうなるのはわかってましたよ。ルイスは驚いてなかったですからね――どう見たってそうです――でも、意地の悪い顔をしてたね。ルイスのことはずいぶん昔から知っています。あたしのほうがずっと年上だけど、二十年前プロポーズされた時、こっちがその気ならルイスと結婚することだってできましたよ。でもね、やっこさんがあの二倍の金を持ってたとしても、それはいやだった。残忍でねじくれた気性の男だから。ルイスとドシーが婚約を解消した理由は知らないけれど、ドシーにとっちゃよかったですよ。誰だって、ルイス・ブレイディングからは遠ざかってたほうがいいんです。冷血で残忍で、ルイスはリリアス・グレイに質《たち》の悪い仕返しをしたにちがいありませんね」

ミス・シルヴァーはきびきび編みつづける。編み針がかちかち音をたてる。ミス・シルヴァーは言った。

「残忍さは、次の残忍さを生みます」

マイラは相手を見た。そして、声をひそめた。「ルイスはチャールズのリボルバーで撃たれたんでしょ？　チャールズがあげたのじゃなくて、手元にとっておいたほうで」

「誰がそう言ったのですか、ミセス・コンスタンチン？」

「チャールズですよ、ついさっき。警察といっしょにソルティングズに行って、ルイスのイニシャルがあるかどうか見るとかで」

ミス・シルヴァーは賛成しないというふうに咳《せき》をした。「その発言を繰り返すのは、もっともおすすめしない行為ですね」

マイラは大きな肩をすくめた。「誰が繰り返しますか？　あなたは知ってる、あたしも知ってる――あたしたちだけで、話し合えると思いますがね。あなたと同じくらい、あたしはチャールズを助けたいんですよ。そのために、あなたはここにいるんじゃないですか？」

ミス・シルヴァーはきびしい目でマイラを見た。「わたしは、特定の人を助けるために依頼を引き受けるのではありません。正義が行なわれるよう、真実を求めるのです。そうすれば、無実の人が助かります」

マイラは怒ったような笑い声をたてる。「で、あなたは、チャールズ・フォレストは無実じゃないとお考えですかい？　だとしたら、とんだ分からず屋だね！」

「ミセス・コンスタンチン！」

「けっこう、けっこう！　あたしを怒らせないでくださいよ。チャールズが遺産をもらえないからって従兄弟を撃ち殺すなんて考える人には、何が真実で何が正義か突き止める知恵なんてないんだ」

ミス・シルヴァーは突然チャーミングな笑顔を見せた。こうして、これまで数え切れないほどの依頼人の信頼を勝ち取ってきたのだ。「お友だちをとても大切になさるんですのね、ミセス・コンスタンチン」

マイラはくすくす笑う。「あたしは、そう悪い人間じゃないんですよ。ところで——リリアスのことだけどね——チャールズにも話したんだけど、彼がその件を利用するとは思えないですよ。だから、あなたに話すんです。リリアス・グレイがあのブローチをくすねて、ルイスは電話で呼び出して返せと言った。それが全部じゃあないかもしれない——訴えてやるって言ったのかもしれない。そのつもりはなくったって、リリアスを脅すのは止《や》められなかったでしょう——ルイスを知っていたら、誰だってそう考えます。リリアスを不安に陥れたかったんです。ま、そりゃ不安になったでしょう。そこで、チャールズのリボルバーを持ち込んで、ルイスが机に向かっているところへやってきたとしますよ。ブローチを持ってきて机に置いたら、ルイスが体を伸ばして取ろうとしたのかもしれない。それだったら、撃つのは簡単でしょ。リリアスはルイスの手にピストルを持たせて、誰もが自殺ととることを期待した。それから遺言状を燃やした。あのマイダって娘が金を受け取ったら、都合よくないですからね。それからルイスのリボルバー、彼のイニシャルつきのを盗って立ち去ったんです。あとになって、自分が出てきた時ルイスは生きてたって言う。これが実情じゃないですかね？」

ミス・シルヴァーは考え込んだようすで編んでいた。「ひじょうに明快なお話しぶりでしたね」

マイラはもどかしげな身ぶりをする。「あれが警察の手に渡ったら、チャールズ・フォレストは逮捕されるでしょうか?」

「もっと捜査しないことには、逮捕されないと思います」ミス・シルヴァーはペールピンクの毛糸玉を手に取ると、編み針を刺し込み、それから花模様のチンツ(派手なプリント模様の厚地の木綿地)のバッグにしまった。落ち着きはらった入念な動作だった。

マイラはしびれを切らして言った。

「あなたは、どうなさるつもりですかね?」

「電話を拝借できましたら、ソルティングズのフォレスト少佐にかけて、警察本部長といっしょではないかと訊《き》いてみますわ」

ミス・シルヴァーはフォレストの番号を告げ、書き物机のかたわらに背筋を伸ばして立った。机は手紙や雑誌や図書館の本や、風に当たらないよう窓から引っ込められたゼラニウムの鉢や切花がどっさり活けられた二つの花瓶で、ごった返している。ミス・シルヴァーはチャールズの声を聞いて安堵《あんど》し、すぐさまマーチを呼んでもらった。

「ミス・シルヴァーです。まだそこにいて、よかったわ」

「ちょうど帰ろうとしたところですよ」

「ではわたしは、運がよかったのね。まだ、どういう行動に移るか決めていないことを願いますよ。重要性のあることが発覚しました。一刻の猶予もなく、かつ何も決断されないうちに、考慮すべきものですよ」

返答が返って来る前に、一瞬の間があった。「わかりました。そちらにうかがいましょう」

ミス・シルヴァーは咳払《せきばら》いした。「後悔はさせませんよ」そう言って、電話を切った。

30

ランダル・マーチは、いささかうんざりしたように恩師ミス・シルヴァーを見つめた。学生時代が過ぎても、ミス・シルヴァーのことは変わらず好きだった。人格に対する尊敬の念、知性の高さに対する賞賛の念は、いくつかの事件にともにプロとしてかかわることによって、いや増していた。それでも、ミス・シルヴァーが突然事件に方向転換をもたらす時には、いい加減にしてくれと思うこともあった。不都合な事実を無視して事件をかたづける気は毛頭ないものの、不都合な事実を見つけ出すミス・シルヴァーの才能は、時として行きすぎに思われるのだ。

マーチは、かなり混乱してマイラ・コンスタンチンの居間を辞した。それから、以前はルイス・ブレイディングの書斎だった部屋に行き、ミス・シルヴァーをじっと見て言った。「さてと、全員信用していいものですかね？」

ミス・シルヴァーは落ち着きはらって編みつづけている。この小さなピンクのベストは、姪《めい》ドロシーの二番目の子どものためのものだ――ドロシーは結婚してミス・シルヴァーの姪となり、エセル・バーケットの弟の妻となった。結婚後十年間というもの、子どもに恵まれなかった——夫婦にとっては大きな落胆だった——だがドロシーは昨年男の子を産み、今はこれから生まれてくるのが女の子であってほしいと願っている。ミス・シルヴァーはペールピンクの毛糸越しにマーチを見上げ、おだやかにとがめるような声を出す。「まあ、ランダルったら！」

「あなたは、舞台の人間てものをご存知ないんです。自分のこともほかの人間も、ドラマチックに演出しないではいられないんだ。木曜の晩にミス・グレイがダイヤモンドを盗った現場を見たのなら、なぜミセス・コンスタンチンは三日も黙っていて、第一容疑者が自分の義理の息子だとわかったとたん、持ち出すんですか？　何もかも、燻製《くんせい》ニシンみたいにぷんぷん臭う（本筋から目をそらさせるたくらみを感じる、の意）のは、申し上げる必要もないと思いますが」

ミス・シルヴァーは、趣味の悪い喩《たと》えだと思った。「たしかに、ミセス・コンスタンチンは派手でドラマチックな性格ね。でも木曜の晩に見たことについては正確な描写をしたというのが、わたしの意見ですよ。彼女の精神活動はすばやく活発です。それが正確な観察につながり、できごとが正確に観察された場合、えてして正確に描写されるものです。なぜこれまで黙っていたかといえば、本人も言っていたけれど、それが誰のためになるかで説明がつくでしょう。彼女は木曜の晩、ミス・グレイがマルツィアリのブローチを盗ったことをミスター・ブレイディングに告げました」

マーチは片手をぱっと上げ、芝居がかった口調で言う。「かの女はかの男にかく語りき！」

「ミセス・コンスタンチンの話の裏づけはあると思うわ。ミス・グレイは、なぜ金曜の午後ミスター・ブレイディングに会いに行ったのでしょう？　調べてみたけれど、ミス・グレイはこんなふうにミスター・ブレイディングをたずねたことは一度もありませんね。クラブには、よく来ていました。彼女とミセス・ロビンソンとフォレスト少佐は、たびたびクラブで食事をしています。ミス・グレイは、木曜の晩コレクションが披露された時、別館をおとずれた一行に入っていました。それでも、過去に一人でミスター・ブレイディングのところへ行ったことはないようね。それが、金曜の午後は行ったのです。ミスター・ブレイディングは、その日の昼食の直前、二度電話をかけています。ミスター・モバリーは、怒ったような声が聞こえたし、『そうしたほうがいい！』という言葉を聞いたと供述しているわ。ミス・グレイが、盗んだことはわかっているから、ブローチを返せと言われたと推測しても、公正を欠くことにはならないでしょう。その時、またはあとになって、告訴するという脅迫があったかもしれない。でも、推測から事実にもどれば――あのたいへん暑い金曜の昼日中《ひるひなか》、ミス・グレイがわざわざソルティングズからミスター・ブレイディングに会いにやってきたことを、わたしたちは知っているわ。十分強、彼と二人きりだったことも、三時十分に部屋を出た時彼が生きていたと考える根拠はミス・グレイの言葉だけということも、そしてマルツィアリのブローチは結局、あけっ放しになっていた書き物机の二番目の引き出しにあったのも事実。ミセス・コンスタンチンの発言は、これらの事実がきわめて強力に支持していると思わない？」

「そこまでは、いいでしょう――彼女はブレイディングに向かって、ミス・グレイがブローチを盗ったと言った。ブレイディングは電話で彼女を叱責《しっせき》した。彼女はそれを返し、立ち去った。ですが、彼女が撃ったという証拠はどこにもありません。なぜ彼女が撃たなくちゃならないんです？　あれは親族間の問題でした。訴えるつもりはなかったんですよ」

ミス・シルヴァーは言った。「確信しているわけではないのよ。ミスター・ブレイディングは冷酷で復讐心《ふくしゅうしん》の強い人だった。ミスター・モバリーに対する仕打ちを考えたら、彼の性格をこう評することに異存はないでしょう。それから、ミス・グレイがブローチを盗ったことをミセス・コンスタンチンが話した時、彼は驚かなかったように見えた、ということに注意しましたか？　わたしは、ミセス・コンスタンチンがあなたにその話をした時に、その点を繰り返したことに注目しましたよ。これは、気になる多くの点の一つにすぎません。その点に注目していたのだけれど、ミセス・コンスタンチンはわたしの前で話す時も、まったく同じことを言いましたよ」

マーチは少々面食らったようだった。「それが重要なことだと考えるのですか？」

「そうですよ、ランダル。もし、ミスター・ブレイディングが驚かなかったのなら、ミス・グレイにそういう悪癖があることをよく承知していたということでしょう。ミセス・コンスタンチンがフォレスト少佐にこの件を話した時だって、少佐は驚かなかったと思うわね」

「彼女は、いつ少佐に話したのですか？」

「わたしに話す直前ですよ。フォレスト少佐は、怒りも驚きも示しませんでした。ただ、その話が繰り返されてはならない、とひじょうに心配していたわ」

「そのことから、どんな結論を出されるのですか？」

「何事かを秘密裏に処理しなければならないのは、これがはじめてではない、ということよ。おそらく、今回ミスター・ブレイディングは、ブローチ盗難のことをかばわない、とミス・グレイに思わせたのでしょう。それで自暴自棄のふるまいに及んだかもしれません。じっさいそうした、というわけではないのよ。ただ、ミス・グレイはフォレスト少佐のリボルバーをソルティングズから持ってきて、ミスター・ブレイディングを撃つ可能性はあったということですよ」

「物理的に可能だったということですね」

「武器のしまい場所は、知っていたのでしょう。フォレスト少佐のフラットには鍵《かぎ》がかかってなかった、と言ったわね。ミス・グレイはなかに入れたかもしれない。ミスター・ブレイディングのリボルバーを持ち去り、あなたの言った発見場所、机の一番下の引き出しにしまったのかもしれません」

「ええ――すべて実行した可能性はあります」

ミス・シルヴァーはなおも言う。「もう一つあります。ひじょうに気になることよ。ミス・グレイはものを盗ったことを非難されました。盗んだものを返すよう求められました。ミスター・ブレイディングにとっては、赤の他人ではなく親族の一人でしょう。実現した面会はひじょうにややこしい性格をおびたはずですよ。親族間のもめごとというのは、えてしてむずかしいうえ、こじれるものです。あなたはほんの一瞬でも、あの面会がたった十分で終わったと思ったの？　ミスター・ブレイディングとしてはミス・グレイを容赦するつもりはまったくなかった、とわたしは確信していますよ。何が起きたか知っても、彼は驚かなかった、という点を思い出しなさい。ミセス・コンスタンチンに、自分が処理するから任せてほしい、と言ったでしょう。彼女が、ミス・グレイのことはすこしも好きではないけれど、ミスター・ブレイディングのようすを見ていると、ミス・グレイが気の毒になったと言ったのを、聞いているでしょう。ミスター・ブレイディングは、ミス・グレイをうんと後悔させたにちがいありません。そしてわたしは、十分で終わらせるつもりはなかっただろう、とかなり確信していますよ」

「それは、証拠ではありません」

「もちろん証拠じゃありませんよ、ランダル。でもね、証拠を探すために困難な捜査を始める理由にはなると思いますよ。ミス・グレイをもっと尋問すべきでしょうし、ミスター・モバリーには電話の内容をもっと話すように仕向けなければなりません。電話局にはすでに問い合わせたんでしょうね？」

「ええ。それが、立て込んだ時間だったので——誰も覚えていないのですよ」マーチは短く笑った。「クリスプはおおいに気に入らんでしょうよ。すでに事件を解決した気になっていますからね」

「まだフォレスト少佐を逮捕していないのね？」

「まだです。クリスプといっしょに第二書斎にいますよ。新事実が出るまで、彼を勾留《こうりゅう》しなければなりません。では、上に行ってミス・グレイの話を聞きましょうか？　それともここに呼んだほうがいいですかね？」

ミス・シルヴァーの編み針は、かちかちと揺るぎない音をたてる。「まあランダル、あなたが一番いいと考える通りになさいな。でも、わたしの意見を求めるのなら――」

「求めますよ。あなたは女性の心の働きがおわかりでしょう。ぼくは、わかるふりはしません」

ミス・シルヴァーは言った。「性別だけで人の考え方はわかりませんよ。どんな人にもそれぞれ問題はあるのです。訊《き》かれたからには答えるけれど、そうね、クリスプ警部にミス・グレイを呼び出してもらって、ミスター・ブレイディングの書斎で話を聞くのもいいんじゃないかしら。金曜の午後の行動をそのまま見せるように言ったら――どんなふうに動いたか、どこに立ち、どこに座ったか――それを訊いたら、ミス・グレイの発言がどこまで真実か見きわめることができるはずよ。ブローチの盗難の件が知られているとなったら、ミス・グレイはそうとう動揺するでしょうから」

マーチは椅子《いす》から立ち上がり、言った。「わかりました――仰せの通りやってみましょう」

「クリスプ警部を行かせるの？」

「クリスプはフォレストのところにいます。電話をいただいた時、我々は、フォレストを署に連行して告発するところだったんです。あらたな展開があるまでは、彼から目を離すわけにはいきません」

「あなたは、レドリントンに警部をつかまえにいくあいだ、フォレストを一人にしていましたよ」

「ルイス・ブレイディングのリボルバーがソルティングズで見つかる前でしたからね。それにジャクソンを外に立たせておきましたよ。フォレストがこっそり抜け出そうとしたら、ジャクソンが止めたはずです。ミス・グレイのところには、ジャクソンをやります」

ミス・シルヴァーは、編み物をしまった。「感じのいい若い男性を見かけたけれど、あれがクリスプ警部ね。あのクリスプ警部に行ってもらったほうが、いいんじゃないかしら」

「誰もまちがっても感じがいいなんて言わないやつのことを！　ずいぶん辛辣《しんらつ》ですな！」

ミス・シルヴァーはペールピンクの毛糸玉を取り上げる。「わたしは真実を知りたいの、ランダル」

31

時が止まったように思える日がある。ステイシーは、警察本部長の車がチャールズを乗せて走り去るのを見た。ミス・シルヴァーがマイラ・コンスタンチンに呼び出され、その居間をおとずれたのも見た。果てしなく待たされている気分だったが、警察本部長の車がもどってきた。車が停まり、三人降りてきた——マーチ警察本部長は、階上のマイラとミス・シルヴァーのところへ行った。後部から降りたのは、チャールズとクリスプ警部だ。ステイシーは心臓が縮み上がった。出かけた時は、クリスプ警部は前部座席に警察本部長とならんで座っていたのに、もどってきた時はちがったのだ。ステイシーはその意味を正面からとらえようとした——それが、どういうことなのかを。彼らはもはや、チャールズを一人では座らせておかないのだ。チャールズを逮捕したか、これから逮捕するのだ。クリスプはうしろに座って、チャールズが逃げないよう見張っていたのだ。

階段の吹き抜けに立ったステイシーは、二人がそろって家に入り、第二書斎に向かってホールを進み、視界から消えるのを見た。

寝室のある階にいる時も、ずっと部屋と階段のあいだを行ったり来たりしていた。階段の頂上のすぐ向かいは、ドレッシングルームだったのだが、廊下を広げ明かりと空気を入れるため、取り壊されていた。長い窓からはポーチを見渡すことができ、潮風と遠くの海のきらめきが入り込んでくる。窓辺に立つと、出入りする人間を見ることができた。階段の頂上まで行けば、手すりに寄りかかっただけで、階下で何が進行しているかがわかった。廊下の端まで行けば、別館につながるガラス張りの通路が見えるし、マイラの居間のドア越しに聞こえてくる声が大きくなったり小さくなったりするのがわかった。声は聞こえても、何を言っているかは聞き取れなかった。音は届いても、言葉は届いてこないのだ。

ステイシーが一度廊下をもどると、ヘスター・コンスタンチンが自室のドアをあけて立っていた。頭を垂れ、片手をわき柱にかけた姿は、まるで、何かを聞くために墓場からよろよろ出てきた死人のようだ。ヘスターは必死に、離れた部屋から漏れる音を聞き取ろうとしていた。ヘスターとステイシーは、たがいに見つめ合った。すると、ヘスターのあいた手が伸びて、ステイシーに触れた。「誰がいるの?」

「警察本部長さんです」

「なぜ?」

「チャールズが――」ヘスターは長い吐息をつき、後ずさりした。チャールズ・フォレストがしばり首になろうとなるまいと、どうでもいいようだ。ヘスターはドアを閉めた。

ステイシーは、ポーチの見える窓辺に寄った。その時はじめて、第二書斎に行ってみようと思い立った。降りていけば、またチャールズに会えるだろう。警察に止める理由があるとは思えない。チャールズが逮捕されたとしても、話くらいはできるかもしれないし、すくなくとも顔を見ることはできるだろう。この世でそれ以上に重要なことなどない気がしてきた。

マイラの居間のドアがあき、ミス・シルヴァーと警察本部長がいっしょに出てくるのを見ると、ステイシーは胸をえぐられる思いがした。もうチャールズに会う機会は消えうせたのか。マイラたちからは見えない場所に立つステイシーの耳に、ミス・シルヴァーの言葉が聞こえてきた。「もうすこし時間をくださいな——書斎なら誰にもじゃまされないでしょう」

ステイシーは二人をやりすごし、欄干にもたれて見えなくなるまで待ち、それから階段を駆け降りていった。ついさきほどまで時間のたつのがもどかしく感じられたのに、今や飛ぶように過ぎていく——チャールズを見て、触れて、その声を聞くために残された時間が。ステイシーは走り、息を切らせ、顔を紅潮させて第二書斎に駆け込んだ。

チャールズはこちらに背中を向け、炉辺に立っていた。見たところ、炉胸にかかった陰気な戦闘場面の絵画の鑑賞に熱中しているようだ。戦場の混乱と血に染まった衣服を形容するにふさわしい、聖書の文句があったのだが、と引用句に思いをめぐらしていた——「戦士のすべての戦いは……」。いや、そういう文句だったかどうか確信が持てない。そんなことが、漂流物のように心に浮かんできた。

チャールズは、殺人事件で逮捕されるかどうか待っている最中、こんなことを気に病むのはへんだ、ときわめて冷めた気持ちでいた。その時、ドアが大きな音をたててあき、振り向くとステイシーが駆け込んできた。ステイシーはドアをうしろに押しやり、息をはずませ、なかば青ざめ、見開いた目におびえた表情を浮かべてチャールズのところに来た。

「チャールズ!」

ドアと窓の両方を見張れる戦略的な位置に立っていたクリスプ警部が、ステイシーのほうに来た。ステイシーはクリスプの存在にすら気づかなかった。今も気づいていない。チャールズに両手でしがみつき、ありったけの思いをこめてその顔を見上げた。

クリスプはすかさず「失礼ですが、ミス・マナリング――」と注意をうながした。

ステイシーはクリスプなどに目もくれず、口もきかなかった。息を切らせてこう言った。「あの人を追い払って」

それに答えるチャールズの声が少々震えていたとしたら、それはこの緊迫した瞬間、二人の感情が交錯したからだ。笑いと涙はいつでも入れ替わるのだ。チャールズは言った。「彼は行かないよ」

「ミス・マナリング」

ステイシーは無視を続け、必死になってチャールズにしがみつく。「あの人たちは、まだ――逮捕していないんでしょ?」

チャールズは、ステイシーの頭越しにクリスプを見た。ねずみをつかまえそこなって怒っているテリアそっくりだ。「まだだと思うよ——法的にはね。でも、ぼくらの立場には論争の余地がある。こういうのをなんて言うんだい、クリスプ？　新聞には、さらなる尋問のための勾留《こうりゅう》って書いてあったよな。それとも、ぼくは告発されるために署に連行されるのかい？　そういうのも聞いたような気がするなあ」

こんな調子でしゃべったところで、クリスプの機嫌はいっこうによくならない。クリスプは、最高にこわばった態度で言った。「わたしは、ミス・マナリングに退出をお願いしなくてはなりません」

チャールズは言った。「そう、せかすなよ。もし逮捕されていないんなら、まだ二つ三つ、権利があるはずだと思うがね」そして、ステイシーの耳元でささやく。「行ったほうがよさそうだぜ」

ステイシーは離れようとしない。「あなた、逮捕されてしまうの？」

「まだ前段階だ。警察の注意をそらすものが現れたらしい。それでぼくらが注目からのがれられるかどうかは、わからんが」

「ミス・マナリング——」

ステイシーは、あいかわらずクリスプには目もくれない。「もし——警察が——そうしたら——わたし、あなたに会いにいけるかしら？」

「来るつもりかい？」

「チャールズ！」

「むさ苦しいとこだぜ。ぼくがテーブルの端に、きみが反対側の端に座って、看守が聞き耳立ててるんだ」

「フォレスト少佐、ミス・マナリングに出て行くよう言ってもらえませんか？　わたしには、退出させる義務がある」

「力づくで彼女を追い出す義務はないだろう？　だいたい、これまでのところ、道義的説得を受けるようなことはしていないよ」チャールズは、また声を落とした。「今度こそ、行ったほうがいいよ、ステイシー。これ以上ここにいると、厄介なことになると思わないか？」

「あなたにとって？」

「ぼくにとってだ」

ステイシーは、「じゃあ行くわ」と言い、いきなり両手を引っ込めたので、バランスを失って転ぶのではないかと思われた。だがチャールズが手を貸す前に、ステイシーはバランスを取りもどしていた。顔からはすっかり血の気が引いていた。憔悴《しょうすい》しきったような声で「さよなら――」と言ったものの、チャールズはほとんど聞き取れなかった。それからステイシーは向きを変え、部屋から出て行った。

クリスプはドアをつかみ、ステイシーが出て行くそばから力をこめて閉めた。ばたんと閉めたとは誰にも言えないだろうが、効果は同じだった。ステイシーは、入ってきた時クリスプを見なかった。出て行く時も見なかった。〝クリスプ〟などいなかったのかもしれない。

ばたんとは閉めなかったドアからクリスプが振り向くと、チャールズ・フォレストはまたもこちらに背中を見せ、炉胸にかかった戦闘の絵に顔を向けていた。だが、はたしてその絵を眺めているのかどうかは疑わしかった。

32

リリアス・グレイは居間のカーテンを引いた。すでに日は落ち、海から涼風が吹きはじめている。ひどく暑い一日だったが、もう一、二時間もすれば空気はさわやかになるだろう。リリアスは、風の通り道を作るためにドアをあけた。フラットが居間からすぐ廊下につながっているのが、なんとも残念だ。一階のフラットに、チャールズは小さな趣味のいいロビーを作った。なぜ自分はそれを作ってもらえなかったのか、リリアスにはどうしても理解できなかった。ミスター・アダムズという建築家の説明を聞いても、リリアスの考えは変わらなかった。ロビーのないことは、ずっと嘆きの種なのだ。きょうのような暑い日なら、風の通り道があるのはもちろんいいことだったけれど。

リリアスは戸口から窓辺にもどった。ひどく長い一日だった。チャールズは会いに来てくれなかった。チャールズが来なかったことに、リリアスは怒りと恨みを抱いた。チャールズがホールからコンスタブル少佐と昼食に出かけるところを見かけたけれど、それきりだった。その時だって、コンスタブル少佐が一階に降りていくのが聞こえて、即座にこれはチャールズといっしょに食事に行くのだと気づかなかったら、見ることができなかっただろう。そのことも不満だった。チャールズは誘ってくれなかったのだ。もちろん、誘われたって断っただろう。人に見られたら、ルイスが死んで間もないのに変だと思われるだろうから。とんでもないことだ、わたしはいっしょに出かけたりしない、でも誘ってくれればよかったのに。レドベリーでチャールズとジャック・コンスタブルが昼食を取ったからって、誰もなんとも思わないだろう——いまだに、男は女よりずっと自由だから——でも、葬式が終わるまでは、わたしがホテルやレストランで見られてしまうのは、不謹慎ということになる。もちろん、ルイスのお葬式には行かなくては。どんなに暑くても、黒い上着とスカートを身に着けなくてはいけない。ほかに、ふさわしい服を持っていないから。さいわい黒の上下はあまり分厚くなかったけれど、ウールだった——この陽気でウールとは！　でも、それを着なくてはならない——そして審問にも出なくてはならないのだ。

　たえずこんなことを考えているので、ほんとうに審問を受けているような気になってきた。審問に出廷して、宣誓し、証拠事実を述べなくてはならない。それを考えただけで、リリアスは頭がぐらぐらしてきて、すべてが混乱してくる。だから審問は怖いのだ。前に太い横桟《よこざん》のある、ボックスのようなところに立ち、役人に渡されたカードの宣誓文を読み上げ、証拠事実を述べなくてはならない。部屋は混雑していて、みんなが自分を見るのだ。黒い上着とスカートは似合っている。金髪が引き立つにちがいない。髪があまり隠れない小さな黒い帽子をかぶってもいい——格好よく見せるために目の上でちょっと傾けて、小さなベールをふんわり垂らす。リリアスは、審問の場に立って弱々しいほっそりした色白の姿をさらし、健気にふるまうところを思い浮かべた。と、また震えと恐怖がもどってきた。証拠事実を述べる最中にこの恐怖の感覚に襲われ、混乱して何も言えなくなったりしたら？　何もかも、恐ろしいショックだった。そして、誰もそばに来てくれなかった。チャールズは来てくれなかった。

リリアスは窓から外を見た。空には雲一つなく、海には影一つない。

誰かが階段を上がってくる——男だ。チャールズ？　コンスタブル少佐か？　あけっ放しの戸口から音が聞こえてくる。リリアスが戸口に行ってみると、クリスプ警部が階段を上り切ったところだった。

クリスプが別館にリリアスを連れてくると、すでに舞台はセットされていた。ガラス張りの通路は、あの金曜の午後同様まるで溶鉱炉だった。暑くまぶしい通路を抜けると、ルイス・ブレイディングがコレクション向けに設計した、ゆうに十度は低く、一瞬暗闇《くらやみ》かと思う薄暗い部屋に入った。頭上高く、一つだけ明かりがつき、黒い壁がすべてをおおっている。リリアス・グレイは息を飲んで急に立ち止まり、クリスプ警部が腕に触れるのを感じてまた進んだ。クリスプは「ミス・グレイ、こちらへ」と言い、奥の明かりのついた通路に出た。

実験室のドアはすこしあいていた。クリスプはドアを大きくあけ、わきに立ってリリアスをなかに入れた。実験室の照明はすべてついていた。部屋はまぶしいほどだ、まるで病室のようだ――白い壁と天井、ひんやりした空気。

室内に入りながら、リリアスは右に寄った。と、三メートル以上も向こうにある机の端から警察本部長が見ている。ルイスが座っていたところに座っている。警察本部長の左側には、小柄で時代遅れな雰囲気の老婦人が、膝《ひざ》にペールピンクの編み物を載せていた。チャールズが雇った私立探偵だろう。まるで誰かの家庭教師のように座っている老婦人の姿を見ると、なぜだかほっとした。今まで寒気と動悸《どうき》で気分が悪かったけれど、だんだん元気になってきた。こんな暑い晩に、ここまで連れてこられるだけでもうんざりだった。警察が挙げた理由といえば、以前の供述に関して何かたしかめたい、ということだけだ。でも、恐れることは何もない。神経過敏になっているだけだ。これまでに受けたショックを考えれば、無理もないことなのだ。すべてただの型通りの手続きにちがいない。あそこに座ってペールピンクの毛糸で編み物をしている、時代遅れの小柄な家庭教師と同じくらい、ありきたりで平凡なことなのだ。

「ミス・グレイ、お入りなさい。二、三、お訊《き》きしなければならないことがあります。クリスプ、記録の準備はいいか?」とマーチは言った。

また心臓がどきどきしてきた。むろん、ばかげた反応だ――神経のせいなのだ。マーチはハンサムな男だった。州警察本部長になる前は、レドリントンの署長だった。田舎の紳士のように見える――大柄で金髪、褐色に日焼けした肌がいかにもそれらしい。

クリスプは腰を下ろすとノートを取り出した。この手の格式ばったところが、人を神経質にさせるのだ。リリアスは、警察側がそんなことをする必要性があるとは思えなかった。なぜマーチという警察官は、リリアスの客間で話を聞くだけではたりないのだろう？　そのほうが、よほど筋が通るというものだ。マーチは、礼儀正しいけれどもリリアスには事務的としか思えない声で言った。「ではミス・グレイ、ここにあなたの供述内容があります。お手数ですが、もう一度全部お話しいただけると、警察としては助かります。ところで、ミス・シルヴァーとは初対面ですかな。私立探偵ですよ。最初にミスター・ブレイディングが話を持ちかけ、今はフォレスト少佐のために働いておられます。ご異存がなければ、彼女にも同席していただきたいのですが」

「いえ――はい――つまり、わたしはかまいませんわ。チャールズからも聞いています」

「では、あなたも賛成なさるなら、ミス・グレイ、もう一度ドアまでもどって部屋に入っていただけませんか？　わたしを、ここに座るミスター・ブレイディングだと思ってください。それから、金曜の午後とまったく同じように動き、話していただきたい」

ミス・シルヴァーは、入ってきた時のミス・グレイを真っ青だと思ったが、今や目に見えてさらに青くなっている。「まあ、できません――そんなことは――」

「やってみてください、ミス・グレイ。供述の内容が正しいのなら、反対する理由がわかりませんな」

リリアスはハンカチを口に当てた。リンネルのハンカチの陰で、唇を湿らせた。「できる範囲でやってみますけれど――」

リリアスはハンカチを握りしめたまま、ドアのところへ行った。入室の動作をやってみせると、マーチが止めた。「ハンカチを持っていたのですか？」

「ああ――いえ――いいえ、持っていませんでした」

「我々としては、できるかぎり正確に再現したいのです、それはしまってください。そのバッグは持っていましたか？」

「あ、はい」

「左手に？」

「腕にさげていました」

「では、あなたは入ってきた。そこで何をしましたか？」

リリアスは、供述で言ったことを思い出そうとした。状況は言葉で説明され、書き留められていた。だが、言葉と記憶のあいだに、消そうとしてもぬぐえない光景が浮かび上がってくる。唇がからからに乾いているので、また湿らせなければならなかった。何を言ったらいいのか、わからない――でも何か言わないと、警察のほうで――警察の見解が――。

リリアスは机まで行きかけて、口ごもった。「わかりません――あなた方がいると、緊張してしまうわ。『こんにちは』って言ったと思いますけど」

「で、ブレイディングは？」

「彼もそう言ったと思います」

「それから？　あなたは何をしましたか？」

「いちいち思い出せないわ」

「やれるだけやってくださいよ。次にどうしたか、見せてください」

リリアスはマーチを見つめ、おどおどしながら、さらに進んだ。机に到達すると、立ちすくんだ。片手を机の端に載せる。

クリスプは、するどくリリアスを見た。リリアスの一連の言動をばかばかしいと思っていたが、今や確信が持てなくなっていた。クリスプは明晰《めいせき》な人間で、リリアスの供述を覚えていた。それによれば、リリアスは入室し、机の前に座り、ミスター・ブレイディングとビジネスの話をしたのだった。彼女に語るべきビジネスなどあれば、の話だが。それが今、事実通りにやってみせろと言われると、椅子《いす》がないかと見回しただけで机にやってきて、その端をつかんでいた。

マーチが言った。「そのように、机に触れたのですか？」

リリアスはあわてて手を離す。「いえ――いいえ――ちがうと思います」

「金曜日にした通り、やってみてください。今のように立っていましたか？」

リリアスはパニックを起こしそうだった。何を言ったか正確に思い出そうとする……ルイスに話したことを――座ってルイスと話したことを。できるだけすばやく、リリアスは言った。

「いいえ、わたしは座りました」

「どこに?」

あの時は椅子《いす》があった。目をつぶるたび、机とルイスが見える。椅子があったのだ——今立っている場所よりちょっと右に。リリアスは片手を動かして言った。「あそこです」

マーチの顔を見て、クリスプは立ち上がり、リリアスが示したところに椅子を置いた。リリアスは座ることができて、ほっとした。

マーチは言った。「それから?」

「二人でビジネスの話をしました。投資のことで彼に話を訊《き》きに来たので」

それは、供述通りだった。これまでのところ、うまくやっていた。このままいけば、警察の罠《わな》にはまることはないだろう。あとはただ、満期になる抵当証券があるから、その金の投資先をルイスに相談したと言えばいいのだ。リリアスは、その話を始めた。

半分まで行った時、ミス・シルヴァーに見つめられていることに気がついた。妙な表情だ。冷酷というのでもなく、厳格というのでもない。何かをあわれんでいるような感じだ。リリアスの声があやふやになる。「ルイスは——政府証券に——投資すればいいと——」

「それから?」

「それで——全部です。その——もちろん——もうすこし話を——」

「あなたは、なんと言いましたか?」

「ええと、ただ——ルイスは何が一番いいと思うか——そういったことです」

「そしてルイスはなんと?」

「政府証券に——投資しろと——」

「彼の発言はそれだけですか?」

リリアスは安堵《あんど》した。もうすぐ終わる。切り抜けたのだ。リリアスは言った。「ええ、そうです」

「マルツィアリのブローチの話は出なかったのですか?」

リリアスは目を見開き、マーチを見た。舌で唇を湿らせる。「あなたは——何をおっしゃっているのか——」

「わかりませんか、ミス・グレイ?」リリアスは首を振る。

ミス・シルヴァーは編み物を置き、リリアスのほうにやってきた。水の入ったグラスを手にしている。「これをお飲みになったほうがいいですね、ミス・グレイ」

口元に水がある。リリアスは飲んだ。すこしこぼれた。もっと飲んだ。ミス・シルヴァーはグラスを机に置き、優しいが決然とした声で言った。「さあ、警察本部長の話をお聞きなさい」

マーチは話しはじめる。「木曜の晩ブレイディングがコレクションを披露した時、あなたはおぜいの人といっしょに別館の手前の部屋にいました。マルツィアリのブローチは、コレクションの一部としてリストに載っています。五粒の大きなブリリアント・カットのダイヤモンドがついており、当然かなりの値打ちがあります。ミセス・コンスタンチンは、あなたがそれを盗り、バッグに入れたのを見たと宣誓証言しています。それについて、言うことはありますか？」

「まあ――それはほんとうではありません――」リリアスはグラスに手を伸ばし、一口ごくんと飲み、机に落とさんばかりにグラスを置いた。

マーチは平然とした声で続ける。「ミセス・コンスタンチンは、皆がいなくなるまで待って、ブレイディングに見たことを告げました。ミス・グレイ、その話を聞いてもミスター・ブレイディングは驚いたようすではなく、自分が対処すると言ったそうですよ。金曜の昼食の直前、彼が電話してきたのではありませんか？」

リリアスは声を詰まらせる。「それは投資のことで――わたしが会う約束をしたことで――」

「ミス・グレイ、いやだったら答える必要はありませんよ。あなたが話すことはすべて書き留められ、証拠として使われることを言っておかなければなりません。そして、ミセス・コンスタンチンの供述とあなた自身の態度は、ミスター・ブレイディング殺しに関して、あなたに大きな嫌疑をもたらすと言わねばなりません。彼には、あなたが貴重なブローチを盗んだと信じる根拠があった。そしてその件に対処するために、あなたを呼び出した。あなたは来て、彼に会い、ブローチを返した。それは彼の引き出しで見つかりましたし、引き出しはあいていました。彼があなたを告訴すると脅したのなら、あなたには強力な動機があります。彼が撃たれた武器は、ソルティングズから持ってこられたものです。ブレイディングの引き出しにあった武器は、ソルティングズに運ばれました――」

リリアスは叫んだ。「止《や》めて――止《や》めてよ！　わたしはやってない！」リリアスはミス・シルヴァーの腕を、あざができそうなくらいぎゅっと握った。「止《や》めさせて！　彼を止めて！　わたし、やってないんだから！」

ミス・シルヴァーは、思いやり深く、しかし断固たる調子でリリアスの手を引き離した。ランダル・マーチのほうは、何度となくミス・シルヴァーをじゃまだと思ったものだったが、今度ばかりは心から彼女がいてくれてよかったと思った。ヒステリーを起こした女は手に負えない。ミス・シルヴァーは威厳に満ちた声で言う。「落ち着くのです、ミス・グレイ」

「でも、わたしはやってない――彼にはさわってないんです――リボルバーにだって！　できなかったのよ！　あんなものは怖くてさわれやしない！　ねえ、わたしが撃ったなんて思わないでしょう！　ミスター・マーチ、あなたは――わたしが撃ったなんて思わないで！」

マーチは何も答えない。ミス・シルヴァーは言った。「ミス・グレイ、気を静めなければいけませんよ。無実なら、何も恐れることはありません。何か申し開きをしたいのなら――」

「彼は聞いてくれないわ！　誰も聞いちゃくれない！　信じてくれないでしょう！　おお、あの人が聞いてくれるようにしてくださいな！」リリアスは、身も世もなくすすり泣く。

ミス・シルヴァーは、リリアスの肩に手を置いた。「言いたいことは、聞いてもらえますよ。話すよう強制されることなどありません。何を供述しようと、完全にあなたの自由です。あなたの話したことは、クリスプ警部が書き留めます。そののち、その記録が読み上げられ、希望するならあなたが署名することになります。圧力をかけられることなど、ないのですよ。さあ、もう一杯水をおあがりなさい、そして話したいことがあるかどうか、よくお考えなさいね」

リリアスは震える手をグラスに伸ばし、しゃくりあげる合間に水を飲むと、グラスを置いた。すこしこぼれた水が、あごを伝う。リリアスはあごをハンカチで押さえて、言った。「おお、ミスター・マーチ、わたしは撃っていません。行ったらすでに死んでいたんだもの」

圧倒的な衝撃が走った。ミス・シルヴァーは「なんとまあ！」と言った。ミス・グレイのかたわらに立っていたので、よく観察できた。リリアスはもはや意気消沈していないし、動揺もしていない。自分の言葉がもたらした衝撃によって、落ち着くことができたようだ。少々震えているけれど、椅子《いす》に沈み込んだ姿勢ではない。すすり泣きも止《や》んだ。

ランダル・マーチは言った。「その趣旨で供述するつもりですか？」

「はい――はい、もちろん、そのつもりです。供述しなくちゃなりませんわ。誰にも、わたしが――そんな恐ろしいこと！」

「金曜の午後あなたがこの部屋に入ってきた時、ブレイディングはすでに死んでいたのですね？」

リリアスはひどく興奮して答えた。「ええ、ええ、もちろんそうです！ ルイスがなんて言ったか、自分がなんて言ったかお答えできなかった理由がわかるでしょう。彼は死んでいたのよ。あれほど恐ろしいショックを受けたことはありません。部屋に入ったら、死んでいたんですもの」

ミス・シルヴァーは静かに席にもどり、編み物を取り出した。ミス・グレイはもうだいじょうぶだ。ヒステリーを起こすことはないだろう。もっとも驚愕《きょうがく》すべき事実を認めてしまえば、あとは簡単だ。ミス・シルヴァーは心のなかでフランス語の格言を引用した――

「辛いのは最初の一歩だけ《セ・ネ・ク・ル・プルミエール・パ・キ・クートゥ》」

ランダル・マーチは、別館への入り方について質問していた。「誰があなたを入れましたか、ミス・グレイ?」

「ドアがすこしあいていました」とリリアス。

「意外でしたか?」

「はい――いいえ――ルイスがわたしのために、あけておいてくれたんだろうと思いました」

「明かりはついていましたか?」

「はい――きょうと同じです」

「一つしか、ついていなかったということですか?」

リリアスはぶるっと震えた。「はい――入った時は暗く感じました」

「向こうの通路の明かりはついていましたか?」

「はい――きょうと同じように」

「実験室はどうでしたか?」

リリアスはまた震えた。「は、はい――ひどく明るかったです」

「部屋に入った時に見たことを、正確に話してください」

クリスプ警部はリリアスの発言を逐一書き留めていたが、リリアスは気にしなかった。いったん話しはじめてみると、すらすらとは説明できなかった。「ドアから入って、一瞬彼は眠っているのかと思いました。頭が机についていました。すこし寄ってみると、彼が撃たれたことがわかりました」

「なぜ、通報しなかったのですか?」

リリアスは奇妙なゆっくりしたしゃべり方をした。「わたしは——わかりません。あれは——ショックでした。わたしは、ただ立ちすくんで——身動きできませんでした」

「でも、やがて——動いたのでしょう?」

「はい。近寄ってたしかめました——死んでいるかどうか」

「彼がどんなふうに伏せていたのか、やってみせてください」

「頭は——端に載っていました——吸い取り紙の」

マーチは椅子《いす》を引いて立ち上がった。「こちらに来て、彼の体全体の姿勢を教えてください」

リリアスは机を回って、発見時のルイス・ブレイディングの姿勢通りにやってみせた。

「ありがとうございます、ミス・グレイ」

リリアスは席にもどり、マーチも席にもどった。

「右腕は垂れていたのですか?」

「おお、そうです」

「武器は見えましたか？」

「床に落ちていました――彼が落としたばかり、というように。彼は自殺したんだと思いました」

「自殺の理由になるようなことを知っていましたか？」

「まあ、いいえ」

「でも、あなたは自殺だと思った？」

「ええ、思いました」

「なら、なぜ通報しなかったのですか？」

「わたし――わたしは――」

「ミス・グレイ、最初のショックは去りました。あなたは考えはじめたはずだ。ブレイディングは自殺したのだ、と考えるだけの思考力を取りもどした。ハウスにもどって通報するのが、ふつうの反応じゃありませんか。なぜ、そうしなかったのですか？」

リリアスの手は落ち着きなく、湿ったハンカチをいじりまわす。「怖かったんです」

「なぜ？」

「みんながわたしのことを――」そこで口をつぐんでしまった。

「みんなに、あなたが撃ったと思われるのが怖かったのですか？」

リリアスは息を詰めた。

「事実、あなたもそう思ったじゃありませんか？」

「ひじょうに強力な動機が発覚したからですよ」

ミス・シルヴァーは、マーチに向かって礼儀正しく話しかけた。「失礼ですけれど――ミス・グレイに質問してもよろしいでしょうか？」

「ええ、もちろんですよ」

ミス・シルヴァーはピンクの毛糸越しに言った。「その動機が発覚すると考える理由があったのですか？　ミスター・ブレイディングが電話してきた時、あなたがマルツィアリのブローチを盗んだ現場をミセス・コンスタンチンが見たという話はしましたか？」

一瞬間があき、マーチはふたたびヒステリックなすすり泣きが始まるのではないかと恐れた。だが、それはなかった。リリアス・グレイは、かっとなったように「いいえ！」と言った。それから身を起こし、涙ではなく言葉を武器にした。

「マイラ・コンスタンチンは下品でお節介なお婆さんです。誰でも自分みたいに下劣な動機があると思い込んでるのよ。そしてルイスは、いつでもあの人の言うことを聞いていた。ルイスはとっても不親切で、とっても不公平な人だったわ」リリアスは威厳を漂わせようとし、なんとその試みはうまくいった。「わたしがブローチを借りたのは、とても興味を引かれたからだし、スケッチをしたかったからです。宝石を題材に何か描いてみようと思っていましたから。ルイスに頼もうなんて思わなかったわ、なんだかんだ言うに決まってるもの。あんなの軽いいたずらだし、次の日返すつもりだったのよ。そしたらルイスが電話してきて、と、っ、て、も、機嫌が悪かったわ。もちろん、マイラが余計なまねをすることもわかってた。だからルイスがあんなふうに死んでるのを見て、さっさと退散して何も言わないほうが、こじれないだろうと思ったのよ」

この時はじめてマーチは、リリアスの話を信じてもいいかもしれないと思った。完全に脈絡を欠いたありのままの思考でなくては、これほど非合理的な理屈を生み出すことはできそうもない。とてもこれが策略とは思えなかった。だが、自分の思考を取りもどす努力はしなくてはならない。

「あなたは、ただ逃げ出して何も言わない決心をしたのですね？」

リリアスは、しごく嬉《うれ》しそうな声を出す。「それが一番いい方法だと考えました」

なんて女だ！　とにかく、この女から引き出せるだけのことは、訊《き》かねばならない。

「ではミス・グレイ、あなたはここに十分ほどいました。口をつぐむ決心をしてから、何をしましたか？」

「ブローチを、あの二番目の引き出しに入れました。あいていた引き出しに」

「その引き出しに、リボルバーはありましたか？」

「いいえ——床にありました」

「リボルバーをもう一丁、どこかで見かけませんでしたか？」

リリアスは驚いたようだった。「まあ、いいえ。ルイスは一丁しか持ってなかったはずよ」

「では、あなたはブローチを引き出しに入れた。ほかには、何をしましたか?」

驚愕《きょうがく》の表情が浮かんで、消えた。あまりにかすかで一瞬のことだったので、ミス・シルヴァー以外の目には留まらなかった。「どういう意味か、わかりません」

「あなたは十分間のできごとを、説明しなくてはなりません。まだ説明していないでしょう。ブローチを引き出しに入れてから、あなたは何をしましたか?」

今度はマーチも、リリアスが平静を失ったことに気づいた。リリアスは言った。「わたしは出て行きました」

マーチは首を振る。「いやちがう、すぐではないでしょう。まだ説明していない十分間があります。わたしが手助けできるかもしれない。机に金属のトレーがあるのを見ましたか?」

「わたし――わからない――見たかもしれません」

「しっかりしてください、ミス・グレイ、見たはずですよ。それは、どこにありましたか?」

「あそこ――あそこにありました」リリアスはマーチの左側の何もない場所を指した。

「トレーは、空《から》でしたか?」

「そ――そう思います」

マーチは言った。「すべてわかってしまうのですよ。続けます。あなたは、ブレイディングの遺言状を見ましたか?」

「ああ!」まるで足場を失ったかのように、リリアスは言う。

「それを見ましたか、ミス・グレイ?」

リリアスは絶望したようにマーチを見、わっと泣き出した。

ミス・シルヴァーは編み物を置き、断固たる声で言った。「ミス・グレイ、もし真実を話さなかったら、きっとあなたの身にたいへんな困難が降りかかりますよ。あなたは、ミスター・ブレイディングの遺言状を見たはずです。机のあそこにあったはずです。あなたはそれに気づいて、読んだ。あの財産がすべてミセス・ロビンソンのものになると知り、あなたは激怒した。それ以上のことを考えたのではないと思います。遺言状がなくなれば、お金はフォレスト少佐のものになり、フォレスト少佐にお金が行けば、あなたはきっと分け前をもらえる。あなたが何をしたか、言ってあげましょうか? 遺言状用箋《ようせん》はさして大きくなかった。あなたはハンカチを出して、金属のトレーを持ち上げ、机の向こうの右側へ移した。指紋を残してはいけないと考えるだけ、落ち着いていたわけです。遺言状を金属のトレーに載せ、マッチをすった——あなたはタバコを吸うから、バッグにマッチが入っていたのでしょう」

「わたしがタバコを吸うと、なぜ知っているの?」

ミス・シルヴァーは答えた。「ミセス・コンスタンチンにたしかめました。あなたはマッチをすって、遺言状に火をつけ、燃えるのを確認した。それがあなたのしたことです、ちがいますか?」

リリアスは両手を投げ出した。くしゃくしゃになったハンカチが床に落ちた。「おお――おお――おお！」リリアスは泣きわめく。「どうしてわかったのよ？」

33

「で、どうお考えになりますか?」

マーチはミス・シルヴァーと二人きりになった。今は実験室だ。リリアス・グレイは、ミス・シルヴァーの提案で、座り心地のいいソファーがあるルイス・ブレイディングの部屋に引き取った。年配の客室係のメイドがついている。ミス・グレイは異議をはさまなかった。おおいに泣きはしたものの、やはりミス・シルヴァーからお茶を飲んだらどうかと言われると、涙をふいた。そこでクリスプ警部は席をはずし、マーチとミス・シルヴァーを二人だけにした。半分は嘘《うそ》の真実と、半分は真実の嘘を見分けるのはつくづくむずかしい、とミス・シルヴァーは考えていた。テニソン卿《きょう》がこの事実をたくみにあらわした一節を、畏敬の念とともに思い出した。肘《ひじ》かけのない低い椅子《いす》に移って深々と座り、編み物を続けた。そしてマーチの質問に一つ一つ答えていった。

「あなたの考えはどうなの?」

マーチは片手を上げ、また下ろした。「彼女が真実を語っているかどうかによります。真実でしょうか？」

「そう思うわ、ランダル」

マーチはシニカルな口調になる。「ブローチを借りてスケッチをするというたわごとまでも？」

編み針がかちりと音をたてる。

「まあ、もちろんそれはちがいますよ。あれは、ただの目くらまし。彼女は、けっして自分の過ちを直視し、認めることができない人です。万引き犯によくいるタイプね。ああいう人たちは、自分のやったことの言い訳をしなくてはいられないので、しらを切って自尊心を保つの。ごまかしの思考というのは、脆弱《ぜいじゃく》な人格を作り出します。ミス・グレイのやることなすこと、それに当てはまりますよ。ミスター・ブレイディングのブローチを盗みはしたけれど、撃っていないことはたしかですね」

マーチは、賛成したくなっていた。「理由は？」

ミス・シルヴァーは、きびきびと楽しげに編んでいる。「まあランダル、この犯罪はじつに周到に計画されているし、巧妙な筋立てがあるわ。すばやく冷酷に働く頭を持った人間の仕業ね――状況を臨機応変に利用しています。ミス・グレイの頭がそんなふうに働くと思う？ 彼女が自分の状況をどう思ったか考えてごらんなさい。彼女はミスター・ブレイディングのものを盗み、それを知られました。ミス・グレイは、ミセス・コンスタンチンに盗みを見られたと知っていた。ミスター・ブレイディングは電話をかけて、ブローチを返せと言った。彼女は言われた通りにした。あなたはちょっとでも、彼女が相手を撃つつもりで武器を持参したと思う？あの人はこれまで、火器を扱ったことなんて一度もないと思うわ。あの自己欺瞞《ぎまん》の度合いから言って、ミスター・ブレイディングがほんとうに告訴するつもりだなんて、とても信じられないはずよ。不快な場面を予想したでしょうけれど、相手が強硬手段に訴えるとは考えないでしょう。もし、ルイスの言い方からほんとうに危険だと感じたら、フォレスト少佐のリボルバーではなくフォレスト少佐本人に頼ると思うわ。大量の涙を流しながら、ミスター・ブレイディングがいかに残酷で思いやりがないか訴えたでしょうよ。請け合ってもいいですよ、ランダル——理由はちがうけれど——わたし同様、彼女には人を撃つことなどできません。ミスター・ブレイディングの死体を見て、すくみあがったことでしょう。そしていかにも彼女らしく、何もなかったというふりをしたんですよ。どんな時でも、明確さや知性をもってものを考えることができないの。ショックのせいで、何も考えられない。だから直感と習慣にもとづいて行動したのね。部屋を出る時もミスター・ブレイディングは生きていたと供述した時、フォレスト少佐に嫌疑をなすりつけることになるとは、夢にも思わなかったにちがいないわ」

マーチはそっけなく応じる。「遺言状を燃やすだけの思考は可能でしたがね」

ミス・シルヴァーは、きっぱりとかぶりを振る。「思考ではありませんよ、ランダル——直感なの。彼女の行動パターンはつねに、なんでもほしがる性格をあらわしています。遺言状を読んで、ミスター・ブレイディングがすべてをミセス・ロビンソンに遺すことを知った。そこで自分がひどく不公平な目に遭うのをふせぐために、マッチをすっただけ。彼女のようすを見て、話しぶりを聞いたでしょう。あの人なら、遺言の内容が不公平だと考えるのは火を見るよりも明らかではないかしら？」

「そりゃ、彼女はなんでも正当化しますよ」

「その通り」

一瞬ののち、マーチは言った。「彼女の証言を信じるならば、チャールズ・フォレストの嫌疑は晴れます。そのためにいらしたのでしょう？」

ミス・シルヴァーはおおげさな反応は示さず、落ち着いて言った。「わたしは正義の末端をにない、真実を見出すために来たのですよ。ほかに動機などないことは、よく知っているでしょうに」

マーチはほほえんだ。「ひじょうに有効な特別訴答（自己に有利なことだけを述べる陳述）ですな」

ミス・シルヴァーはとがめるような咳払《せきばら》いをした。「あなたが意見を求めたのですよ。わたしは答えただけ」

マーチはあごに手を当て、ミス・シルヴァーを見つめた。「ミス・グレイの供述が最初のものから、言ってみれば逸脱したことについて、ほかに説明がつくとは思いませんでしたか？」

ミス・シルヴァーは、明るい知性に満ちたまなざしを返した。「あなたなら、どんな説明をする？」

「彼女はフォレストにとって、養女に来た姉です。フォレストを溺愛《できあい》していると思われます。あなたも言われたように、彼女は明晰《めいせき》な思考ができません。最初に供述をした時は、三時十分に部屋を出る時ブレイディングが生きていたと言っても、フォレストに嫌疑を向けることになるとは思っていなかった。フォレストは二十分にはブレイディングが死んでいたと言っています。グレイは、そのことに気がつくと怖くなり、フォレストが逮捕の瀬戸際にあると知ると、三時ちょっと前に部屋に入ったらブレイディングが死んでいたという話を思いついたんです」

ミス・シルヴァーは、人をとりこにする笑顔を見せた。「それはまったく巧妙な思いつきね、ランダル、でもそれはないわ。第一に、フォレスト少佐が逮捕される危険があるということは、彼女は知らなかったはずよ。第二に、彼女はブレイディングが死んでいたという供述を用意していたのではありません。驚きおびえたあまり、その事実を認めることになったのよ。第三に、ミス・グレイはせっぱつまったら自分以外の人間の利害関係など考えない性格です」

「驚きのあまり、あの事実を認めることになったとお考えですか?」

「そうよ。ミス・グレイが部屋に入ってくる時、わたしはよく観察していました。書き物机が見えるところまで来て、無意識にチェックしていたのがわからなかった? チェックしたんですよ。両目を見開いていた。おびえたように、あなたを見ていた。それ以上進むのが辛いようでしたよ。その時わたしは、ミスター・ブレイディングが撃たれて倒れている姿を見たのだ、と確信しました。ブレイディングの死体発見を認めた時、彼女が真実を述べていたと思うか、わたしに訊《き》いたわね。彼女が見たことは、死体の姿勢の描写が裏づけています。細かい点まで正しかったでしょ?」

マーチはうなずいた。「フォレストが話したのかもしれませんが」

「それは、ありそうもないわ。フォレスト少佐は、あんなヒステリックな気質の人間に向かって、むごい光景のことを語って聞かせたりしないでしょう」

「ああ、その点は同感です。あなたの説にはおおむね反対する理由もありません、そうなるとフォレストの嫌疑は晴れます」マーチは笑顔を見せた。「あなたは、たいそう優秀な代弁者だ」

ペールピンクのベストが完成した。ミス・シルヴァーは言った。「フォレスト少佐には、代弁者など必要ありませんよ。事実が雄弁に物語っていますからね。ランダル、あなたはリボルバーの入れ替わったことが、彼の無実を証明すると考える?」

「おやおや、ミス・シルヴァー!」

「まだ考えていないなら、考えるべきですよ。金曜の午後、ミスター・ブレイディングを訪問した人は全員、ソルティングズから来ています。誰がフォレスト少佐のリボルバーを持っていても不思議はなかった。疵《きず》のあるリボルバーを持ってきて、ミスター・ブレイディングのイニシャル入りのものと入れ替えることはできたはず。ミスター・ブレイディングのリボルバーは現場にあったけれど——この事実が知れ渡っていることも、確認されているわ——なぜ、それは殺人に使われなかったのでしょう? 自殺に見せかけるためには、ミスター・ブレイディングのリボルバーは使えなかった。なぜなら、それは使えなかったから。殺人犯は、リボルバーを引き出しから出して、自殺に見せかけることが可能な距離から撃つことができなかったんでしょう。そこで犯人は、別の武器を用意し、それを使わざるをえなかった。けれど、四人の訪問者のうちフォレスト少佐だけは、別の武器を用意する必要がなかった。従兄弟の横に立って、自分があげたリボルバーに話題を持っていき、水を向けて引き出しをあけさせ、取り出すことができたはずです。ごく自然に簡単にね。フォレスト少佐なら、ちらりとも疑念を抱かせることなく、従兄弟を撃てたはず。自分のリボルバーを持ってくる必要はなかったし、自分のを使うような頭の悪い人ではありません」

マーチはミス・シルヴァーを真剣に見ていた。「誰かが使った。それは誰だとお考えですか?」

「ミスター・ブレイディングのリボルバーに頼るわけにはいかなかった人物でしょう。すべてを周到に計画し、けれども実行時には慌てたあまり、警察に自殺と思わせるための指紋は滑ってぼやけてしまったのです。ミスター・ブレイディングのリボルバーを持ち去り、ほかのリボルバーを残す必要があった。なぜなら、ミスター・ブレイディングの方は完全に充塡《じゅうてん》されていて、室内で一発だけ処理することはできなかったから」

マーチは片手を上げた。「ミス・シルヴァー、大胆な想像ですな!」

ミス・シルヴァーが見せた笑顔は優しかったが、威厳があった。「すべてほんとうのことよ、ちがうかしら? 考えているあいだに、ミスター・モバリーを呼んできたらいいと思うけれど」

マーチは眉根《まゆね》を寄せた。「モバリーを？」

ミス・シルヴァーは言う。「彼に一つ、二つ訊《き》いてみたいことがあります。あなたのいる前で質問できるまで、控えていたの」

マーチはもう一度「モバリー――」と思索にふけるような声で言った。それから、「ああ、けっこうですよ、モバリーに会ってもかまいません。彼は怖気づいているから、何か引き出せるかもしれない。収穫がありそうですね」

マーチは内線電話の受話器を持ち上げ、指示を出した。

受話器を置くと、ミス・シルヴァーのほうに振り向いて、ちょっと笑顔になった。「いいですか――まず呼び出して、それから質問します。何をお訊きになりたいのですか？」

ミス・シルヴァーは答えた。「金曜の第二便で来た手紙について」

「なんの手紙です？」

「ミスター・ブレイディングとミスター・モバリーの会話をちょっと聞いてしまったという、ウェイターの言い訳を思い出してごらんなさい。ミスター・ブレイディングの手紙を持ってきたと言いましたよ」

マーチは、かすかに驚きの表情を浮かべてミス・シルヴァーを見る。「そこから何か連想する理由が――」

「あると思うの」ミス・シルヴァーは変わらずきびきびと編んでいる。きちんとした小柄な姿は揺らぐことがなく、きっぱりした顔つきをしている。「手紙のうち一通はミセス・ロビンソンからだったでしょう」

「なぜご存知です?」

「ウェイターに訊いたの」

マーチは眉をひそめる。「彼女の筆跡を知っていたのかな?」

「あら、そうですよ――よく知っているようだったわ。彼女はここにしょっちゅう来るから。何度も手紙を書いてはウェイターに投函《とうかん》を頼んでいたの。ポストは門を出たところにありますよ」

「しかし――」

ミス・シルヴァーは首をかしげた。「わかってますよ、ランダル。ミセス・ロビンソンは木曜の晩、かなり遅くまで居残っていました。ミスター・ブレイディングがコレクションを見せたメンバーの一人です。家までの崖道《がけみち》を、フォレスト少佐といっしょに歩いて帰りました。手紙はソルティングズに着いてから書いたのでしょう。だからこそ、興味があるのですよ。ソルティングズから四百メートルほど行った、小道が大通りにぶつかるところに円柱形のポストがあるわ。午後五時以降そのポストに投函された手紙は、翌日早朝に集められて、同一区内なら第二便で配達されることになっている。この場合、区内配達ですよ。こういう細かいことは、ミス・スナッジのおかげで知ったの。金曜に手紙が来た時、ミス・スナッジが仕分けしました。ミスター・ブレイディングへの手紙にはミセス・ロビンソンからのものもあったと言っているから、オーウェンの供述の裏づけにもなるわね。だから、その手紙はソルティングズにもどってから書かれたものだと結論づけていいと思うわ」

マーチは言った。「ああ、まあ、彼らは婚約していましたからね。そういうこともするでしょう」

ミス・シルヴァーはするどく言う。「それ以上のものがありますよ。ミセス・ロビンソンがいっしょに帰ったのは、フォレスト少佐です。少佐によれば、ミセス・ロビンソンはミスター・ブレイディングが結婚を申し込んだこと、自分の利益になるような遺言状が作られたことを話したそうです。彼女の表現の仕方に注目なさいな——彼が結婚を申し込んだと言ったのよ。その時まだ彼女は、はっきりした返事をしていなかった可能性があると思うわ」

「だとしたらブレイディングは、彼女の得になるような遺言状に署名したりしないでしょう」

「なら、彼女が内心ためらっていただけかもしれない。言っておきますけどね、勘のするどいミセス・コンスタンチンと、ゴシップに飽くなき興味を抱くミス・デイルは二人とも、ミセス・ロビンソンはフォレスト少佐にたいそう惹《ひ》かれている、と力説していたわよ」

マーチは笑った。「そうやって聞いたことを、すべて信じるのですか?」

ミス・シルヴァーはすまして言う。「信じても問題ないと思うわ。フォレスト少佐はとても魅力的な男性ですからね」

「で、その話からどういう結論をみちびき出すのですか?」

「今は何もありません。けれど、その点についてミスター・モバリーが助けになると思うのよ。

ミセス・ロビンソンはフォレスト少佐と歩いて帰り、それからミスター・ブレイディング宛《あ》ての手紙を書いて出した。ミスター・ブレイディングは手紙を受け取ってから、怒りの電話を二本かけた。その一本がミス・グレイ宛てだったことはわかっています。もう一本がミセス・ロビンソン宛てだったかどうかは、わかっていない。彼女の手紙は、婚約の拒否か、さもなければ最終的な承諾だったのではないかしら。どちらにせよ、次に起きたことの説明にならないけれど」

マーチはうなずく。「では、モバリーに会う前に、フォレストを呼びましょう」

マーチはまた内線電話をかけた。「こちらから電話するまで、ミスター・モバリーは来させるな。それから、フォレスト少佐に来てくれるよう頼んでくれ」

チャールズ・フォレストは、何が待ち受けているのかいぶかしみながら部屋に入ってきた。クリスプはしばらく前に第二書斎を出ていたが、チャールズのほうはまだ部屋にいるようにと言われ、その通りにしていた。警察の活動が進行しているらしい。窓越しに、人の出入りの音が聞こえてくる。ドアをあければ、内線電話の番をしている警官が見える。ステイシーの姿は見えない。実験室に呼ばれるまで、チャールズはまたドアを閉めて考えにふけっていた。実験室に行くとミス・シルヴァーからは笑顔で迎えられ、マーチには快活な声で「入ってかけたまえ、フォレスト」と言われた。

まさか、ばつの悪い思いをしながらマイダと歩いた帰り道について話すよう言われるとは思わなかった。だがチャールズは、前に言った以上の情報は提供しなかった。ルイス・ブレイディングが結婚を申し込んできて、自分に有利な遺言状を作った、とマイダは言ったのだ。署名は翌日行なわれることになっていた。チャールズとマイダは包み隠さずなんでも話した。ルイスはいっしょに暮らしやすい人間ではない、とチャールズは言ったけれど、マイダはどう見てもプロポーズを受け入れるつもりのようだった。マーチが「すでに受け入れたとは思わなかったんですか?」と訊《き》くと、チャールズは「まあ、そう言ってもさしつかえないでしょう」と答えた。

この時はじめて、ミス・シルヴァーが質問した。「あの晩彼女が手紙を書くつもりだったのは、ご存知でしたか?」

この質問が何を意図しているのか、チャールズはわからなかったが、答えた。「じっさい書きましたよ」

マーチは驚き、「知っていたんですか?」と言った。

「ぼくが投函《とうかん》しましたから」

「何があったか、説明してもらえますか?」

チャールズは意外そうな表情を見せる。「何もありませんでしたよ。ぼくはフラットに帰ってから手紙を書いて、出しに行こうとしたんです。マイダが、階段で二通の手紙を手にしていたから、ぼくが投函しようと言って、あずかったんです。それで全部です」

「とくに会話はなかった?」

チャールズは眉《まゆ》を寄せた。マイダの言葉を繰り返しても、誰の不利になるとも思えないので、教えることにした。「マイダはただ手紙を渡して、『さあ、これでわたしはあなたの従姉妹になるのね』と言い、ぼくは『それも魅力的な従姉妹にね』と答えました」

「たしかにマイダはそう言いましたか?」

「ええ、そうですよ」

「では、彼女から渡されたのは、ブレイディングのプロポーズの承諾の手紙だと思ったんですね?」

「当然です」

マーチは考えた。「それはそれで、よしとしよう。ブレイディングを怒らせたのは手紙ではなかった。我々は考えちがいをしていたようだ」

ミス・シルヴァーは控えめに、疑問をあらわす咳払《せきばら》いをした。「手紙は二通あったのですね、フォレスト少佐?」

「ええ、二通でした」

「もう一通は誰宛《あ》てだか気づきましたか?」

「はい。たまたまそれが上になっていたので――いやでも目に入りましたよ」

「どなた宛てでした?」

ミス・シルヴァーがどういうつもりなのか、マーチは皆目見当がつかなかった。チャールズの答えが聞こえてくる。「彼女の友人、ミセス・ハント宛《あ》てでした」

「住所はわかりましたか？」

「彼女は、ロンドン在住ですよ。一度か二度こちらに来たことがあります。正確な住所はわかりません。知りたかったら、マイダにお訊《き》きになればいいでしょう」

ミス・シルヴァーは、今度は不賛成の意を表明する咳払《せきばら》いをした。質問の続きにかかった。

「ミセス・ハントは、彼女と親しいのでしょうか？」

チャールズは笑った。「まあ、ぼくはそう思いますね。いっしょにバスに乗り合わせただけで心を開けるタイプですよ――あたたかくて親切で――誰とでも仲良しなんじゃないですか」

マーチは、この発言には注意を払わなかった。「我々が知りたいことは、これですべてです。これで――進展があったと言うべきでしょう。当面は、クラブにいてくださいよ。ほかの面では、いつも通りの生活をしてくださってかまいません」

チャールズは、真剣な表情で聞いていた。「つまり、もう拘束されてはいない、ということですね？」

「さきほど言った通りです」

「理由を説明していただきたいが」

マーチはけげんな顔をする。「ミス・グレイが供述しました」

チャールズの浅黒い顔がこわばる。「なんと言ったのですか？」

「部屋に入った時、すでにブレイディングは死んでいた、と」

チャールズの驚愕《きょうがく》は傍目にも明らかだった。チャールズは言った。「なんですって！」

マーチはうなずく。「それが彼女の言葉です。この発言が信じられるものなら、あなたの容疑は晴れるわけです」

「リリアスが行ったら、ルイスはすでに死んでいた――」

マーチは、「行って、よくお考えなさい」と言った。

チャールズは立ち上がった。「リリアスはどこです？」

答えたのはミス・シルヴァーだった。「横になっていますよ。客室係のメイドがついています。ひどく取り乱していましたのでね」

けわしい表情で黙り込み、チャールズは部屋を出た。

34

ジェームズ・モバリーは、破滅に直面する覚悟を決めた男の顔で実験室にやってきた。いつもは猫背気味だったのが、今はぎこちなく姿勢をまっすぐにしている。ミス・シルヴァーは、入室するモバリーを笑顔で迎えた。座るようながすミス・シルヴァーの声を聞いて、マーチは家庭教師時代を思い出した。ミス・シルヴァーからモバリーに視線を移しながら、恩師はこの男をどう値踏みしているのだろう、と思った。恥ずかしがっている口べたな少年か——危機が迫っても嘘《うそ》で切り抜けられる、抜け目ない男か——教訓を学べない愚か者か——へまをやらかした怠け者か——それとも権力に立ち向かう反乱者か？　次の瞬間、マーチはモバリーの過去を思い出し、習字帖《しゅうじちょう》を汚したばかな少年だ、という結論に達した。

ミス・シルヴァーは言った。「どうぞおかけください、ミスター・モバリー。わたしたち以上に、このいたましい事件の真相を明らかにしたいというお気持ちが強いでしょうね。あなたがわたしたちを助けてくださると信じています。警察本部長さんは、ご親切にもわたしが質問する場に立ち会ってくださるとおっしゃるのですよ」

ジェームズ・モバリーは何も言わない。テーブルの向こう側に椅子《いす》があった。モバリーはこわばった体をほぐすこともなく、楽にしようというそぶりも見せず、その椅子に座った。前置きのように軽く咳《せき》をして、ミス・シルヴァーは話しかけた。「金曜の朝を思い出していただけませんこと、ミスター・モバリー？　ミスター・ブレイディングは外出し、そしてもどってこられた。十二時ちょっと前、あなたは書斎でミスター・ブレイディングと面会していましたね」

モバリーは乾いた、こわばった声を出す。「あの面会については、すでに供述しました。つけたすことなどありません」

ミス・シルヴァーは笑顔で励ます。「つけたさなくてもけっこうですよ。ミスター・ブレイディングとの会話は、ドアのノックで中断されましたね。オーウェンというウェイターが、第二便で届いた手紙を持ってきたのです。ミスター・ブレイディングは手紙を受け取り、ウェイターは退室しました。どんな手紙だったか、お気づきになりましたか？」

「その時はわかりませんでした。背を向けていたので」

「でも、あとでわかったのですね？」

「はい。ミスター・ブレイディングは書き物机に向かっていました。わたしは向きを変えてテーブルにもどりました。手紙が載っていました。二通です。一通は請求書のようで、一通はミセス・ロビンソンからの手紙でした」モバリーは苦しげに、ぎくしゃくとした口調で話す。

マーチが言った。「たしかかね？　彼女の筆跡を知っていたのか？」

「はい――とても特徴があるので」

「ミスター・ブレイディングが開封するところを見たのかね？」

「いいえ。ミスター・ブレイディングは、わたしの辞職願いに関する話にもどりました。『もう、そんな話は聞きたくない。この件は打ち切りだ』と言いました。それからミセス・ロビンソンの手紙をつかんで、別館に行ってしまいました」

ミス・シルヴァーが言った。「彼を追いかけたのでしょう？　何分たってから行きましたか？」

「五分から十分のあいだです。彼の言ったことは、承諾するわけにいきませんでした。あの件が打ち切りと言われて、引き下がるわけにはいかなかった。それを告げるためにあとを追いましたが、もちろん彼が落ち着く頃合を見計らいましたよ」

「ほんとうに、その通りのことを話したのですか？」

モバリーはためらった。緊張に耐えているのがよりいっそうあらわになる。やっと、モバリーは言った。「その機会がありませんでした」

「供述によれば、別館に入ったらミスター・モバリーが電話していたそうですね――寝室の電話を使い、ドアはあいていた。電話の内容を聞いてしまわないよう、実験室のドアを通り過ぎ通路の端まで引き返した、とあなたは供述しています。なぜ、ふつうに実験室に入らなかったのですか？」

モバリーは、ミス・シルヴァーと視線を合わせない。「わかりません」

ミス・シルヴァーは一瞬編み物を下に置き、両手をペールピンクの毛糸に載せたまま、モバリーのほうにかがみこんだ。

「ミスター・モバリー、どうかありのままを話してくださいな。供述では、ミスター・ブレイディングが二回電話をかけ、口調は怒ったようだった、二言だけ聞こえたと言いましたね。『そうしたほうがいい！』という言葉です。今こそほんとうに聞いた内容を話すのにふさわしい時ではないでしょうか」

「ミス・シルヴァー——」モバリーはくぐもったような声を出すが、あとが続かない。

ミス・シルヴァーは今一度、励ましの笑みを浮かべた。「いつだって真実を語るのが一番なのですよ、ミスター・モバリー。前に言われた以上のことをお聞きになったことは、わかっています」

モバリーは、「ええ」とあいかわらず、こもったような声で言う。それから、「わたしは何をすればよかったんでしょうか？　自分が嫌疑をかけられていることはわかっていました——ミスター・ブレイディングは、そのように仕組んでいました。長生きを祈れ、といつも言っていました。なぜなら彼がどんな死に方をしても、わたしの破滅になるからです。わたしは思いました。『黙っているほどいいだろう。何か言ったら、他人に罪をなすりつけるように見えるだろうから』それに、わたしは彼女があまり好きではなかった。それは、誰でも知っていることです」

マーチは、「ミス・グレイのことかね？」と言った。

ジェームズ・モバリーは首を振った。「いや、ちがいます。それは、あとのほうの電話の相手です。最初に部屋に入った時、ミスター・ブレイディングはミセス・ロビンソンと話していました」

「なぜわかった？」

「名前を呼んでいました」こわばった調子は、モバリーの声から消えていた。今は疲れて単調に聞こえるだけだ。

「続けたまえ」

「最初に聞こえてきたのは――『あきれたな、マイダ！』でした。わたしは通路を遠ざかりました。盗み聞きしたくなかったのです。でも、途中で立ち止まりました。ミスター・ブレイディングの声のせいです。ミセス・ロビンソンに向かって話しているのに、声の調子が――」モバリーは前かがみになり、肩をすぼめ、両手を膝《ひざ》にはさんで座っていた。それがちょっと身を起こすと、周囲の人間に目を向けた。過去の苦痛を思い出した表情だ。最後の言葉を繰り返す。「声の調子が――わたしを引き止めました。彼女に向かって、わたしに対するのと同じ調子で話していたのです、それはわたしを――傷つけたい時、傷つけてやると脅す時の口調と同じでした。辞職したいと申し出た時に、書斎でわたしに応じたのと同じ口のきき方でした」

モバリーはぶるっと震えたようだった。目がうつろになる。モバリーは声をひそめるようにして言った。「あの人は、人を傷つける方法を知っていました」

ミス・シルヴァーは言った。「そうですね、残酷さを好むところがありましたね」

モバリーは、ぎょっとしたような表情でミス・シルヴァーを見た。「人を傷つけるのが好きでした――わたしをいためつけて喜んでいました。どれだけ力を持っているか、実感できるんですよ。それが好きでした。でも、ミセス・ロビンソンには恋していました。あんな調子で彼女に話しているのを聞いて、わたしは心配になりました。何があったんだろうと思いました。聞き耳を立てて――不道徳に聞こえるでしょうが、そうしたのです――その場にいたのです」

マーチは言った。「何が聞こえたのかね？」

「さっき話したでしょう。『あきれたな、マイダ！』とあの声で言っていました。それから間があって――彼女が何か言っていた。それから『おもしろいな。信じるとでも思ってるのか？　きょうの午後こっちに来て、もう一度言ってみろよ。自分のしたことがどれだけ高くつくことになるか、思い知るだろう』それから笑って『あきれたな、マイダ！』と、さっきとまったく同じ調子で言いました――『あきれたな、マイダ！　二通の手紙を入れる封筒をまちがって、それで一巻の終わりだ！　きみの〝親愛なるポピー〟は、ぼく宛《あ》ての内容に興味を持つだろう。だがな、きみが彼女に書いたことは、これっぽっちもぼくの興味を引かないぜ。ぼくのことをおもしろおかしく書きたてるのにどんな言葉を使ったか、たぶん忘れてるだろう。午後手紙を返してやるから、記憶を取りもどせるさ。それから、今朝署名した遺言状も見せてやる。それを葬る現場もな。これぞ、コップを口に持っていくあいだにも、いくらもしくじりはある（百里を行く者は九十里をなかばとす、の意）ってやつだよな？』それから電話を切って、ミス・グレイの番号を告げました。わたしは通路をさらに後退しました。彼女にどんなことを言うのか、聞きたくなかった——盗み聞きする趣味はないんだ。声がずっと怒った調子だったのがわかったのと、一度だけ『そうしたほうがいい！』という言葉が聞き取れただけです。それが全部です」

マーチは言った。「今の話をすべて書き出して署名できるかね？」

モバリーはうなずいた。「すでに、そのようにしました。金曜の晩、記憶が鮮明なうちに書き留めておきました。妻がその書きつけを持っています。万一のためにあずけておいたので——」

「では、それは重大な証拠になるという考えは浮かんだのだね？」

モバリーは首を振った。「わかりません。自分の身を守りたかったのです。人を告発したかったんじゃない。ミスター・ブレイディングとミセス・ロビンソンが顔を合わせた時に何か起こるんじゃないかと心配だったのです。でも、ミス・グレイは三時十分にミスター・ブレイディングのもとを去る時、彼はまだ生きていたと言いました」

マーチはきびしい表情でモバリーを見た。「今は発言をくつがえしている。彼が死んでいるのを発見したそうだ」

ジェームズ・モバリーは、一瞬マーチを見返した。それからうなるような声を出し、両手に頭をうずめてしまった。

マーチは言う。「モバリー、その書面を持ってくるように」

モバリーが行ってしまうと、マーチはミス・シルヴァーのほうを向いた。ミス・シルヴァーは、二枚目のピンクのベストを編み上げようとしていた。もはや頭にあるのは、これから生まれてくる赤ん坊とその衣服のことだけなのかもしれない。マーチは、かちかち音をたてる編み針と小さなよく動く手と、落ち着きはらったものごしを見つめた。キャタピラ毒殺事件の捜査に協力して、ミス・シルヴァーが自分の命を救ってくれたこと、そのあいだじゅう編み物を手放さなかったことを思い出したのかもしれない。あるいは、マーチ自身が感情的に深くかかわったもっと最近の事件での編み物のことを思い出したのかもしれない。その事件がらみで、マーチは伴侶《はんりょ》を得たのだった。それとも、目下の事件のことを考えていただけかもしれない。「どうやらあなたの奥の手に分《ぶ》があるようですな。コンスタブルとミセス・ロビンソンを呼んで、きびしく尋問しなきゃなりません。もし彼女がやったのなら、コンスタブルもどっぷりつかっているに決まってます」とマーチは言った。

「おお、そうね、ランダル。用意周到な計画だったはずですからね」

「撃ったのは、マイダ・ロビンソンだったと思いますか?」

「そうではないかしら。最初からそのつもりで、この部屋に来たと思うわ。ミスター・ブレイディングは彼女に全財産をゆずるという遺言状を見せて、それから目の前で破棄するつもりだった。彼女は、それを阻止すべくやってきたのよ。あの大きな白いバッグのなかで、水着の下にフォレスト少佐のリボルバーをしのばせておいたのです。ミスター・ブレイディングは彼女を罰するつもりだった。破棄する前に遺言状を読ませるつもりだった。彼女にとっては、彼のそばに来て遺言状をのぞき込むのは簡単だった。彼はなんの疑念も持たない。頭のなかは、彼女を罰して恥をかかせることでいっぱいだから。彼女は彼を撃ち、リボルバーを床に落とし、彼引き出しから彼自身のリボルバーを出してバッグに入れ、バッグを置いて部屋を出た。別館での彼女の役割はそれでお終い。ガラス張りの通路をホールまでやってくると、バッグを忘れてきたと騒ぎ、コンスタブル少佐を取りに行かせる。ここで考えるのよ、ランダル。以前わたし、殺人犯は急いでいたと言ったわね。コンスタブル少佐は大急ぎでことを行なわなければならない。彼が突撃部隊でどんな訓練を受けたか覚えているでしょう。彼はすべてを計画し、時間を計り、しかも電光石火のスピードでやってのけたのです。指紋をふき取るのも、ミスター・ブレイディングの指紋をリボルバーにつけるのも、ミセス・ロビンソンに任せたはずはないと思うわ。急いてはことを仕損じたわけね——リボルバーの指紋は、正しくついていなかった。彼としては、ミセス・ロビンソンが疑いを招くようなものを残していないか確認する必要があった。リボルバーからも引き出しからも彼女の指紋をふき取って、かわりにミスター・ブレイディングの指紋をつけた。その最中に、ミセス・ロビンソンがオフィスから電話をかけ、彼はミス・スナッジがミスター・ブレイディングと思い込むような声を出す。言葉は聞き取れなかったけれど、男の声がミセス・ロビンソンに答えていた、というミス・スナッジの供述は覚えているでしょう。この舞台設定は周到に時間調整され、リハーサルされたにちがいないわ。この部屋の受話器は、たぶんハンカチでおおわれていたのね——ミスター・ブレイディングの指紋しかついていないはずよ。すべてかたづけると、コンスタブル少佐は、ミセス・ロビンソンのバッグを取って簡単な挨拶《あいさつ》を述べるのにかかる時間を過ぎたら、退散したはずね。安全性はきわめて低く、一秒遅れるごとに危険は倍増したでしょう。ひじょうに大胆でかつ周到に計画された犯行です」

マーチは言った。「極端に冷酷な犯罪ですね」

ミス・シルヴァーは答える。「そうよ。金銭がらみの犯罪は、たいてい冷酷です。情熱にかられた犯罪とちがって、周到な機会の選択という要素があるの」

「でもコンスタブルは——何が彼にそうさせたのでしょう？　二人はろくに面識もなかったのに」

「そう思う？　わたしはとても信じられないわ。わたしはそのどちらとも会っていないけれど、想像できる範囲では、二人のあいだには——どう考えたらいいかわからないけれど——親密だという印象——そんな気配が感じられるわ。フォレスト少佐は、友だちがミセス・ロビンソンに『首ったけ』だと言いました。ステイシー・マナリングは、まるで二人は旧友のようだと言いました。ミセス・コンスタンチンは露骨に、あの二人はできていると言い切りました。あなたなら、なんらかのつながりを見つけ出せるでしょう。以前の接触をね。その種のことは隠しおおせないし、隠す必要性というのは、前ぶれもなく急に生じるものだということを覚えておくべきなのです。ミスター・ブレイディングの死後、二人はいっしょにいたことがないわね」

マーチは言った。「あなたが二人に会っていないことを、すっかり忘れていました。彼女は――きれいな人です。ぼくはとてもあの人が――」

ミス・シルヴァーは、かすかにあわれむような表情でマーチを見た。「おやまあランダルったら！」

35

チャールズが別館に行くためにホールを通った時、ステイシーはすみに座っていた。二階に引っ込んでいたり、どこかの部屋にいたりというのは耐えられない、もしも——だがステイシーの思考はそこで止まった。その先にあるものは、あまりに恐ろしい。それを言葉にすることなどできない。

ステイシーは新聞を取り上げる。ホールに出入りする人々には、ほんとうに読んでいると思ってほしかった。チャールズがわき目もふらずに目の前を行き過ぎるのを見た。チャールズは一人で、それがせめてもの慰めだった。

一瞬ののち、ステイシーは新聞を手にしたまま立ち上がり、ビリヤード室と書斎をつなぐ通路が少しと、その向こうのガラス張りの通路に面したドアが見える位置まで移動した。ずっと向こうの端に、別館に入ろうとするチャールズの姿が見えた。つまり、また警察が呼び出したということだ。もし書斎に誰もいないのなら、チャールズがもどってきて、何が起きているのかわかるまで書斎で待っていたい。書斎の窓からなら、ガラス張りの通路全体が見渡せるから、チャールズが出てきたらすぐわかるし、出てきた時一人だったら、何があったか聞き出せる。

ステイシーはすばやく書斎のドアまで行った。ドアをあけるとなかは無人で、書き物机の上はきれいにかたづけられ、椅子《いす》はきちんと並べられ、窓は夏の夜気に向かってあけ放たれていた。ステイシーは窓辺から外を眺め、チャールズがもどるのを待った。時間はのろのろとしか進まない。待ち時間は果てしなく続くかと思われた。

やっと姿を現した時、チャールズは行きと同じく一人きりで、眉《まゆ》をひそめて考え込んでいるようだった。そしてガラス張りの通路を抜けてきたところを呼び止めるのに、ステイシーはかすれ声しか出せなかった。「チャールズ――」

声は消え入りそうだった。相手の耳に届いたとは思えなかったが、チャールズは、白いドレスを着てわき柱に寄りかかっているステイシーを見た。彼女の名を呼び、書斎に連れもどしてドアを閉めた。

ステイシーは、小さな声を絞り出す。「何が起きているの?」

チャールズは肩に腕を回してくる。「今のところ、手錠はかけられてないよ。一時間前とちがって、ぼくを逮捕しようとやっきになっている人間はいない。クリスプでさえ別の人間に興味があるらしい。けど、長くは続かないさ。この隙に食事でもしよう。もう七時過ぎだろう」

ステイシーにとって、そんなことはどうでもよかった。顔を上げてチャールズの顔を見、上着をつかむ。「何が起きているのよ? 話してくれないのね。わたしは知らなくちゃならないのに」

チャールズは眉をひそめてステイシーを見下ろし、片手をその肩に置いた。「リリアスが供述した。彼女が三時に行ってみると、すでに彼は死んでいたそうだ」

ステイシーの顔に、ぱっと赤みがさした。「なら、あなたは助かるわね!」

「警察が信じればの話だ」

「信じてないの?」

「当てにならないな。ぼく自身、リリアスを信じていいかどうかわからないんだ。そこが厄介なんだ——あれは根っからの嘘《うそ》つきだから」

「そうなの?」

チャールズの耳は、言葉の音しか聞き取らなかった。

「ああ、幼稚園のころからだよ。知らなかったのかい?」

明るくなったステイシーの顔が、また翳《かげ》る。チャールズの上着から手を下ろして言った。「いいえ——あなた、これまで言ったことがなかったわ」

チャールズは注意深く相手を見つめた。「なぜ、ぼくが言わなきゃならないんだい?」

答えはなかった。ステイシーの目は暗くおびえたようになった。

チャールズは重ねて言う。「なぜ、ぼくが言わなきゃならないんだい? ぼくが言ったら、何かがちがっていたの?」

「チャールズ——」

「わかったよ――では話そう。これは、喜んで話すようなことじゃない。どれだけの人が見当をつけ、または知っているかはわからない。ぼくらはいつも現実から目をそらして、最善の結果を望むだけだった。ともかく、誰もがぼくの母を愛していた――母の友人たちは母の味方をした。自分の――自分の友だちの側に立つ人間もいるんだ」

チャールズの言葉は、ナイフのようにステイシーの心に突き刺さった。チャールズは、まさにそのつもりだった。なぜなら、あの時ステイシーは彼の側に立とうとせず、パニックを起こして逃げ去ったから。ステイシーの言ったこと、したことすべてを、チャールズは忘れることができない。ステイシーは何も言わなかった。

チャールズは続ける。

「リリアスが養女だということは知っているだろう。母は子どもがほしかった――結婚後しばらく子どもができなかったんだ。母はリリアスをひと目見て気に入ってしまった――とてもかわいい子どもだったんだ。その三年後、ぼくが生まれた。それですべての歯車が狂ったのだ。彼女は一身に注目を集めていたのに、突然それが終わってしまったんだ。彼女は養女、ぼくは実の子だ。母の態度が変わったわけではない――母はそうじゃなかった。すくなくとも、どの母親でも一人っ子ではなく二人の子どもを持ったらそうなるという程度の変化だけだった。でも状況が変わったことはたしかだ。第一子はもはや、唯一の子どもではなくなる――人と分け合わなくてはならない。リリアスにとっては、いつでもそれが不満の種だった――舞台の中心に立ちたい、スポットライトを浴びたいと思うだけで、人と分かち合うことを知らないんだ。ほしいものが手に入らない時は、横取りしようとする。人の気を引くために、これ見よがしにふるまうようになった——子どもがよくやることだ。母は抑えようとしたが、悪くなるいっぽうだった。一度か二度、質《たち》の悪い時期があった。リリアスは嘘《うそ》をつき、ものを盗んだ。そのころは平凡な顔立ちになって、あまり人目を引かなくなっていたんだ。そして十代に入ると、またたいそうきれいになって、虚言癖もなくなった。ぼくたちは、もうだいじょうぶだと思った。その後婚約してそれが破談に終わり、さらにもう一回、婚約破棄をへて——ばかげた恋愛沙汰《ざた》だったが——また始まったんだ。それが母の死期を早めたと思う。そして戦争が起こった。リリアスはレドリントンの病院に手伝いに行き、次に将校たちの療養所に行った。彼女はその経験をおおげさに脚色し、そのことに際限のない喜びを覚えていた。戦争が終結を迎えると、何もかもひどく平凡な状態にもどった。それが、三年前のぼくらのいた状況さ。結婚した時、もうだいじょうぶだと思ったが——そうはならなかった」

こう語りながら、チャールズは片手をステイシーの肩に載せていた。今やそれは肩をしっかりとつかみ、ステイシーは身動きできなかった。相手を抑えたまま、チャールズはきびしく問い詰めた。「彼女はきみに対して、どんな嘘をついたんだ?」

「リリアスが?」

「そうだ、リリアスだ。きみは彼女の言うことを簡単に信じてしまったんだろ? さあ、ぼくたちは対決しなくちゃいけない。まるでぼくが疫病にでもかかったみたいに逃げ出したのは、彼女が何を言ったせいなんだ？」

ステイシーは、よもやチャールズに面と向かってリリアスの言葉を告げることになるとは、思ってもいなかった。そんな恥ずべきことを口にしたら、二人とも死んでしまうと思ってきたのだ——肉体的には死ななくとも、二人にとって大切なものがほろんでしまうだろう。だがすべての障害が消え去った。今はただ、舌が自分のものではないような気がする——舌が何をしゃべろうと、ステイシーにはどうでもいい気がする。心配事も恥をかくことも、何もない。ステイシーは低い静かな声で答えた。「リリアスは言ったの、あなたが盗った——お金か、お金になるものを。あなたはいつもそうしたし、リリアスとお母さんは、盗んだものをもとにもどして、そのことをもみ消さなければならなかったって」

「それで、きみは信じたんだな——そのまま？」

「わからないわ。わたしたちがここに来て以来、彼女はいつもほのめかしていたし——いろいろな機会にすこしずつ。結婚して一月《ひとつき》もたっていなかった。世間のことなんてろくに知らなかったし、あなたのこともよく知らなかった。リリアスの言うことを信じたのかどうかもわからないわ。怖かったの——怒りも感じたし——ねたましかった。自分が何を信じたかなんて、わからない。あなたは、弁護士やソルティングズの人たちに会いに町に出かけていた。あなたがソルティングズ行きのことを内緒にしたかったのは知っていたけれど、なぜ隠すのかわからなかったわ。リリアスは、聞かされたことをあなたに言わないと約束させたがった。わたしはそのつもりだったわ。わたしは、頭痛がすると言ってベッドに入ったの。それはほんとうのことよ――ひどく頭が痛かった。起きていてあなたが部屋に入ってきたら話をするつもりだったのに、眠ってしまったの。夢を見て、飛び起きたわ。あなたのドレッシングルームに明かりがついていて、ドアがすこしあいていた。あなたのところに行こうとして――」

「それで？　何がきみを引き止めた？」

ステイシーは、「何もなかったわ――」と言った。言葉というよりも、疲れきった、ため息だった。あの光景が生々しくよみがえる――明かりのついた部屋、ビューローに向かいネックレスを手にしたチャールズ。

チャールズは、あざができそうなほど強くステイシーの肩をつかんで言った。「何があった？」

ステイシーは、長く震える息を吐き出した。「なかを見たの。あなたはビューローの前に立っていたわ。ダマリス・フォレストのネックレスを持っていた。ルイスがコレクションから見せてくれたものよ。あなたの手にあるのを見てしまったの」

チャールズは陰気に笑った。「で、きみは入ってきて問いただすかわりに、ベッドにもどって眠ったふりをし、夜明けとともに逃げ出したわけか！　ぼくに説明する機会を与えようとは、ちらりとも思わなかったのか？」

ステイシーはチャールズを見上げた。その目は大きく見開かれ、苦悩に満ちていた。「あなたにはわからないわ――どんなにショックだったか――あれが。何も考えられなかった。わたしは逃げたかったの――そして隠れたかった」ステイシーは横を向いた。髪の生えぎわまで赤くなる。「わたし――わたしは――とても恥ずかしかった」

チャールズは言った。「わかったよ。ぼくのことを、あまり考えなかったんだ――そうなんだね?」

「ちがうわ。チャールズ、離してよ!」

「すぐに離すよ。ぼくたちは、はっきりさせなくちゃいけない」チャールズは今、両手をしっかりとステイシーの肩に載せていた。

「チャールズ――」

「はっきりさせたいんだ。ぼくを見ろ!」ステイシーは目を上げた。「だめだ――目をそらすな! ぼくの顔をちゃんと見て、ほんとうのことを話すんだ! ぼくが泥棒だと思ったから、逃げたんだろう。ぼくがアン女王のネックレスを盗んだと思ったんだろう。今でもそう思っているのか?」

「なぜ?」

ステイシーはチャールズの顔を見た。そして言った。「いいえ」

「もう若くもないし、愚かでもないから――三年前ほどは」

「リリアスはほんとうのことを言わなかったと思うのか?」

「ええ、もちろんよ！」

「それからネックレスは？」

「わからない。あなたが盗んだんじゃないわ」

「たしかにそう思うのか？」

ステイシーの声は、もう落ち着いていた。「たしかよ」

チャールズは相手の肩から両手を離し、一歩下がった。「わかった、なら話そう。ネックレスはフォレスト家の法定相続動産（先祖伝来の家宝）なんだ。ルイスのものだったことはない。ルイスの母親がフォレスト家の人間だったので、ぼくは彼のコレクション用に模造品を作ることを認めた。彼がコレクションとして見せたのは、模造品のほうだったんだよ。ネックレスは〈ゴールドスミス＆シルヴァースミス〉の細工師に磨かせていた――きみのために。ぼくはそれを持って帰り、眺めていたんだ。もしきみが起きてきたら、その時あげるつもりだった。ぼくの失敗だったな！　きみが逃げ出したから、ぼくはルイスに八千ポンドで売ってしまった。彼はいつもほしがっていたし、ぼくはその金でソルティングズを改築した――できることなら売りたくなかったから。そういうことだ。とんだ無駄骨だったわけだね？　さあ、いっしょに飯でも食おう」

ステイシーは、またしても青ざめ、立ちすくんだままだった。「チャールズ――」

「なんだい？」

「わたしを――許すことはできない？」

チャールズはとっておきの笑顔に、かすかに悪意をにじませた。「そりゃあきみ、許してるさ。おおいに貴重な経験ができたし、実害はなかったんだ」

その時ステイシーは、大きな過ちをおかしたのだと悟った。何かをいったん自分のものにして、放り出し、ふたたび自分のものにするなんてことはできないのだ。わたしはそれをしてしまった――誰のせいでもない。ドアのほうを向くと、チャールズがそっと腕に触れてきた。

「食事だ」チャールズは言った。「氷を切らしていないことを祈ろう」

36

それから約三十分後、クリスプ警部はミセス・ロビンソンとコンスタブル少佐をともなってクラブにもどってきた。運転手が巡査部長、助手席にはコンスタブル少佐、後部座席にはミセス・ロビンソン、そして目を光らせたクリスプが座っていた。警察本部長がウォーン・ハウスで会いたがっているという以外のことは、いっさい説明されなかった。両人は、行くのを渋るどころか、この提案を歓迎しているようだった。とくにミセス・ロビンソンは、晴れやかな表情を見せたものだ。「そんなに長くはかからないんでしょう？　終わったら、ちゃんとしたお食事ができるわ。それにわたしたちが呼び出されたからって、誰も何も言わないわよね？」口先だけの疑問文だったから、クリスプは答える義務を感じなかった。あつかましいやつらめ、というのがクリスプの感想で、目を離さないに越したことはないと思った。

クリスプは命令通り、両人を書斎に通した。マーチは、ミス・シルヴァーといっしょにトレーの上のものをつまんでいたらしかった。クリスプが通路に入った時には、二人とも食べ終え、ウェイターが部屋から出てきたところだった。クリスプはドアをあけ、ミセス・ロビンソンとコンスタブル少佐をなかに入れるためにわきに寄り、マーチの合図で自分も室内に入ってドアを閉めた。

マーチは書き物机についていていた。コンスタブルたちに座るよううながし、威厳と快活さをもって話をした。北向きの窓が大きく開かれ、潮風が吹き込んで、室内は涼しかった。マイダは黒いドレスを身にまとっていた——薄いドレスはノースリーブで、真っ白な腕がむきだしになっている。あまり化粧っ気がなく、また必要でもなかった。腰を下ろすとトカゲの革のバッグを探ってシガレットケースを取り出し、ぱちっと音をたててあけた。タバコを一本指にはさむと、ジャック・コンスタブルに火を貸してちょうだいと頼んだ。すべてがひどくゆっくりとしていて、まるで舞台の一場面を演じているようだった。それを観察しながらマーチは、これは彼女にとって芝居の一場面にすぎないのだろうかと思った。マイダがあごを傾け、タバコを吸い込み、小さな煙のかたまりを吐き出すと、それはふわりとたなびいた。

「それでミスター・マーチ」マイダは言った。「なんですの？　手短かにしていただけると助かりますわ、とてもお腹がすいているんですもの。この二日というもの、ろくな食事をしていません。コックはいないし、のこのこ出て行って皆さんを驚かせたくなかったし——でも、部屋にこもってふさぎこんでいても、誰のためになるのかわかりませんわ」

深みのある豊かな声で話すので、言葉に含まれた棘《とげ》を感じさせない。マイダはすすめられた椅子《いす》にゆったり腰を下ろし、片腕を背もたれに載せた。明るい色の髪が輝いて見える。

ミス・シルヴァーは、ジャック・コンスタブルを観察していた。彼もまたくつろいで座っていたが、タバコは吸っていない。平凡な兵士に見える。血色よく日焼けして、開襟シャツとフランネルのスラックス姿だ。戦火をくぐり抜けてきた何千という若者たちとちがう点は、見当たらない。肩幅は広く、均整の取れた体つき。並みよりハンサムだが、並みより賢くはなさそうだ。

その時、まるでミス・シルヴァーのいぶかしげな視線に感づいたかのように、コンスタブルは冷たい目をじっと向けてきた。ほんの一瞬、ミス・シルヴァーの編み針がせわしない動きを止めた。彼女はコンスタブル少佐への最初の評価を修正した。見かけが本性を隠しているのだ。明るいブルーの目には、鋼《はがね》のように冷たい光がある。その奥には、大胆で鋭敏で無慈悲な頭脳が隠れているのだ。この印象はほんの一瞬だったが、ミス・シルヴァーは少佐の本性を確信した。ミス・シルヴァーはペールピンクの毛糸玉を引っ張り、ふたたび編みつづけた。

マーチは言った。「おいで願ったのは、ミスター・ブレイディングの死の解明に影響するような二つの供述が行なわれたからです」

マイダは肩をそびやかす。「それは、あなた方は捜査を続けなければならないでしょう。でも、何の意味があるのかしら——彼はもう亡くなりました。要するに、わたしが一番深くかかわっているわけね。わたしは夫を失い——財産も失いました。ねえ、教えていただけるのでしょ。彼はわたしに有利な遺言状を作り、署名しました。わたしが訴訟を起こしたら、何をするつもりだったのか、知るチャンスはいただけませんの？　ジャックは、それは無理だと言いますけれど、わたしはどうも――わたしとしましては――」

ジャック・コンスタブルが言った。「きみにチャンスがないとは言ってないさ。事務弁護士に会わなくちゃならない――ぼくはそう言ったんだ。チャンスはあるでしょう？」問いかけられて、マーチは答えた。「まあ、こちらとしては要点から離れたくないですな。ミス・グレイは、三時ちょっと前に別館に入った時、ブレイディングはすでに死んでいたと供述しました。その十分ほど前、あなた方は彼といっしょだった。あなた方の立場はおおいに変わってきたことがおわかりでしょう」

マイダはタバコを吸い、煙を吐き出した。「リリアスなら、どんなことでも言いかねないわ」と、ものうげな声で言う。「世界一の嘘《うそ》つきですもの。まだわからないの？　今にわかるでしょうけど。一身にスポットライトを浴びたい――彼女の頭にあるのは、そのことだけよ」

マイダの発言などなかったかのように、マーチは続ける。「あなたの立場が不利になったのですよ。あなたの発言は、すべて記録され、証拠として使われる可能性があることを、言っておきます」

クリスプはドアのそばの椅子《いす》に座り、ノートと鉛筆を出した。ジャック・コンスタブルは目を見開く。「ばかげてるな。まさかマイダが――ぼくは、彼女に続いて彼に会ったんですよ！」

「わたしの言ったことは、ミセス・ロビンソンだけでなく、あなたにも当てはまります」

ジャック・コンスタブルは、ずっと目をむいたままだ。「そんなばかばかしい話があるか！　マイダのバッグを取りにもどった時、すべて問題なかったんだ。だいたい、ぼくがいるあいだに、彼はマイダと電話で話したんだぞ」

「誰かが話したのです。電話の主《ぬし》がミスター・ブレイディングだと言ったのは、あなたとミセス・ロビンソンだけです。ミス・スナッジは男の声を聞いただけです。警察の見解では、あの声はあなたですよ」

コンスタブルはゆっくり言った。「警察の見解——そこまでいくとはね！」のけぞって笑う。「あんたたちは、喉《のど》から手が出るほど証拠がほしいんだろう！　ぼくらにいったいどんな動機があると思ってるのか、聞かせてくれませんかね。マイダは彼と婚約したばかりだし、自分に有利な遺言状を作ってもらったんだ。ぼくは知らなかったがね、あとで聞いたんだから。それが、彼女はあわれなあいつをバラしたばかりか、遺言状を破棄したとまで思われている。たいした見解としか言いようがないな！　すごく筋が通ってるよな？」

マーチはじっとコンスタブルを見ていた。「ちゃんと筋が通るのだよ、コンスタブル。遺言状を破棄したのは、ミス・グレイだ」

マイダはタバコを口から離して言った。「リリアスは狂ってるわ。ずっとそう思っていたのよ。彼女が撃ったのね」

「なぜ彼女が撃たねばならないのですか？」

「さあね。わたしにわかるわけないでしょう。わたしなら、撃てない理由が山ほどあるわ」

「そうですかな、ミセス・ロビンソン？　お望みなら、調べてもいいんですよ。木曜の晩、あなたは手紙を二通書いた――」

タバコをはさんだ指を、また唇に寄せる。「だとしたら、なんですの？」

「その一通はブレイディング宛《あ》てだった」

マイダは口いっぱいに煙を吸い込み、ゆっくりと吐き出した。「彼と婚約したことはご存知でしょ？　フィアンセには手紙を書くものですわ」

「あなたはブレイディングに手紙を書き、フォレストがそれを投函《とうかん》した」

「そうよ」

「もう一通あった――ミセス・ハント宛《あ》ての手紙だ」

「まるで告発しているみたいね！」

マーチは言った。「そういうことですよ。あなたは封筒をまちがえた」

マイダは、ただマーチを見つめた。「わたしが、なんですって？」

マーチは抑制された声で答える。「あなたは、ミセス・ハント宛ての手紙をブレイディング宛ての封筒に入れた。彼は金曜の第二便でそれを受け取り、別館に行き、あなたに電話をかけた。モバリーがその時ブレイディングが言ったことを聞いている。友人のミセス・ハント宛ての手紙の内容は、あなたが一番よく知っているはずだ。モバリーは、ブレイディングがこう言ったのを聞いている。『一通の手紙を入れる封筒をまちがって、それで一巻の終わりだ！　きみの〝親愛なるポピー〟は、ぼく宛ての内容に興味を持つだろう。だがな、きみが彼女に書いたことは、これっぽっちもぼくの興味を引かないぜ。ぼくのことをおもしろおかしく書きたてるのにどんな言葉を使ったか、たぶん忘れてるだろう。午後手紙を返してやるから、記憶を取りもどせるさ』それから、今朝署名した遺言状を葬る現場を見せてやる、次に、これぞ〝コップを口に持っていくあいだにも、いくらもしくじりはある〟というようなことを言ったそうだ」

ジャック・コンスタブルはマイダを見ていた。マイダはばかにしたように言った。「モバリーね！　彼もなんだって言うでしょうよ！　自分が窮地に陥っているのだから。当然、嫌疑をほかの人間に向けたがっているわ」そしてまた、タバコをくわえる。

この時、電話が鳴り出した。マーチは受話器を取り上げ、耳に当てた。室内のほかの面々には、オフィスにいるジェームズ巡査部長の、バリトンでつぶやくような声しか聞こえない。マーチには、ミセス・ロビンソンに至急会いたいという女性がホールに来ているという情報が伝えられた。

「ハントという名前です――ミセス・ハント」

マーチは感情を交えない声を出す。「彼女の用件を言いたまえ」

ジェームズ巡査部長は咳払《せきばら》いをした。彼から見れば、このご婦人に必要なのは家に帰って眠ることだったが、警察本部長にそうは言いたくなかった。妥協してこう言った。「その……飲み物を要求しています、それからミセス・ロビンソンに会いたいと——手紙に関する件だそうです。男性二人もいっしょです」

マーチは「わかった」と言って、電話を切った。小さな紙片に走り書きすると、ミス・シルヴァーに手渡した。「これを持っていくのを、お願いできますね」

ミス・シルヴァーは真剣なおももちでそれを読み、編み針やペールピンクの毛糸といっしょに編み物バッグに入れ、部屋から出て行った。迅速な動作だった。

クリスプは書き取りを終え、顔を上げた。ジャック・コンスタブルは口を開きかけたが、何も言えなかった。マイダはタバコを吸いつづけている。マーチがまた話しかけるころ、ミス・シルヴァーはホールに到達し、ちょっとした騒ぎに直面していた。マーチのメモには、ミセス・ハントがいると書いてあったが、造作もなく見分けがついた。じっさい、極度に派手なふるまいで存在を主張していたのだ。でっぷり太ったご婦人で、サクランボ色のシフォンに身を包み、豊満な胸には人造真珠を何連も飾っていた。ふさふさとした黒髪、そしてひじょうに大きく黒々としてぐるぐる動く目。白いディアマント（光る模造ダイヤなどの小粒をちりばめたもの）のバッグを持ち、明らかに酔っ払っているようだ。彼女とミス・シルヴァーの対面をマーチが見ることができないのは、なんとも残念なことだったが、食堂から出てきたチャールズとステイシーがおもしろがって眺めていた。

前置きのように咳《せき》をして、ミス・シルヴァーは挨拶《あいさつ》をした。活力に満ちた婦人は、ひどくよく通る声で、このクラブには誰もいないけれど、みんな死に絶えているのか、一杯飲むためならバーを襲撃することも辞さないとわめいた。

ミス・シルヴァーは言った。「ミセス・ハントでいらっしゃいますね」

するとおおらかな笑顔が返ってきた。「そう、あたし――ポピー・ハントですよ。ポピーって呼んでね――みんな、そう呼ぶんだから。あなた支配人さん？　だとしたら、なんて――なんてひどいサービスか苦情を言うわよ。まるまる五分間もここにいるのに、お酒の一杯にもありつけない。あたしたち三人そろって、舌を外に垂らして待ってるのにさ！　こっちが、あたしのボーイフレンド――こっちが主人よ。で、あたしたちみんな、お酒がほしいの」

ボーイフレンドはげっそり痩《や》せこけて、陰気な目をした男だった。酔って憂鬱《ゆううつ》な気分になり、オフィスのカウンターに寄りかかっている。どんな死に方も受け入れる覚悟ができている風情だ。

反対に、ミスター・ハントはちっとも酔っていなかった。心配そうで風采《ふうさい》は上がらず、巣からはぐれてしまったアリのように見える。曲がった鼻めがね越しに妻を見て、もごもご言った。

「ねえおまえ、ソーダ水でもちょっともらえたら――」

ミス・シルヴァーが断固たる口調で切り出した。「ミセス・ハント、こちらのテーブルにおつきなさい。ミセス・ロビンソンにお会いになりたいとうかがっておりますが」

ポピーは、すすめられた椅子《いす》にどさっと腰を下ろして振動させた。

「そうよ」とポピー。「あたしはお酒がほしいの。それからマイダも。なのにどっちも、かなえられない。こんな情けないことってある？」悪意は感じられない言い方だった。酔っ払っているにせよ、しらふにせよ、ポピー・ハントは意地悪な人間ではないのだ。

ミス・シルヴァーは言った。「ご注文はうかがいますとも。ミセス・ロビンソンは、あなたを待っているのですか？」

ポピーはおおいに笑った。「これっぽっちも！　びっくりさせたいのよ――つまり、ジョークってこと――あんたが聞いたこともないジョークですよ。ここに――彼女が手紙をくれたけど、あたしは出かけてた。手紙はおうち、あたしはいないってわけで、亭主が今朝迎えに来る時持ってきたんですよ。あたしとボーイフレンドは、妹のうちにいたんでね。レドベリー――あたしの妹はそこに住んでるもんで。こじんまりしたいい家ですよ。友だちがみんな集まりました――いつもの面子《めんつ》で――お酒もたっぷりね。それで、アルが手紙を全部持ってきたんで、マイダのをあけてみると、どうだったと思いますかね？」ポピーはオレンジ色のテーブルに肘《ひじ》をつく。ぎらぎら光る指輪をじゃらじゃらはめた丸まっちい手に、だぶついたあごを載せる。「最高のジョークですよ！　彼女、何をやらかしたと思います？　入れる手紙をまちがえたんですよ！　封筒の宛《あ》て名は『ミセス・アル・ハント（この時代は夫の姓名にミセスをつける習慣）』。でもって中身は『親愛なるルイス』で始まってて、喜んでプロポーズを受けるって書いてあるんですよ！　あたしゃ、これほど笑ったことはありませんね！」

すでにポピーは笑っていた。体を前後に揺すり、椅子《いす》がポピーの重みでぎーぎー鳴る。

「ちょっとした手ちがいなんてもんじゃないわね！　あたしが『親愛なるルイス』ってのをも

らって、彼が受け取るのが『親愛なるポピー』。あの男がどれだけ朴念仁《ぼくねんじん》だとしても、マイダのやらかしたことといったら！　だからあたしは亭主に言ったんですよ。『なんて偶然なの？　ソルティングズまですぐじゃない。帰りに彼女を連れてくればいいわ——さんざんからかってさ——みんなでお酒を飲めるじゃない』それが、マイダはいなかったんですよ。『それじゃあ』ってあたしは言いました。『あきらめることないわ。お気に入りのクラブにいるはずよ。そこに行けばいいし、お酒にもありつけるから』それで、あたしたちここに来たんですよ！」

彼女は最後の言葉をゆっくり繰り返した。まるで何かが停止したみたいだ。　それから、しゃっくりのような笑いとともに、猛烈な勢いでしゃべり出した。「おかしいじゃない？　絶対おかしいわよ！　もし彼宛ての手紙をあたしの封筒に入れたんなら、あたし宛てのを彼の封筒に入れたってなんの不思議もないでしょ？　マイダがあたし宛てになんて書いたか、わかったもんじゃない！」ポピーはぐいと身を起こし、ミス・シルヴァーをじろりとにらんだ。「マイダの書いたことは言えませんよ、知らないんだから。でも以前あたしに言ったのと同じ内容だったら、申し開きの必要が出てきますね。ずいぶん辛辣《しんらつ》な批評だったけど、もちろんあたしは責めたりしません。金は金だし、女は自分の身を守らなくちゃなりませんからね。だから、あたしの前で言ったことの半分も書いてないことを祈りましょうよ」ポピーはいったん口をつぐみ、まじめな表情でミス・シルヴァーを見つめると、決定的な言葉を吐いた。「おわかりですかね——言ったことの半分だって壊滅的なんですよ」

ミス・シルヴァーは言った。「きょうの新聞はお読みになりましたの？」

ポピーはまたしても、じろりと見る。「新聞は読まないんでね。ゆうべは、あたしたちへべれけでした。ここには――お酒は来ないの？」

ミス・シルヴァーは、きっぱりとした口調で尋ねた。「きょうの新聞はお読みになっていない。きのうはいかがですの？」

ポピー・ハントは両手とも肘《ひじ》かけに置いて、背筋をまっすぐにした。何もかも、ちょっとゆらゆらする――そして、誰も飲み物を持ってきてくれない。ポピーは、怒りよりみじめさをあらわに答えた。「新聞は――全然――読まないんです。どれもこれも――たわごとばかりだから。マイダはどこです？」

ミス・シルヴァーは立ち上がった。「彼女のところへお連れします。お話しになった手紙はどこですの？」

ポピーはディアマントのバッグを引っかき回した。中身がばらばらとこぼれる。口紅がこっちに落ち、コンパクトがあっちに落ちる。うろうろしていたミスター・ハントは、膝《ひざ》をついて拾いはじめる。ボーイフレンドはあいも変わらずオフィスのカウンターに寄りかかったままで、憂鬱《ゆううつ》状態からさらに昏睡《こんすい》への道を進んでいるようだった。

ミス・シルヴァーは身をかがめ、明るめの青の封筒を拾い上げると、きびきびと言った。「さあ、ミセス・ハント、ミセス・ロビンソンのところへお連れしますわ」

37

　書斎ではマーチが取調べに手間取っていた。きわめてデリケートで扱いにくいカードのプレーを、ミス・シルヴァーに任せたのだ。彼女がそれを使って勝てる力があることは疑っていなかったが、つい気になってしまうのはいかんともしがたい。やっと、コンスタブル少佐への一連の質問を終えたばかりだ。それはチャールズ・フォレストのリボルバーとその保管場所について、どれだけ事前に知っていたかを聞き出すための質問だった。コンスタブルは、まるであけっぴろげな態度で答えたので、たいした質問ではなかったかと思うほどだ。

「そりゃ、彼がリボルバーを持っていたことは、知っていましたよ。いつもその話を長々としてましたからね――父親のものだったんです――親父さんの命を救ったリボルバーだったとか――そういったことをね。しまい場所を知っていたかって？　だから、ここにいるわけでしょ。机の引き出しだと思います。でも、誓うのはいやだな。当然そうだろうと思ってただけで、なぜ知ってるんだって問い詰められたら、困っちまいますよ」

　これ以上率直で自然な答えはないだろう。

マイダ・ロビンソンは、吸いさしをゴミ箱めがけて放った。吸いさしはゴミ箱のふちに当たってカーペットに落ちた。それには目もくれず、マイダは次の一本に火をつける。

マーチはジャック・コンスタブルに話しかける。「ミセス・ロビンソンとはどれくらいのおつきあいです？」

コンスタブルは笑った。「どれくらいだろうね、マイダ？」

タバコの先端が赤くなる。マイダは口から離した。「さあ、戦争中だけれど——何度かダンスして、何度かいっしょにお酒を飲んで——」

「どれほど、たがいのことを知っていますか？」

「今言った通りですわ」

「それ以上ではない？」

ジャック・コンスタブルのブルーの目が凝視する。「侮辱するつもりですか？」

「あなたがそう取らないかぎりは、ちがいますよ」

マイダは煙を払うために、片手を振る。「何をお訊《き》きになりたいの？　ジャックとわたしが時々会うからって、ルイスを殺すようなばかなまねをするとでも？　頭をお使いなさいな、ミスター・マーチ！　これまでおおぜいの男性とダンスをしてきましたし、いっしょにお酒も飲みました。その一人と結婚し、たいそうみじめな思いをしました。それで離婚して、ルイスと結婚しようとしていたのです。彼を愛していたなんて言い張るつもりはありませんわ。言っても無駄だし。彼のことを、憎からず思ってはいました——そんな朴念仁《ぼくねんじん》ではなかったもの。それに、わたしに夢中になっていました。彼が慌ててあの遺言状を作ったことを、お考えになって。なのに、わたしがすべてをふいにしたりするでしょうか?」マイダは笑ってタバコを吸った。「手紙のことは、たわごとですわ。モバリーは自分が助かりたくて、でっちあげたのです。誰でも、どれだけルイスがモバリーをいじめていたか知っています。かわいそうなモバリー。わたしはいつも、いつかあの人も忍耐の限界に達するだろうって忠告していました。でもモバリーの話がほんとうだとして、ルイスがわたしに腹を立てていたとして——そんなことはなかったけれど、ちょっとでも彼が怒ったとしたら」マイダは、また低い笑い声を立てる。「そうね、わたしなら五分で彼を説得できましてよ。撃つ必要なんてありません——わたしの言いなりなんですから。あなたの発想はばかげてますわ」

マーチは言う。「それは、あなたがミセス・ハントへの手紙に何を書いたかによりますな——まちがってブレイディングに届いたほうです」

マイダが「手紙なんてありませんわ」と言った時、ドアが勢いよくあいてポピー・ハントが現れた。

勢いよくあけたのは、ポピー本人だった。アルコールと香水のにおいをぷんぷんさせている。真っ赤なドレスのポピーは戸口でゆらゆら揺れている。丘の陰になる北側にしか窓がないこの部屋は、ひどく暗いようだ。マイダのタバコの煙がたなびいている。ポピーの頭は酒のせいでぼんやりしていた。何もかも、輪郭がぼやけているうえ、なんだかへんだった。何人か人がいる――男が一人、机の前にいる――男がもう一人――警官だ――でも、お酒はまだ来ない――。ミス・シルヴァーがポピーの横を通りすぎ、青い封筒をランダル・マーチに手渡した。ミセス・ハント宛《あ》てのもので、封は切られていた。

マーチはなかの便箋《びんせん》を取り出し、文面を読んだ。「親愛なるルイス」――ポピーはマイダを見た――まず明るい髪、それからタバコを持った手、薄い黒のドレス、目。

その目はポピーを見返してくる。マイダはおびえ、青ざめていた。そういえば、ポピーはマイダが青ざめたところなど見たことがない――いつでも血色がよくて、頬紅《ほおべに》を塗る必要もないのだ。

完全に真っ青になったのは、ランダル・マーチが、かなり明るめの青い便箋を手にして身を乗り出してきた時だ。

「ミセス・ハントは、あなたがまちがって入れた手紙を持ってきたのですよ」

この言葉が、大騒動を巻き起こした。ポピー・ハントはドアのわき柱につかまって、騒動を見ていた。誰かが「窓だ！」と叫んだ。誰かが椅子《いす》を投げた。よくある大騒ぎに見えた。マイダは窓から飛び出して逃げていく。男があとを追う。ポピーは金切り声を上げはじめた。

わめき声を出して椅子を投げたのは、ジャック・コンスタブルだった。コンスタブルはクリスプの顔目がけて椅子を投げつけ、椅子は顔をかすめ、クリスプは床にはいつくばった。マーチはもう一脚、椅子が飛んでくるのに気づき、身をかわそうとしたが、それは肩に激突した。マーチは床に倒れ、一瞬身動きできなくなる。なんとか窓にたどり着いた時には、マイダの姿は消え、ジャック・コンスタブルは建物の角を回るところだった。

マーチは窓枠をまたぎ、あとを追った。クリスプは顔から血をだらだら垂らしながら立ち上がり、マーチと反対方向に走ってホールを通り抜けた。

マーチとクリスプはほぼ同時にポーチに着いた。クリスプは、自分のパトカーが車道を滑るように出て行くのを見た。血が目のなかまでしたたってくるが、血まみれでなくともクリスプの顔は真っ赤だった。俺《おれ》がエンジンをかけて発車させるはずだったパトカーを、やつらは奪った！　犯人の逃走した方向と反対向きに停めてある警察本部長のヴォクスホール（英国ヴォクスホール社製の自動車）に乗るしかない。連中が逃げおおせるはずはない、せいぜい逃げ回るがいい。警察をなめるのもいい加減にしろ！

クリスプは車に飛び乗った。警察本部長が方向転換しているあいだに、目に入った血を乱暴にぬぐい、ジャクソン巡査にどなりつけた。「ジェームズに、全署に電話しろと言え！　車のナンバーを言うんだ！　停止させて二人を拘禁しろ！　ヒューイット、おまえはうしろに乗れ！」

それから車のボンネットをばたばたさせながら、一同は車道を降りていった。車がウォーンに入ると、奪取されたパトカーが向こう側の長いなだらかな上り坂に見えた。そちら側からレドストウを走り抜けるしかないのだ。策を弄《ろう》するのはそのあとだろう。

マーチは横を向いて言った。「だいじょうぶか、クリスプ?」

「はっ、なんともありません――ただの切り傷です」

「まるで殺人犯だぞ。ヒューイット、クリスプの頭にハンカチを巻いて、血が目に入らないようにしてやれ。うしろからしばれるだろう」

パトカーは視界から消えていた。坂道のてっぺんを越えてレドストウに向かっているのだ。マーチは言った。「レドストウでは止まらんだろう。出足もよかった。次はどう出るか? レドリントンに出るのは危険だ――道はせまいし、警戒されている。レドストウから内陸に入って古い密輸業者の道を取るだろう。道は崖道《がけみち》からキャサリン・ホイールに出る――崖から離れるまでは曲がるところもなく、ふたたび内陸に入り込む。ゆうに六キロはあるぞ。そこで我々を出し抜けると思うはずだ。小道に入ったら、やつらは車を乗り捨てる。わたしが彼らの立場なら、そうするな」

「逃げ切れやしませんよ!」クリスプはかみつくように言う。頭をハンカチでしばられている最中だったが、ヒューイット巡査はすこぶる不手際だった。どんな応急手当の講習を行なっても、不器用な親指を矯正するのは不可能なのだ。クリスプは我慢ならないといった調子で「もういい!」といい、ねずみをつかまえそこなって溝から出てきたテリアのように頭を振った。

車は猛スピードでレドストウを駆け抜け、通行人たちが振り返って見た。警察署の前を通過する時、巡査がレドリントンの道に行けと合図していた。目と鼻の先だ。あと三、四キロ行けば密輸業者の道に出る。低木のあいだを走り、崖っぷちの村でまた海辺に出る。そこからずっと海岸沿いに走る上り坂は、何も隠すものがない。

密輸業者が出没すると噂《うわさ》されるキャサリン・ホイールを通りすぎると、またパトカーが見えてきた。マーチは「つかまえたぞ」と言い、クリスプは「まだ無理です」と応じた。

その後しばらく、どちらも何も言わない。マーチの車のスピードメーターの針は百五キロに達してぶるぶる震え、それから一目盛りずつ上がっていってついに百十キロを指した。前方の黒いパトカーは、丘のてっぺんを過ぎて視界から消えた。海抜ゼロあたりになれば、逃走者は三つに分かれた道のいずれかを選ぶことになる――追跡の成功率は三分の一だ。

マーチたちも丘のてっぺんまで行き、道が崖っぷちまで下っているのを見た。そのあとは木々と生垣が生えた、ゆるくでこぼこした土壌が広がっている。彼らは盗難車を見つけたものの、クリスプも言った通り、まだじゅうぶん追い詰めたわけではなかった。敵は下り坂を三分の一は降りている。猛スピードを出せば、ふもとのカーブを通りすぎてまた視界から消え、三つの小道のいずれかに滑り込むだろう。道をさえぎるものさえなければ、それが可能だ。

だが、さえぎるものはあった。トラックが路頭を、ぎいぎい音をたてながら上ってくる。即座に、クリスプが制服が見えるよう窓から身を乗り出し、腕木信号機のように片手を上げた。マーチはブレーキに足をかける。トラックの運転手はためらい、二台の車が迫ってくるのを見て、路肩によけようかと考えた。クリスプの半狂乱の合図と警官の制服が視野に入り、急ブレーキを踏んだ。ジャック・コンスタブルが雄牛のような怒声を浴びせてくると、運転手は道のど真ん中に車を停めた。怒鳴られるのは我慢ならない質《たち》なのだ。停車すると、いつでも飛び出せるよう身構えた。

だがそんな必要はなかった。ジャック・コンスタブルは両側の間隔を目算した。どんな危険も冒すつもりだったが、成功の見込みはないようだ。コンスタブルは高笑いし、マイダは金切り声を上げる。そして、コンスタブルは崖《がけ》っぷちまで車を走らせた。崖を越える時、ふたたびマイダの悲鳴が聞こえてきた。

38

チャールズ・フォレストに電話がかかってきた時、時刻は九時になろうとしていた。噂《うわさ》はウォーン・ハウスまで伝わっている。警察は大慌てで立ち去った。コンスタブル少佐とミセス・ロビンソンは死んだらしい。二人の乗った車は崖を越えて、はるか下の岩場に激突し、粉々になった。トラックと衝突したらしい。警察本部長の車と衝突したらしい。いや、自殺だ。

この騒動のさなかに、チャールズはリリアスに面会に行った。リリアスには、すべての動機がいかに純粋なものだったか、マーチのような同情心のない人々に囲まれていると、いかに理解も評価もされないかを説明する相手が必要らしく思われた。電話がかかっている、書斎に来てほしいと聞かされた時、チャールズは安堵《あんど》し、書斎の電話に向かった。「マーチです。今、レドリントン病院にいます。すぐ来てもらえますか? あなたは、誰がブレイディングを撃ったかご存知だと思う。連中はパトカーで暴走して、崖っぷちの道で進退きわまりました。コンスタブルが車で飛び越えたのです。彼は死にました。彼女はまだ——死んでいません。警察は供述を必要としているのですが、彼女はあなたが来ないかぎり供述しないと言うのですよ。急いでください――もう、あまり時間がない」

病院では、マーチが待ちかまえていた。「彼女は背骨を折っています。頭は冴《さ》えているし、痛みもありません。一晩はもたない、もっと早いかもしれないということです。なんとしても供述を取らねばなりませんが、彼女はあなたが来るまで何も言わないつもりです」

階段を上り、消毒薬のにおいがする廊下を進み、ついたてを回った。マイダの明るい色の髪が枕《まくら》に載っている。顔には傷一つない。その目は遠くを見ていたが、チャールズにもどってきた。

ベッドのそばに椅子《いす》があった。チャールズは腰を下ろした。

マイダは「チャールズ――」と言う。

マイダの手がかすかに動く。チャールズはその手を取った。冷え切っている。マイダは言った。「警察が供述させたがっているの」

「ああ。供述するかい?」

「あなたが来なかったら、しないつもりだったわ。あの人たちは信用できないもの。教えて――ジャックは死んだの?」

「そう――即死だ」

「わたしは――死ぬの?」

「ああ」

「ほんと――罠《わな》じゃないわね?」

「ぼくはそう聞いている」

マイダは一瞬目を閉じる。「いいわ――」

警察の速記係が静かについたてを回ってきて、ベッドの反対側の椅子に座り、ノートを出した。マイダは目をあけて言った。「わたしがルイスを撃ったの――知っているでしょ。彼があんなことを言わなかったら、わたしは撃たなかった。わたしたち計画を練ったわ――手紙のことを知ってから――でも、自分にそんなことができるかどうか、わからなかった――ほんとよ――でも肝心なことは――わからない。ルイスは言ったわ――ええ、わたしかっとなって――バッグにリボルバーを入れていたの――近寄って彼を撃ちました。彼は、わたしが遺言状を見るつもりだと思った――テーブルに載っていたから――でも、わたしは彼を撃った」

マイダの声は低く、落ち着いていた。だが一度に二、三語以上は息が続かないようだった。マイダはチャールズの手を取り、一瞬置いて言った。「書き留めているの？」

「そうだ」

「かまわないわ――もう、どうでもいい。ジャックの計画だったの――最初から。わたしたち、組んだことがあったのよ。わたしは、ここに来て――ルイスに近づいて――コレクション目当てにね。それが最初の計画――宝石を盗むことが。それからルイスが――わたしに夢中になって――めろめろよ。ジャックに話したの――ルイスと結婚するって――そのほうがいいやり方だと思って。ジャックは気に入らなかった――はじめは――でも、賛成した。わたしを好きだったから——ちょっとばかり——ジャックもね」マイダはまた目を閉じた。冷たい指が、チャールズの手のぬくもりに包まれて動く。それから、まつげが上がった。「人を好きになるって——恐ろしいことね。それは——ショーをだいなしにしたわ。ジャックじゃなくて、わたしがね。あなたが登場して——そして——わたし、好きになったわ。もし、あなたもわたしを好いてくれたら——わたしたち——うまく行ったかもしれないのに。わたしはジャックを——追い払って——ルイスとコレクションを——ふいにしてもよかった。前にあなたに言ったでしょ——二人で帰った日——木曜の晩。でも、あなたは何も感じなかった。あの人でしょう——あなたが——以前結婚した——」

チャールズは言った。「そうだよ」

マイダはかすかに笑ったような声を出す。「そんな——そういうものよね。でも、いいわ——もう——でも、わたしは——あの時腹が立ったわ。部屋に入ると——爆発したの——二通手紙を書いて——ルイス宛《あ》てには——結婚すると言って——ポピー・ハント宛てのには——本音をそのまま。そうして、封筒を——とりちがえた。お酒を一杯か二杯飲んだから——あなたに——猛烈に、腹が立って」枕《まくら》の上ですこしだけ頭を動かす。「ああ、そして——」

ついたての向こうから看護婦が来て、マイダの脈を計った。看護婦が行ってしまうと、マイダは言った。「ルイスは手紙を受け取った——第二便で——金曜日に。ルイスは——電話してきた。かんかんだった。言ってたわ——遺言状に署名したけど、わたしが行って——『それを葬る手伝い』をしたほうがいいって。ということは──わたしが行くまでは──破棄しないだろうって──思ったのね──たぶん──言いくるめることができる──でも、ジャックは止《や》めろと言った。ジャックが──計画して。それは──全部──とっても──スムーズに──」

長い間があいた。横たわったマイダは目をあけ、まるで誰もいないかのようにチャールズの向こうを見た。また看護士がやってきて、かたわらに立った。マイダに向かって、供述が読み上げられた。マイダは承諾のサインをした。チャールズと看護婦が署名した。看護婦はそっと部屋を出て行った。速記係も足音をしのばせて、あとに続いた。時間が過ぎてゆく。マイダの目だけが動いた。それはチャールズのほうに向き、まるで見えているようだった。マイダはゆっくりと言った。「死んだら──消えてしまうのかしら?」

「いや」

しばらくして、マイダはまた口を開いた。「では──どうなるの?」

「さあ──けりをつけて、次に進むのさ」

マイダの唇がひきつった。笑みのようにも見えた。そして言った。「けりをつけて──ルイスに──ジャックに──」それから、「チャールズ──見送ってね。あなたの手──あたたかいわ──」

午前三時、チャールズは病院を出て、ソルティングズまで一人で運転して帰った。

39

審問は終わった。ジャック・コンスタブルに関しては、故意の殺人と自殺。マイダ・ロビンソンに関しては、故意の殺人と事故死。チャールズは証言し、弁護士に面会し、ジェームズ・モバリーにもミス・シルヴァーにも面会した。

「リリアスをどう扱ったらいいのか、もうお手上げですよ」

ミス・シルヴァーはあたたかくチャールズを見た。二人は書斎にいた。ミス・シルヴァーはすでに三枚目のベストに取りかかり、きびきび編みつづけていた。「ひどいショックを受けていますね。おそらく、しばらくはよく気をつけてあげないといけないでしょう。あの方とは話をしました。わたしの話が何かの役に立っていればいいのですけれど。ミス・グレイ自身が欠点をごまかす癖をつけただけでなく、周囲もそれを助長してきたのです。ミス・グレイは人の注目を浴びたいと願い、失敗を人のせいにし、自分が持っていない資質のために愛され評価されることを求めてきたのです」

判決文のようだった。ヴィクトリア朝以前の、偉大なる教訓の時代の話を聞いているようだ。

人生でもっとも厄介な日々の最中ではあるが、チャールズは自分がかなわない相手を尊敬することはできた。やっとこれだけ言うことができた。「おっしゃる通りです。でも、我々はそこからどこへ行けばいいのですか？」

ミス・シルヴァーはおだやかに励ますように、咳払《せきばら》いした。「ミス・グレイには、もっと関心を持てること、やるべきことが必要です――まっとうな理由で人の賞賛を得て、満足できるような何かがね。ミス・グレイになにか才能や能力があるのなら、それを花開かせて、人の役に立たせるのです」

チャールズが思いついたのは、人の役に立ちそうもないことだった。「戦争中は赤十字で働いていましたが、それはもう昔のことです。それ以前は、ダンスのクラスで踊っていました――村の学校のようなところで――ぼくにはちょっと――」

ミス・シルヴァーはその話に顔を輝かせた。「よいきっかけになるのではありませんか。できるかぎり励ましておあげなさい。さあ、わたしはもう失礼して、ミセス・マーチに会いに行きます。とても魅力的な方ですよ」

「ええ、会ったことがあります――アテネ（知恵、芸術、戦術の女神）のような人だ」

ミス・シルヴァーは編み物をしまった。「まさに、ふさわしいあだ名ですね。『神の娘よ、神々しく丈高く――』テニソン卿《きょう》が詠《うた》った通りです」そして立ち上がり、片手を差し延べた。「わたしは、あす発ちます。これでもうお別れになるかどうか、わかりませんけれど」

チャールズもわからなかった。まだステイシーの顔を見ていない。ほかの面々に会ってさよならを言ってから、もう一度ステイシーに会って――まあ、そのあとのことは考えられなかった。

ミス・シルヴァーは、感謝と威厳に満ちたものごしで「たくさんいただいた小切手」の件に触れた。返答しなければならない。チャールズは誠意をこめて言葉を返した。

「あなたには、こちらが報いることができる以上のことをしていただきました。マーチが何もかも話してくれましたよ」

ミス・シルヴァーはほほえんだ。「彼はいつも、この上なくよくしてくれました。では、フォレスト少佐、幸運をお祈りいたします」

チャールズは、ミス・シルヴァーを行かせてから、呼び鈴を鳴らした。やってきたウェイターはオーウェンだった。金曜日に例の手紙を持ってきた人物だ――まるで幽霊屋敷だ！　チャールズは言った。「ミス・マナリングを探して、ちょっとぼくのところに来てくれるように言ってくれないか？」

ふたたびドアが閉まり、チャールズは物思いにふけった。さまざまなできごとのあった家はどこも幽霊屋敷だ。だが古い家ならどこでも、起こりうることは、すでに起こっている――何度も――何度も。誕生と結婚と死、善と悪、人間たちのさまざまな思惑――古い家はすべてを見た。ルイスとマイダとジャック・コンスタブル、ジェームズ・モバリーとヘスター・コンスタンチン、マイラ、リリアス、ミス・シルヴァー、ステイシーとチャールズ自身――この時代の人間模様の一部なのだ。この家では古い世代も暮らしてきた、これからは次の世代が——「すべての川は大海に注ぐけれども、大海は満ちることがない」もし、自分の小さな世界にとらわれすぎたなら——。

現在立っている場所から、チャールズは丘の日陰になった別館を見ることができた。あののっぺりした壁面に穴をぶちあけ、窓を作りたい——それも、たっぷりした大きさのある窓だ。クラブの部屋数をふやしてもいい。屋内に光と空気を入れるのだ——お役所も許可してくれるだろう。あの恐ろしいコレクションは、分散させる——一部は博物館に寄贈し、高価な石は別々に売ればいい。過去を連想させるものをひとまとめにするのは止《や》め、ただの石のかけらにするのだ。あんなことばかり考えて暮らすとは、おぞましいことだ——人の過去の罪を詮索《せんさく》し、過ちと情念と苦悩の染みついた品をかき集めるとは。すべて捨て去るのだ——そして光を入れるのだ。チャールズは、どこに窓を取りつけようかと考えはじめた。

ステイシーが入ってきた。翳《かげ》った目をして、くまを作っている。白いドレスを着ているので、青白く見える——けれど、ドレスのせいではないかもしれない——。

チャールズは窓際にいた。ステイシーは歩み寄って窓辺に立ち、チャールズが口を開くのを待った。二人のあいだに通う感覚は、悲しみと静けさだけだった。ついにステイシーが口を切った。「ねえ、全部終わったわね」

「うん——ミス・シルヴァーから聞いたよ」チャールズは心ここにあらずといった声で続ける。

「遺言状について、警察は何もしないだろうね。マイダが生き延びて、ルイスの死とはなんの関係もなかったことにされても、実物を読むのは彼女以外ありえなかった。マイダとしては、土地の所有権を得るのはかなりむずかしいと考えたんじゃないかな。で、結局今は誰にも所有権がない――むろん、誰も犯罪によって利益を得るなど許されないことだ。リリアスは、自分が遺言状を燃やしたことを認めたようなものだが、何かに署名したわけではないし、訴訟手続きの問題が生じた場合は、リリアスはすべてを否認するだろう。誰もが彼女が遺言状を燃やしたと考えているが、その気になれば、警察に脅されてヒステリー状態になった、自分でも何を言っているかわからなかったと言い張ることはできる――彼女のヒステリーについては山ほど証言が出るだろうし、警察がそれを扱うのは諸刃の剣だ。意見交換の結果、遺言状はルイスかぼくが破棄した可能性が高いという結論に落ち着くだろう。警察はどうもしないさ。誰も何かをだまし取られたわけじゃないし、警察としては放っておくだけだ」

長い沈黙が降りた。それからステイシーが言った。「チャールズ、疲れているみたいね」

「ほとんど寝てないからね」

「あの人についていたの？」

「ああ。どうして知っているの？」

「エドナ・スナッジのお姉さんが、あの病院の看護師さんなの」

「そうか」

では、マイダが息をひきとるまで、何時間も手を握っていたことも知っているわけだ。今こそ、ステイシーとやり直すことができるかどうか、判断する時ではないだろうか？　二人のあいだには、なんの感情も通わない――ただ疲れて悲しくて、暗闇《くらやみ》で手探りしているような感覚があるだけだ。もしステイシーがわかってくれたら、手探りする手はたがいを発見するだろう。わかってくれなければ、あいだに横たわる溝はあまりに広く、二人は歩み去るしかないだろう。

ステイシーは言った。「あなたは――あの人が好きだった？」

「そういうんじゃないな」

ステイシーはそのまま受け取った。そして言った。「あの人は、あなたを好きだったわ。あなたがいてあげて、よかった」

手探りは終わった。すべてがはっきりと見えてきた。チャールズは言った。「彼女は、いっさいの感覚がなかった。ぼくは手を握って――」

ステイシーは言う。「よかったのよ」

チャールズはステイシーの体に腕を回し、そうやって二人はしばらく立っていた。じょじょに人生がもどってきた――生きている実感だ。しびれた手足に血のめぐりがもどってきたような感じだ。じんじんする感覚と痛み。感覚と感情がせめぎあう。意識が流れ込んでくる。チャールズはようやく口を開いた。「なぜ、会いに来てくれなかったんだい？」

「恥ずかしかったから」

「何が？」

「あんまり――心配したもんだから――」

「変わった理由だと思わないかい？」

チャールズの腕がステイシーの肩から下りる。チャールズの手がステイシーの手に触れようとする。ステイシーが震えているのがわかる。こちらを見ようとしないし、チャールズのほうでも相手を見ない。二人は別館ののっぺりした壁と陰になった丘のほうに目をやった。だがその目は、それらを見てはいなかった。ただ、ふいにする必要のなかった三年間を、ともに過ごせたかもしれない三年間を見ていた。ステイシーは、手とともに震える声で言った。「もしあなたに会えたら――あなたが触れてくれたら――あなたが百万本のネックレスを盗んだってかまわない。そう思ったから――自分が恥ずかしかったの」

ステイシーの手に触れていた手が向きを変え、痛いほど強くつかんできた。「じゃあ、今はどうだい？　ぼくらはもう、じゅうぶん時を無駄にしたんじゃないかな、それともまだたりないかい？　今度リリアスがぼくに関して想像をたくましくしたら――全部鵜呑《うの》みにして、またしても離婚騒動をやらかすかい？」チャールズは手を離し、両腕でステイシーを抱いた。「どうなの？」

「チャールズ――」

「ああ、ぼくはチャールズできみはステイシーだ。だが問題は、きみがステイシー・マナリングかステイシー・フォレストかってことだよ。誰かがきみをミス・マナリングって呼ぶたびに、ぼくは頭をぶん殴ってやりたくなった」

ステイシーの震えが止まった。チャールズがそんなことを言ってくれるとは！　生きる勇気が湧《わ》いてくる。チャールズがウェイターの頭にディナーの皿を打ち下ろしている場面を思い浮かべ、ステイシーは笑い出した。「ああ、チャールズ！」と言い、笑い、涙が頰《ほほ》を伝った。二人はキスを交わし、ひしと抱き合った。からっぽの年月は消えていた。

訳者あとがき

パトリシア・ウェントワースは、日本になじみの薄いイギリス人作家である。これまで翻訳されたミステリとしては、マリオン・マナリングが『殺人混成曲』（一九五四年）でミス・シルヴァーのパロディーを描いたにとどまっている。

ウェントワースがはじめてミス・シルヴァーを世に送り出した作品は、一九二八年の*Grey Mask*。特筆すべきは、まだ脇役だったにせよ、それが、世界的に有名なミス・マープルが初登場した『牧師館の殺人』（アガサ・クリスティ作、一九三〇年）より二年も早かったということだ。上品で編み物好きな独身の老婦人という点は、ミス・マープルと共通している。聖書を引用し、テニソンの詩を愛するところも何やら古風だ。だが、ミス・シルヴァーは散漫なおしゃべりで自分を低く見せたりせず、初対面の相手を威厳で感服させ、プロの「私立探偵」として堂々と料金を請求するし、年金と探偵業の報酬をもとに快適な住まいで楽しく生活している。現代の女性にとっては、ミス・マープル以上に魅力的なキャラクターかもしれない。

ウェントワースは一九一〇年代前半に歴史小説で成功、一九二〇年代にロマンチック・スリラーに転向、一九二八年から一九六一年に亡くなるまでは、三十冊を超えるミス・シルヴァー・シリーズを中心に多数のミステリを書きつづけ、英米で人気を博した。彼女のミステリは、「コージー・ミステリ」と呼ばれることが多い。有閑階級に起きた事件の犯人探しがメインで、暴力、残酷、セックス、貧困などを排除し、後味がよく気楽に読めるミステリだ。

一九五二年に出版された本作では、のっけから大金持ちのブレイディングがミス・シルヴァーの家をおとずれ、身辺に不審なことが起きている、と相談を持ちかける。過去の過ちをねたに秘書モバリーを縛りつけている依頼人に対し、ミス・シルヴァーは好感を持てず仕事を断ってしまう。

もう一人のヒロインとも言える細密画家ステイシーは、元舞台女優を描く約束をしたことがもとで、ロンドン郊外のカントリークラブにやってくる。不本意にも顔を合わせてしまった前夫チャールズは、金回りが悪かったはずなのに屋敷を改装していた。そして、遺産相続人を従兄弟のチャールズから婚約者に書き換えたとたん、ブレイディングは殺されてしまう。犯人はチャールズか、ついに堪忍袋の緒が切れたモバリーか。トラブルメーカーで虚言癖のあるリリアスも何やら疑わしい。それとも、最近知り合ったばかりの人間が殺意を抱いたのか?

舞台は限定され、キャラクターはわかりやすく描き分けられ、事件発生前後の各人の行動は懇切丁寧に説明されている。謎解きに頭を絞るのもよし、魅力的な男女の恋愛模様に心奪われるもよし。熱い紅茶かウイスキーなど片手に、ウェントワースの世界をお楽しみいただきたい。

The Brading Collection

(1950)

by Patricia Wentworth

〔訳者〕

中島なすか（なかじま・なすか）

津田塾大学国際関係学科卒業。インターカレッジ札幌在籍中。
熊本市在住。

ブレイディング・コレクション
——論創海外ミステリ 21

2005 年 6 月 5 日　初版第 1 刷印刷
2005 年 6 月 15 日　初版第 1 刷発行

著　者　パトリシア・ウェントワース

訳　者　中島なすか

装　幀　栗原裕孝

発行人　森下紀夫

発行所　論 創 社

〒 101－0051 東京都千代田区神田神保町 2－23 北井ビル
電話 03－3264－5254　振替口座 00160－1－155266

印刷・製本　中央精版印刷

ISBN4－8460－0636－0
落丁・乱丁本はお取り替えいたします

10　最後に二人で泥棒を―ラッフルズとバニーIII

E・W・ホーナング／藤松忠夫 訳

卓越したセンスと類い希なる強運に恵まれた、泥棒紳士ラッフルズと相棒バニー。数々の修羅場をくぐり抜け、英国中にその名を轟かせた二人の事件簿に、いま終止符が打たれる……大好評「泥棒紳士」傑作シリーズの最終巻、満を持して登場！　全10話＋ラッフルズの世界が分かる特別解説付き。　本体 1800 円

11　死の会計

エマ・レイサン／西山百々子 訳

コンピュータの販売会社ナショナル・キャルキュレイティング社に査察が入った！　指揮するのは、株主抗議委員会から委託されたベテラン会計士フォーティンブラス。凄腕の会計士とうろたえるナショナル社の幹部達との間に軋轢が生ずる。だが、これは次へと続く悲劇の始まりに過ぎなかった……。スローン銀行の副頭取ジョン・パトナム・サッチャーが探偵役となる、本格的金融ミステリの傑作。　本体 2000 円

12　忌まわしき絆

L・P・デイビス／板垣節子 訳

小学校で起こった謎の死亡事故。謎を握る少年ロドニーは姿を消す。その常識を遥かに超えた能力に翻弄されながらも、教師達は真相に迫るべく行動する。少年の生い立ちに隠された衝撃の秘密とは？　異色故、ミステリ史に埋もれていた戦慄のホラー・サスペンス、闇から蘇る。　本体 1800 円

4　フレンチ警部と漂う死体

F・W・クロフツ／井伊順彦 訳

大富豪の一族を襲った謎の殺人事件。フレンチ警部は、緻密かつ地道な捜査で証拠を集め、数々の仮説を立て、検証の果てに、ついに真相に辿り着く。名作『樽』で知られるリアリズム・ミステリの巨匠クロフツ。30作品以上に及ぶ「フレンチ警部」シリーズ中、待望の未訳作品のヴェールがいま開かれる！　本体 2000 円

5　ハリウッドで二度吊せ！

リチャード・S・プラザー／三浦彊子 訳

「私の無実を晴らしてくれ！」――依頼を受けた私立探偵シェル・スコットは、きな臭いショー・ビジネス界を探る中、数々の危険と引き替えに真実を摑む。悪党どもをいぶり出すためにとった奇想天外な作戦とは？　1950、60 年代のアメリカで人気を博したプラザーの名キャラクター“シェル・スコット”が、華麗なるハリウッドを舞台に縦横無尽に活躍する、珠玉のコメディー・アクション！　本体 1800 円

6　またまた二人で泥棒を――ラッフルズとバニーⅡ

E・W・ホーナング／藤松忠夫 訳

ラッフルズと別れて数年、穏やかだが満たされぬ日々を送っていたバニー。寄越された奇妙な就職斡旋の電報は再会へのパスポート、再び盟友との熱く張りつめた時間へといざなわれる……。二度と開かれるはずのなかった二人の事件簿に、新たに綴られる八つのエピソード。アルセーヌ・ルパンに先駆ける「泥棒紳士」シリーズ、第 2 弾登場！　本体 1800 円

論創海外ミステリ

1　トフ氏と黒衣の女〈トフ氏の事件簿❶〉

ジョン・クリーシー／田中孜 訳

貴族でありながら、貧民街イーストエンドをこよなく愛するトフ氏は数々の凶悪犯罪を解決してきた。ある夜、若く魅力的な女性アンシアとレストランで食事を楽しんでいたトフ氏の前に、雌豹に似た美しさをもつ、黒いドレスを着た殺し屋アーマが現れる。トフ氏とアーマ――ロンドンの闇に浮かび上がる二人の因縁。Ｊ・Ｊ・マリック名義のギデオン警視シリーズで知られるクリーシーのもうひとつの代表作〈トフ・シリーズ〉初登場！　本体 1800 円

2　片目の追跡者

モリス・ハーシュマン／三浦亜紀 訳

舞台は1960年代のニューヨーク。横領事件の調査中に姿を消した相棒を探索する、隻眼《せきがん》の敏腕探偵スティーブ・クレイン。男と女、優しさと裏切り、追跡と錯綜、果たして友の消息は……？ ニヒルなキャラクターと乾いた描写が魅力の緊迫感あふれるハードボイルド・ミステリ。

本体 1600 円

3　二人で泥棒を――ラッフルズとバニー

Ｅ・Ｗ・ホーナング／藤松忠夫 訳

バカラ賭博で莫大な借金を負ったバニーは、友人ラッフルズに助けを乞う。それが二人の冒険の始まりだった……。青年貴族ラッフルズが、スポーツマンシップにのっとり、大胆不敵に挑む盗みの事件簿。甘く危険な友情とサスペンスが織りなす異色ピカレスク！「アルセーヌ・ルパン」に先駆け描かれた、「泥棒紳士」の短編集第１弾！

本体 1800 円